Le monde de Charlie

Achevé d'imprimer en septembre 2012
sur les presses de l'imprimerie Pulsio.net
N° d'édition : 0056
Dépôt légal : 4e trimestre 2012
ISBN : 978-2-84865-579-6

Imprimé en Bulgarie

Collection dirigée par Tibo Bérard

STEPHEN CHBOSKY

Le monde de Charlie

Traduit de l'anglais (États-Unis) par Blandine Longre

ÉDITIONS
SARBACANE

À ma famille

La bande-son de Charlie

- The Smiths, *Asleep*
- Ride, *Vapour Trail*
- Simon & Garfunkel, *Scarborough Fair*
- Procol Harum, *A Whiter Shade Of Pale*
- The Beatles, *Dear Prudence*
- Nick Drake, *Time Of No Reply*
- Suzanne Vega, *Gypsy*
- The Moody Blues, *Night In White Satin*
- The Smashing Pumpkins, *Daydream*
- Genesis, *Dusk*
- U2, *MLK*
- The Beatles, *Blackbird*
- Fleetwood Mac, *Landslide*
- The Beatles, *Something*
- Nirvana, *Smells Like Teen Spirit*
- The Pink Floyd, *Another Brick In The Wall, Part II*

Remerciements

Je voulais simplement dire que sans eux, il n'y aurait pas eu de livre, et je les remercie de tout cœur :

Greer Kessel Hendricks
Heather Neely
Lea, Fred et Stacy Chbosky
Robbie Thompson
Christopher McQuarrie
Margaret Mehring
Stewart Stern
Kate Degenhart
Mark McClain Wilson
David Wilcox
Kate Ward
Tim Perell
Jack Horner
Eduardo Braniff

Enfin…

Dr Earl Reum pour avoir écrit un merveilleux poème

et Patrick Comeaux pour s'en être mal souvenu à l'âge de quatorze ans.

PREMIÈRE PARTIE

Lettre du 25 août 1991

Si c'est à toi que j'écris, c'est à cause de cette fille, qui a dit que tu savais écouter et comprendre, et aussi que t'avais pas essayé de coucher avec quelqu'un pendant la fête (alors que t'aurais très bien pu). Cherche pas à savoir qui c'est, la fille, sinon tu pourrais deviner qui je suis et j'en ai franchement pas envie. Je ne veux pas que tu me retrouves, c'est pour ça que j'ai décidé de pas donner leur vrai nom aux gens. C'est aussi pour ça que j'écrirai pas mon adresse au dos de l'enveloppe. Surtout, n'y vois rien de mal.

J'ai juste besoin de savoir que quelqu'un m'écoute et me comprend, une personne qu'essaye pas de coucher (alors que t'aurais très bien pu). J'ai besoin de savoir que ça existe, les gens comme toi.

Je me dis que toi, au moins, tu comprendras ; que toi, tu sais ce que vivre veut dire. En tout cas, j'espère que c'est vrai, vu que les autres comptent sur toi, question courage et amitié (c'est ce que j'ai entendu dire). C'est pas plus compliqué que ça.

Bref, voilà ma vie. Il faut d'abord que tu saches que je suis à la fois triste et heureux, et que j'ai toujours pas compris comment ça se fait.

Si je suis comme ça, je me dis que ma famille y est peut-être pour quelque chose, surtout depuis le printemps dernier, quand mon copain Michael est plus venu au collège du jour au lendemain et qu'on a entendu la voix de monsieur Vaughn dans le haut-parleur :

« Je suis au regret de vous annoncer qu'un de vos camarades, Michael Dobson, vient de nous quitter. Une célébration en sa mémoire aura lieu ce vendredi, lors de la réunion du matin. »

Je sais pas comment elles font, les nouvelles, pour arriver à circuler dans l'école, et pourquoi si souvent elles sont vraies. C'était peut-être à la cantine, j'ai du mal à me souvenir. Mais Dave, celui qui porte des lunettes bizarres, a dit que Michael s'était suicidé. Sa mère jouait au bridge avec une voisine quand elles ont entendu le coup de feu.

Je me rappelle plus trop ce qui s'est passé ensuite, sauf que mon grand frère est arrivé dans le bureau de monsieur Vaughn et m'a dit d'arrêter de pleurer. Et puis, il a passé son bras autour de mes épaules et m'a dit que je devais me sortir tout ça de la tête avant le retour de papa. Après, il m'a emmené manger des frites au McDo et il m'a appris à jouer au flipper. Il a même blagué en disant qu'à cause de moi, il avait manqué un après-midi de cours au lycée, et puis il m'a demandé si j'avais envie de l'aider à bricoler sa *Camaro*. Je devais vraiment être dans un sale état, vu que c'était la première fois qu'il me proposait de bricoler sa voiture avec lui.

Quand il y a eu les séances avec les psychologues, ils ont demandé à ceux qui avaient *vraiment* été amis avec Michael de dire quelques mots. Ils avaient l'air très tendus, les psychologues (y en avait même un qui arrêtait pas de se caresser la barbe), je crois qu'ils avaient peur que certains d'entre nous fassent une bêtise, comme se tuer.

Bridget, celle qui est dingue, a dit que des fois, elle pensait au suicide, quand y a une pub qui coupe une série télé. Elle était sincère, et ç'a eu l'air d'intriguer les psychologues. Carl, celui qui est toujours gentil avec tout le monde, a dit qu'il était triste mais que jamais il se tuerait, parce que c'est un péché.

Le psychologue a interrogé tout le groupe et il a fini par moi :

– Et toi, Charlie, qu'est-ce que tu en penses ?

Le plus bizarre dans tout ça, c'est que j'avais jamais rencontré cet homme avant, un « spécialiste », mais lui, il savait mon nom, alors que je portais même pas de badge (tu sais, comme ceux qu'on a pour la journée porte ouverte).

– Eh bien, je crois que Michael était un type très sympa et je ne sais pas pourquoi il a fait ça. Je suis triste, évidemment, mais ce qui m'ennuie le plus, c'est de ne pas comprendre.

Je viens de relire ma dernière phrase, et ça ressemble pas à ma façon de parler. Surtout dans ce bureau, où j'arrêtais pas de pleurer – à aucun moment je me suis arrêté de pleurer.

Le psychologue a dit que d'après lui, Michael avait des « problèmes à la maison » et qu'il avait trouvé personne à qui se confier. Et que c'était peut-être pour ça qu'il se sentait tellement seul et qu'il s'était tué.

Alors je me suis mis à hurler au psychologue que Michael aurait très bien pu me parler, à moi. Et j'ai pleuré encore plus fort. Il a essayé de me calmer en disant qu'il voulait parler d'un adulte à qui se confier, ou d'un psychologue, pas d'un camarade, mais ça a servi à rien, et finalement, il a fallu que mon frère revienne me chercher au collège avec sa *Camaro*.

adj. clever

Après ça, jusqu'à la fin de l'année, les professeurs m'ont plus traité pareil et m'ont mis de meilleures notes, alors que j'étais pas devenu plus futé. En fait, je crois qu'ils avaient tous un peu peur de mes réactions.

À l'enterrement de Michael, c'était bizarre, parce que son père a pas pleuré. Et trois mois plus tard, il a quitté la mère de Michael. En tout cas, d'après ce que Dave a raconté un jour à la cantine. J'y repense de temps en temps. Je me demande ce qui se passait dans la famille de Michael, le soir, quand ils se retrouvaient à table ou devant la télé. Michael n'a pas laissé de mot d'adieu – en tout cas, ses parents en ont jamais parlé. Peut-être qu'il avait vraiment des « problèmes à la maison ». J'aimerais tellement comprendre. Peut-être que comme ça, il me manquerait pour les bonnes raisons. Au moins, ça rendrait le chagrin plus logique.

Tout ce que je sais, c'est que ça m'a fait réfléchir, et je me suis demandé si moi aussi j'avais des « problèmes à la maison », mais je crois qu'il y a pire et que moi, je ne suis pas à plaindre. C'est comme la fois où le premier petit copain de ma sœur l'a plaquée pour sortir avec une autre et que ma sœur a pleuré tout le week-end. Papa lui a dit qu'elle était pas à plaindre, qu'il y avait « des gens pour qui c'était bien pire ». Et maman a rien dit du tout. Et c'est tout. Un mois plus tard, ma sœur a rencontré un autre garçon et s'est remise à écouter des chansons gaies. Et papa a continué à travailler. Et ma mère a continué à passer le balai. Et mon frère a continué à bricoler sa *Camaro* – enfin, jusqu'à son départ pour la fac, au début de l'été. Il fait partie de l'équipe de football[1] de l'université de Penn State, mais pour pouvoir continuer à jouer, il a dû suivre des cours de remise à niveau avant la rentrée.

Je ne crois pas que mes parents font de différences entre leurs enfants. On est trois et je suis le plus jeune. Mon frère, c'est l'aîné. Il joue super bien au foot et il adore sa voiture. Ma sœur est très jolie et très méchante avec les garçons, et elle est entre nous deux. Moi, maintenant, j'ai tout le temps des A, comme ma sœur, et c'est pour ça qu'ils me fichent la paix.

Maman pleure beaucoup quand elle regarde la télé. Papa est un brave homme, il travaille dur. Ma tante Helen disait souvent que papa n'aurait aucun mal à passer le cap de la

1. Ici, football américain. (Toutes les notes sont de la traductrice)

quarantaine, qu'il était « beaucoup trop fier pour ça ». Ça fait pas longtemps que j'ai compris ce qu'elle voulait dire, vu qu'il vient juste de fêter ses quarante ans et que ça a rien changé, c'est vrai.

Tante Helen, c'est la personne que j'aimais le plus au monde. C'était la sœur de maman. Au lycée, elle avait toujours des A. Elle me donnait souvent des livres à lire. Mon père disait que ces livres étaient pas vraiment de mon âge mais moi, je les aimais bien. Du coup, il haussait les épaules et me laissait les lire.

Ma tante Helen a habité chez nous les dernières années de sa vie parce qu'un truc horrible lui est arrivé un jour. Personne voulait me dire ce qui s'était passé, même si je cherchais tout le temps à savoir. J'avais environ sept ans quand j'ai arrêté de poser des questions là-dessus (comme tous les gosses, j'arrêtais pas de poser des questions), après la fois où ma tante Helen s'est mise à pleurer très fort.

C'est le jour où papa m'a donné une claque en me disant : « Tu fais de la peine à tante Helen ! » Je ne voulais pas qu'elle soit triste, alors j'ai arrêté. Tante Helen a dit à mon père de plus jamais me frapper devant elle et mon père a dit qu'il était ici chez lui et qu'il faisait ce qu'il voulait et maman a rien dit et mon frère et ma sœur non plus.

Je me souviens plus trop du reste parce que je me suis mis à pleurer vraiment fort et au bout d'un moment, papa a dit à maman de m'emmener dans ma chambre. Un peu plus tard, maman a bu quelques verres de vin blanc, et puis elle m'a raconté ce qui était arrivé à sa sœur.

Il y a des gens qui sont franchement plus à plaindre que moi. Beaucoup plus.

Je ferais mieux d'aller dormir maintenant. Il est très tard. Je ne sais pas pourquoi je t'ai raconté tout ça. En fait, si j'ai écrit cette lettre, c'est surtout parce que demain, c'est mon premier jour au lycée et que j'ai très peur d'y aller.

Ton ami,
Charlie

Lettre du 7 septembre 1991

J'aime pas du tout le lycée. Ici, c'est bizarre, on dit plus « cantine » mais « cafétéria ». Y a aussi une fille qui est en cours de littérature avec moi, dans le groupe des moyens. Elle s'appelle Susan. Quand on était au collège, Susan c'était vraiment une fille sympa. Elle aimait le cinéma et son frère Frank lui enregistrait des cassettes, des chansons super qu'elle nous faisait écouter. Mais pendant l'été, on lui a enlevé son appareil dentaire, elle a grandi, elle est devenue plus jolie et ses seins ont poussé. Maintenant, elle a l'air plutôt idiote, à tourner autour des garçons dans les couloirs. Et je trouve que c'est triste, parce que Susan a pas l'air heureuse comme avant. Pour rien te cacher, elle a du mal à admettre qu'elle est seulement dans le groupe des moyens en littérature et elle me dit plus « salut » quand on se croise.

Pendant la séance avec les psychologues à propos de Michael, Susan a raconté qu'un jour, Michael lui avait dit qu'elle était « la fille la plus jolie du monde, même avec son appareil dentaire ». Et qu'après, il lui avait demandé si elle voulait « être avec lui », ce qui était le grand truc pour les collégiens (au lycée, on dit « sortir avec »). Et ils s'embrassaient, parlaient cinéma ; et Susan a dit qu'il lui manquait terriblement, vu que Michael, c'était son meilleur ami.

C'est drôle, ça. Au collège, les garçons et les filles pouvaient pas être meilleurs amis. Mais Susan et Michael, si. Un peu comme moi et ma tante Helen. Pardon, je veux dire : « ma tante Helen et moi ». (C'est un truc que j'ai appris cette semaine. Et aussi à mieux ponctuer mes phrases.)

La plupart du temps, je ne parle pas, et on dirait que le garçon qui s'appelle Sean est vraiment le seul à m'avoir remarqué. Il m'a attendu après le cours de gym pour me dire des trucs de gamin, comme quoi il allait me faire le « coup du tourbillon » : c'est quand on te force à mettre la tête dans les toilettes et qu'on tire la chasse d'eau pour faire tourbillonner tes cheveux. Il avait l'air plutôt malheureux, lui aussi, et je lui ai dit. Du coup, il s'est mis en colère et il a commencé à me frapper, alors j'ai fait comme mon frère m'a appris. (Il sait vraiment bien se battre, mon frère.)

« Vise les genoux, la gorge et les yeux. »

C'est ce que j'ai fait. Et je lui ai fait très mal. Et je me suis mis à pleurer. Et ma sœur a dû quitter sa classe (elle est en terminale) et me ramener en voiture à la maison. J'ai été convoqué dans le bureau de monsieur Small, mais j'ai pas été renvoyé ni collé parce qu'un autre élève a raconté comment la bagarre s'était vraiment passée.

« C'était de la légitime défense. C'est Sean qui a commencé. »

C'était la vérité. Je n'arrive vraiment pas à comprendre pourquoi Sean voulait me faire du mal. Je lui avais rien fait. Je suis petit pour mon âge, c'est vrai. Et j'imagine que Sean se doutait pas que je savais me battre. Pour rien te cacher, j'aurais pu lui faire encore plus mal. Peut-être que j'aurais dû. Je me suis dit que j'aurais à le faire si Sean s'en prenait à l'élève qui a raconté la bagarre à monsieur Small, mais il lui a jamais cherché d'histoires. Du coup, tout a été oublié.

Y a des élèves qui me regardent bizarrement dans les couloirs parce que je décore pas mon casier, et aussi parce que c'est moi qui ai tabassé Sean et que juste après, j'ai pas pu m'empêcher de pleurer. Je dois être plutôt sensible, comme garçon.

Je me sens très seul depuis que ma sœur se consacre à être l'aînée des enfants et que mon frère se consacre à jouer au football pour l'équipe de Penn State. À la fin de sa formation, son entraîneur lui a dit qu'il serait d'abord remplaçant, en attendant de comprendre comment l'équipe fonctionne. Papa espère vraiment qu'il pourra devenir pro et intégrer l'équipe des Steelers. Maman est juste contente qu'il ait pu s'inscrire gratuitement à l'université – sinon, comme ma sœur joue pas au foot, y aurait pas eu assez d'argent pour les envoyer tous les deux à la fac. C'est pour ça qu'elle veut que je continue à bien travailler, elle espère que je pourrai décrocher une bourse au mérite.

Du coup, c'est à ça que moi je me consacre, en attendant de me faire un ami. J'espérais que le garçon qui a dit la vérité à monsieur Small deviendrait mon ami, mais je crois qu'il l'a juste fait parce que c'est un type sympa.

Ton ami,
Charlie

Lettre du 11 septembre 1991

J'ai pas trop de temps, parce que le prof de littérature qui fait cours au groupe des moyens nous a demandé de lire un livre et que j'aime bien lire les livres deux fois. Au fait, ce livre s'appelle *Ne tirez pas sur l'oiseau moqueur*[2]. Si tu l'as pas lu, franchement tu devrais, parce qu'il est super. Le prof nous a donné seulement quelques chapitres à lire, mais j'aime pas du tout lire comme ça. J'en suis déjà à la moitié de ma première lecture.

Bref, si je t'écris, c'est parce que j'ai vu mon frère à la télé. Normalement, j'aime pas trop le sport, mais cette fois, c'était l'événement. Ma mère s'est mise à pleurer et mon père a passé un bras autour de ses épaules, et ma sœur souriait. Ça m'a fait drôle : d'habitude, mon frère et ma sœur arrêtent pas de se bagarrer.

Donc, j'ai vu mon grand frère à la télé et pour l'instant, c'est l'événement le plus marquant de mes deux premières semaines au lycée. Il me manque terriblement. C'est bizarre, parce qu'on se parlait pas tellement quand il était à la maison. (En fait, on se parle toujours pas.) Je pourrais t'indiquer sa position sur le terrain mais comme je l'ai déjà dit, je préfère rester anonyme. J'espère que tu comprends.

Ton ami,
Charlie

Lettre du 16 septembre 1991

J'ai terminé *Ne tirez pas sur l'oiseau moqueur.* Maintenant, c'est mon livre préféré de tous les temps. Enfin… c'est ce que je me dis à chaque fois, jusqu'à ce que je découvre un nouveau livre. Mon prof de littérature m'a demandé de l'appeler « Bill » en dehors des cours, et il m'a donné un autre livre

2. *To Kill a Mockingbird,* de Harper Lee (1960), roman culte adapté au cinéma en 1961.

à lire. Il dit que j'ai « d'excellentes aptitudes » pour la lecture et pour comprendre « la langue écrite », et il veut que je fasse une rédaction sur *Ne tirez pas sur l'oiseau moqueur.*

J'en ai parlé à maman, et elle a demandé pourquoi Bill ne me conseillait pas de suivre le cours des premières ou des terminales. Je lui ai expliqué que d'après Bill, c'est globalement les mêmes cours mais avec des livres plus compliqués et que ça m'aiderait pas. Maman a dit qu'elle n'était pas convaincue et qu'elle irait lui parler à la réunion parents-profs. Ensuite, elle m'a demandé de l'aider à faire la vaisselle.

Très franchement, je déteste faire la vaisselle. J'aime bien manger avec mes doigts, sur une serviette en papier, mais ma sœur dit que c'est pas bon pour l'environnement. Au lycée, elle fait partie du club du Jour de la Terre[3], c'est comme ça qu'elle rencontre des garçons. Ils sont tous très gentils avec elle et je ne comprends vraiment pas pourquoi, à part peut-être qu'elle est jolie. Elle est carrément méchante avec eux.

Y a un garçon à qui elle en fait voir plus qu'aux autres. Je te dirai pas son nom, mais je vais t'expliquer à quoi il ressemble. Il a de beaux cheveux châtains, et comme ils sont longs, il se fait une queue-de-cheval (et je me dis que plus tard, quand il repensera à sa jeunesse, c'est un truc qu'il regrettera). Il passe son temps à enregistrer des cassettes de compile pour ma sœur, avec des thèmes bien précis. Y en a une qu'il a appelée « Feuilles d'automne », où il a mis plusieurs chansons des Smiths. Il a même colorié la pochette. Quand le film qu'il avait loué s'est terminé et qu'il est parti, ma sœur m'a donné la cassette.

– Tu la veux, Charlie ?

J'ai pris la cassette, mais ça m'a fait bizarre – c'était pour elle qu'il l'avait enregistrée. Je l'ai quand même écoutée. Et

3. ONG qui coordonne des activités de sensibilisation aux enjeux environnementaux.

je l'ai vraiment adorée. Il y a une chanson qui s'appelle *Asleep* que j'aimerais bien que tu écoutes. J'en ai parlé à ma sœur. Et une semaine plus tard, elle m'a remercié, parce que quand le garçon lui a demandé ce qu'elle pensait de sa cassette, elle a répété exactement ce que je lui avais dit sur la chanson *Asleep*, et le garçon a été très touché de voir que ce morceau comptait autant pour elle. J'espère que ça veut dire que le moment venu, je saurai bien me débrouiller avec les filles.

Mais je devrais pas m'écarter de mon sujet. C'est ce que m'a dit Bill, mon prof, vu que j'ai tendance à écrire comme je parle. Je crois que c'est pour ça qu'il veut que j'écrive une rédaction sur *Ne tirez pas sur l'oiseau moqueur*.

Le garçon qui aime bien ma sœur est toujours très poli avec mes parents. Maman l'aime bien, vraiment. Papa pense qu'il a pas de caractère. Je crois que c'est pour ça que ma sœur lui en fait voir. Je me rappelle un soir où elle lui disait des choses horribles, comme quoi il avait pas tenu tête au gros dur de sa classe quand il avait quinze ans, ou un truc comme ça. Pour tout te dire, j'étais en train de regarder le film qu'il avait loué et je faisais pas trop attention à leur dispute. Ils passent leur temps à se chamailler, et je me disais qu'au moins, il se passerait quelque chose de plus intéressant dans le film (en fait non, c'était une suite).

Bref, elle l'a harcelé pendant au moins quatre scènes de suite (ce qui fait dix minutes environ, je crois) et il s'est mis à pleurer. Pour de bon. Alors je me suis retourné, et ma sœur m'a montré du doigt.

« Regarde. Même Charlie a tenu tête au gros dur de sa classe. Tu vois. »

Et le type est devenu tout rouge. Et puis il m'a regardé. Ensuite, il a regardé ma sœur. Il avait l'air à cran. Et là, il l'a frappée très fort au visage ! Mais alors, carrément fort. Je suis resté cloué sur place, j'en croyais pas mes yeux. C'était pas du tout son genre de frapper quelqu'un. Pour moi, c'était le garçon qui faisait des compiles et qui coloriait même les pochettes, jusqu'au jour où il s'est arrêté de pleurer et a frappé ma sœur.

Le plus bizarre, c'est qu'elle n'a pas réagi. Elle l'a juste regardé très calmement. C'était trop bizarre. Ma sœur devient dingue si on mange pas des trucs bio mais là, ce mec l'avait frappée et elle disait rien. Elle est devenue toute douce et toute gentille, et elle m'a demandé de les laisser. Et ensuite, quand le garçon est parti, elle m'a dit qu'ils « sortaient ensemble » et m'a demandé de ne surtout pas raconter à papa ou à maman ce qui s'était passé.

Je crois que cette fois, il a su « tenir tête au gros dur » qui l'embêtait. Et je crois que ça se défend, comme réaction. Ce week-end-là, ma sœur a passé pas mal de temps avec lui. Et ils ont rigolé, beaucoup plus que d'habitude.

Le vendredi soir, je lisais mon nouveau livre, mais comme mon cerveau fatiguait, j'ai décidé d'aller un peu regarder la télévision. J'ai ouvert la porte du sous-sol, et y avait ma sœur et ce garçon qui étaient nus. Il était sur elle et ses jambes à elle étaient étendues de chaque côté du canapé. Et elle m'a crié dessus (mais en chuchotant) :

« Casse-toi, espèce d'obsédé ! »

Alors je suis sorti. Le lendemain, on a tous regardé mon frère jouer au foot. Et ma sœur avait invité ce garçon. Je sais pas trop à quelle heure il était parti la nuit d'avant. Ils se tenaient par la main et faisaient comme si c'était le bonheur. Et le garçon a dit un truc sur l'équipe de foot, comme quoi elle était bien meilleure depuis que mon frère en faisait partie, et papa l'a remercié. Et quand le garçon est parti, papa a dit que ce garçon devenait un « jeune homme très comme il faut », qui savait « se tenir ». Et maman a rien répondu. Et ma sœur m'a regardé pour être sûre que je dirais rien. Et voilà.

« Oui, c'est vrai. » C'est tout ce que ma sœur a été capable de répondre. Et moi, j'imaginais ce garçon chez lui, en train de faire ses devoirs et de penser à ma sœur toute nue. Et je les voyais se tenir la main devant des matchs de foot qu'ils regardaient pas vraiment. Et je voyais le garçon « gerber » dans les buissons, après une fête. Et je voyais ma sœur qui supportait ça sans rien dire.

Et je me suis senti très mal pour eux.

Ton ami,
Charlie

Lettre du 18 septembre 1991

Je t'ai jamais dit que je suivais des cours de techno ? Eh ben voilà, je fais de l'atelier, et c'est mon cours préféré après le cours de littérature de Bill. Hier soir, j'ai fait la rédaction sur *Ne tirez pas sur l'oiseau moqueur* et je l'ai rendue à Bill ce matin. On a prévu d'en discuter demain pendant la pause-déjeuner.

Mais ce que je voulais surtout dire, c'est qu'à l'atelier, y a un type qui s'appelle « rien du tout ». C'est pas une blague : son nom, c'est « rien du tout ». Et il est super marrant. « Rien du tout » a été surnommé comme ça quand il était au collège et que les autres s'amusaient à le taquiner. (Je crois qu'il est en terminale, maintenant.) Les autres s'étaient mis à l'appeler Patty alors que son vrai nom, c'est Patrick. Et « rien du tout » leur a dit : « Ça suffit, arrêtez de m'appeler comme ça. C'est Patrick ou rien du tout. » Et après ça, les gamins se sont mis à l'appeler « rien du tout ». Et ce surnom est resté. À l'époque, il était nouveau dans son collège, parce que son père s'était remarié avec une femme qui habite dans le coin. (Je crois que je vais arrêter de mettre des guillemets autour de rien du tout – c'est pénible à écrire et ça perturbe le fil de mes phrases. Tu n'as pas trop de mal à me suivre, j'espère. Si y a besoin, j'oublierai pas de faire une distinction entre « rien du tout » et rien du tout.)

Bref, à l'atelier, rien du tout s'est mis à imiter notre professeur, monsieur Callahan, et il nous a bien fait marrer. Avec un crayon gras, il s'est même dessiné les rouflaquettes du prof sur le visage. Trop marrant. Quand monsieur Callahan l'a surpris en train de faire ça près de la ponceuse, il s'est mis à rigoler lui aussi, vu que l'imitation de rien du tout était pas méchante du tout, ou vexante. Juste drôle. J'aurais bien aimé que tu sois là, parce que c'était la première fois que je rigolais autant depuis le départ de mon frère. Mon frère raconte souvent des blagues polonaises. Je sais que c'est mal, mais je fais comme si c'étaient pas des blagues contre les Polonais et je les écoute. Trop marrant.

Au fait, je voulais te dire : ma sœur m'a demandé de lui rendre la cassette qui s'appelle « Feuilles d'automne ». Elle l'écoute tout le temps, maintenant.

Ton ami,
Charlie

Lettre du 29 septembre 1991

J'ai un tas de trucs à te raconter à propos des deux semaines passées. Plein de bonnes nouvelles, mais aussi plein de mauvaises. Là encore, je ne comprends pas pourquoi ça se passe toujours comme ça.

Tout d'abord, Bill m'a mis C à la rédaction sur *Ne tirez pas sur l'oiseau moqueur*, parce que mes phrases sont confuses. Maintenant, j'essaye de m'entraîner à être plus clair. Il a aussi dit que je devrais employer le vocabulaire que j'apprends en classe, des mots comme « corpulent » ou « amertume ». Je pourrais m'en servir dans cette lettre mais franchement, je crois pas que ça colle ici.

Pour rien te cacher, je vois pas dans quel contexte on peut les utiliser. Je dis pas qu'il faudrait pas connaître ces mots. Bien sûr que non. Mais c'est juste que de toute ma vie, j'ai jamais entendu quelqu'un utiliser « corpulent » ou « amertume ». Y compris parmi les profs. Franchement, quel intérêt d'utiliser des mots que personne connaît ou dirait naturellement ?

Ça me dépasse.

Quand je pense aux stars de cinéma, celles qui sont si nulles à regarder, ça me fait pareil, je ne comprends pas. Y en a qui doivent gagner au moins un million de dollars, et qui continuent quand même à faire des films. Ils flinguent les « méchants ». Ils défendent les « gentils ». Et ils se font interviewer dans les magazines. Y a une actrice, chaque fois que je la vois dans un magazine, je suis triste pour elle, c'est plus fort que moi : personne la respecte, mais ils continuent quand même à l'interviewer. Et dans ce genre d'interview, on lit toujours la même chose.

Ils commencent par parler des trucs qu'ils sont en train de manger dans tel ou tel restaurant :

« Tout en mastiquant délicatement sa salade chinoise au poulet, un tel (ou une telle) a parlé de sa vie amoureuse. »

Et toutes les unes des magazines racontent les mêmes trucs : « Un tel (ou une telle) dit tout sur l'amour, la gloire et son dernier film/show TV/album qui fait un carton. »

J'ai rien contre les stars qui font des interviews pour nous faire croire qu'elles vivent comme nous, mais j'ai carrément l'impression qu'y a rien de vrai là-dedans. Le problème, c'est que je ne sais pas qui ment vraiment. Je comprends pas pourquoi ces magazines se vendent aussi bien. Ni pourquoi les dames chez le dentiste s'y intéressent autant. Samedi dernier, j'étais dans la salle d'attente, et voilà ce que j'ai entendu :

– Tu as vu son dernier film ? a dit la première dame en montrant la photo d'une star sur la couverture d'un magazine.

– Oui, j'y suis allée avec Harold.

– Et qu'est-ce que tu en penses ?

– Elle est tout simplement adorable.

– Oui, c'est vrai.

– Au fait, j'ai trouvé une nouvelle recette.

– Diététique ?

– Mmm…

– Tu as le temps demain, tu me la passeras ?

– Non, mais t'as qu'à demander à Mike de la faxer à Harold.

– OK.

Et puis les dames se sont mises à discuter de l'actrice dont j'ai parlé un peu plus haut, et elles avaient vraiment l'air de savoir de quoi elles parlaient.

– Je trouve ça scandaleux.

– Tu as lu l'interview dans *Good Housekeeping*[4] ?

– Celle d'il y a quelques mois ?

– Oui.

– Une honte.

– Et celle de *Cosmopolitan* ?

– Non.

– C'était quasiment la même interview, tu te rends compte ?

4. Équivalent américain de *Femme Actuelle*.

– Je me demande bien pourquoi ils en font tout un plat.

Une de ces dames était ma mère, et ça m'a fait beaucoup de peine, parce que ma mère est très belle, et elle est tout le temps au régime. Parfois, mon père lui dit qu'elle est belle, mais elle veut rien savoir. Mon père est vraiment un bon mari. Mais il est plutôt du genre carré.

Après le dentiste, maman m'a emmené au cimetière, où une grande partie de sa famille est enterrée. Mon père aime pas aller au cimetière, ça lui fiche la trouille. Moi, ça ne m'ennuie pas du tout, parce que c'est là que ma tante Helen est enterrée. Ma mère a toujours été « la plus jolie » des sœurs (d'après ce qu'on dit) et ma tante Helen était « l'autre » ; mais ma tante Helen faisait jamais de régime et ça, c'est bien. Ma tante Helen était « corpulente ».

(T'as vu, je l'ai placé !)

Quand elle nous gardait le soir pendant que mes parents allaient chez des amis pour se soûler ou jouer à des jeux de société, ma tante Helen nous obligeait pas à aller au lit, elle nous laissait toujours regarder *Saturday Night Live*[5]. Quand j'étais tout petit, je me souviens que j'allais me coucher pendant que mon frère, ma sœur et tante Helen regardaient *La Croisière s'amuse* et *L'Île fantastique*[6]. J'étais trop petit et j'arrivais pas à garder les yeux ouverts, et c'est dommage parce que de temps en temps, mon frère et ma sœur parlent encore de ces soirées. C'est peut-être triste, vu que maintenant ces moments sont devenus des souvenirs. Et en même temps, c'est peut-être pas si triste que ça. C'est peut-être seulement qu'on aimait tante Helen, surtout moi, et que c'étaient des moments qu'on pouvait passer avec elle.

Je ne vais pas énumérer tous mes souvenirs en rapport avec la télé, sauf un – je crois pas que je m'écarte du sujet,

5. Émission humoristique de la NBC rassemblant des millions de téléspectateurs depuis plus de trente ans.

6. Séries populaires des années 70 et 80.

et il me semble que c'est un souvenir dans lequel tout le monde peut plus ou moins se retrouver. (Je ne te connais pas, mais j'espère que c'est quelque chose dont tu te sentiras proche.)

Toute la famille était installée au salon, en train de regarder le tout dernier épisode de *M★A★S★H*[7] et même si j'étais très jeune, j'oublierai jamais cette soirée. Maman pleurait. Ma sœur pleurait. Mon frère essayait de toutes ses forces de pas pleurer. Et puis, papa est sorti de la pièce pendant une des dernières scènes pour aller se faire un sandwich. Je ne me rappelle pas grand-chose de l'épisode lui-même parce que j'étais trop petit, mais d'habitude, papa sortait jamais du salon pour se préparer un sandwich, sauf peut-être pendant la pub (et de toute façon, il envoyait ma mère le faire). Je l'ai suivi à la cuisine et j'ai vu qu'il se faisait un sandwich… et qu'il pleurait. Il pleurait encore plus fort que maman. Incroyable. Quand il a fini de faire son sandwich, il a rangé les affaires dans le frigo et s'est arrêté de pleurer, et puis il s'est essuyé les yeux et il m'a aperçu.

Alors il est venu vers moi et m'a tapoté l'épaule.

– Ce sera notre secret, d'accord, p'tit gars ?

– D'accord, j'ai dit.

Et papa m'a soulevé avec son bras qui tenait pas le sandwich, il m'a porté jusqu'au salon et m'a gardé sur ses genoux jusqu'à la fin de l'épisode. Quand l'épisode s'est terminé, il s'est levé avec moi dans ses bras, a éteint la télé et s'est tourné vers les autres.

« C'était une super série. »

Et maman a dit : « La meilleure. »

Et ma sœur a demandé : « Combien d'années elle a duré ? »

Et mon frère a répliqué : « Neuf ans, espèce d'imbécile. »

Et ma sœur a répondu : « Imbécile toi-même. »

7. Série humoristique culte (250 épisodes) inspirée du film de Robert Altman, *M★A★S★H* a pour toile de fond la guerre de Corée (1950-1953).

Et papa a dit : « Arrêtez ça tout de suite. »

Et maman a dit : « Écoutez votre père. »

Et mon frère a plus rien dit.

Et ma sœur non plus.

Et des années plus tard, j'ai découvert que mon frère s'était trompé.

Je suis allé à la bibliothèque pour vérifier les chiffres, et j'ai découvert que l'épisode qu'on avait vu était le programme le plus regardé dans toute l'histoire de la télévision ; j'ai trouvé ça stupéfiant – j'avais toujours eu l'impression que nous cinq, on avait été les seuls à le voir.

Je voulais te dire… au lycée, beaucoup d'élèves détestent leurs parents.

Y en a qui ont été battus. Y en a qui ont pas tiré le bon numéro dans la vie. Y en a qui ont juste été des trophées que leurs parents pouvaient montrer aux voisins, comme des médailles ou des bons points. Et y en a qui veulent simplement qu'on les laisse se soûler en paix. Moi, personnellement, je ne comprends pas toujours papa et maman et des fois, ils me font de la peine, mais je ne peux pas m'empêcher de beaucoup les aimer. Maman va au cimetière voir les gens qu'elle aime. Papa a pleuré pendant *M*A*S*H* et m'a fait confiance pour garder son secret, il m'a laissé s'asseoir sur ses genoux et m'a appelé « p'tit gars ».

Au fait, j'oubliais : j'ai qu'une seule carie, et le dentiste a beau me le répéter, je suis toujours pas décidé à utiliser du fil dentaire.

Ton ami,
Charlie

Lettre du 6 octobre 1991

J'ai vraiment honte.

L'autre jour, je suis allé voir un match de foot au lycée, je sais pas trop pourquoi. Au collège, Michael et moi on allait parfois voir des matchs, même si les autres élèves nous regardaient de travers. C'était juste un endroit où on allait le vendredi soir quand on avait pas envie de rester devant la télé. Des fois, on rencontrait Susan, et elle et Michael se tenaient par la main.

Mais cette fois, j'y suis allé tout seul, parce que Michael est plus là, et que Susan traîne avec d'autres garçons maintenant, et aussi parce que Bridget est toujours aussi folle, que Carl a été envoyé dans une école catholique et que Dave, celui qui avait les lunettes bizarres, a déménagé. J'étais en train d'observer les gens pour repérer ceux qui étaient amoureux ou ceux qui étaient juste venus pour traîner, et c'est là que j'ai aperçu le garçon dont je t'ai déjà parlé. Tu te souviens, rien du tout ? Rien du tout était venu voir le match et il était un des seuls (à part les adultes) à faire attention à ce qui se passait sur le terrain. À vraiment s'intéresser au jeu. Il hurlait des trucs du style : « Vas-y, Brad ! » (C'est le nom de notre quarterback[8].)

Bref. D'habitude, je suis très timide, mais j'avais l'impression que rien du tout était le genre de mec à qui on peut aller dire bonjour pendant un match de foot, même si on a trois ans de moins que lui et qu'on n'est pas très bien vu des autres.

– Tiens, salut ! T'es dans mon cours de techno ! il a dit.

Il est très sympa, comme garçon.

– Je m'appelle Charlie, j'ai dit, pas trop timidement.

– Moi, c'est Patrick. Et elle, c'est Sam.

8. Terme spécifique au football américain, désignant le stratège de l'équipe.

Il a montré du doigt la fille super mignonne qui était assise à côté de lui. Elle m'a fait un petit signe de la main.

– Salut, Charlie.

Sam a un très joli sourire.

Tous les deux, ils m'ont dit de m'asseoir, et je me suis assis. J'ai écouté rien du tout crier des trucs aux joueurs. Et aussi ses commentaires, minute après minute. Et je me suis dit que ce type s'y connaissait vraiment en foot. En fait, il s'y connaissait aussi bien que mon frère. Peut-être qu'à partir de maintenant, je devrais l'appeler Patrick, vu qu'il s'est présenté sous ce nom et que c'est comme ça que Sam l'appelle.

Au fait, Sam a les cheveux châtains et des yeux verts très, très jolis. Le genre de vert qu'essaye pas de se faire remarquer. J'aurais pu t'en parler avant, mais sous les lumières du stade, toutes les couleurs semblaient un peu passées. C'est seulement quand on est allés au Big Boy, où Sam et Patrick se sont mis à fumer cigarette sur cigarette, que j'ai pu l'observer de près. Ce qui était bien, au Big Boy, c'est que Sam et Patrick se sont pas raconté des blagues entre eux, genre « à demi-mot », et du coup j'ai pas galéré pour suivre. Au contraire. Ils m'ont posé des questions.

– T'as quel âge, Charlie ?

– Quinze ans.

– Qu'est-ce que tu veux faire plus tard ?

– J'en sais rien pour l'instant.

– C'est quoi, ton groupe préféré ?

– Peut-être les Smiths, parce que j'adore leur chanson *Asleep*. Mais j'en suis pas sûr, parce que je connais pas trop leurs autres chansons.

– Et ton film préféré ?

– Je sais pas. J'ai l'impression que tous les films sont pareils.

– Et le livre que tu préfères ?

– *L'Envers du paradis*, de F. Scott Fitzgerald[9].

– Pourquoi ?

– Parce que c'est le dernier que j'ai lu.

Ça les a fait rire, parce qu'ils savaient que je le pensais pour de bon et que je cherchais pas à frimer. Ensuite, ils m'ont dit ce qu'ils préféraient eux, et puis on s'est tus. J'ai pris du gâteau au potiron parce que la serveuse m'a dit que c'était de saison, et pendant ce temps, Patrick et Sam ont continué à fumer.

Je les regardais, ils avaient vraiment l'air heureux ensemble. Heureux dans le bon sens du terme. Et même si je trouvais Sam super gentille et super mignonne, et que c'était la première fille que j'avais envie d'inviter à sortir un soir (quand j'aurai mon permis), ça me dérangeait pas de voir qu'elle avait un petit copain, surtout un mec aussi sympa que Patrick.

– Vous « sortez ensemble » depuis longtemps ?

Ils ont éclaté de rire. Ils rigolaient pour de bon.

– Qu'est-ce qu'y a de drôle ? j'ai demandé.

– On est frère et sœur, a dit Patrick, qui riait encore.

– Mais vous vous ressemblez pas, j'ai fait remarquer.

Et c'est là que Sam a expliqué qu'en réalité, ils étaient frère et sœur de divorce (le père de Patrick s'est remarié avec la mère de Sam). C'était carrément une bonne nouvelle, parce qu'un de ces soirs, j'aimerais trop inviter Sam à sortir. Mais alors, vraiment. Elle est trop gentille.

N'empêche que j'ai honte, parce que cette nuit, j'ai fait un rêve bizarre. J'étais avec Sam. Et on était nus tous les deux. Et ses jambes étaient étendues des deux côtés du canapé. Et puis, je me suis réveillé. Jamais je m'étais senti aussi bien. Mais je m'en voulais aussi de l'avoir vue toute nue sans sa permission. Je crois que je devrais le dire à Sam, et j'espère que ça nous empêchera pas de nous dire des trucs entre nous,

9. *This Side of Paradise*, de F. Scott Fitzgerald (1920)

« à demi-mot ». Ça me dirait bien d'avoir une nouvelle amie. Même plus que de sortir avec une fille.

Ton ami,
Charlie

Lettre du 14 octobre 1991

Tu sais ce que c'est, la « masturbation » ? Je me doute que oui, étant donné que tu as quelques années de plus que moi. Mais juste au cas où, je t'explique. La masturbation, c'est quand tu frottes tes parties génitales jusqu'à l'orgasme. Mortel ! Je me suis dit que dans les films ou les émissions de télé, quand ils parlent de prendre une pause-café, ils feraient mieux de s'offrir une pause-masturbation. Mais bon, ça risquerait de faire baisser leur productivité.

Je cherche à t'épater un peu, mais c'est pour blaguer. Je voulais juste te faire sourire. Par contre, le « Mortel ! », je le pense vraiment.

J'ai raconté mon rêve à Sam, quand elle et moi on est nus sur le canapé, et je me suis mis à pleurer parce que je m'en voulais ; tu devineras jamais ce qu'elle a fait. Elle a ri. Pas un rire méchant, non. Un rire chaleureux, vraiment gentil. Elle a dit que je cherchais à l'épater. Et puis, elle a dit que ça la dérangeait pas que j'aie rêvé d'elle. Alors j'ai arrêté de pleurer. Et après, Sam m'a demandé si je la trouvais jolie, et je lui ai répondu que je la trouvais « super belle ». Alors elle m'a regardé droit dans les yeux.

– Tu sais que tu es trop jeune pour moi, Charlie ? Tu t'en rends compte ?

– Oui, je sais.

– Je ne veux pas que tu perdes ton temps à penser à moi de cette façon.

– Je le ferai plus. C'était juste un rêve.

Elle m'a serré dans ses bras, et ça m'a fait bizarre vu que dans ma famille, c'est pas un truc qu'on fait souvent, sauf avec ma tante Helen. Mais au bout de quelques secondes, j'ai senti le parfum de Sam et j'ai senti son corps contre moi. Alors je me suis dégagé.

– Sam, je pense à toi de cette façon.

Elle m'a simplement regardé en secouant la tête. Et puis elle a passé un bras autour de mes épaules et m'a raccompagné dans le hall d'entrée. Dehors, on a croisé Patrick parce que des fois, ils ont pas envie d'aller en cours. Ils préfèrent fumer.

– Patrick, Charlie en pince pour moi « façon Charlie ».

– Non, sans dec'?

– J'essaie de m'en empêcher, j'ai dit.

Et ça les a fait rire. Patrick a demandé à Sam de nous laisser. Elle est partie, et il m'a expliqué des trucs, pour que j'apprenne à m'intéresser à d'autres filles et que je perde pas mon temps à penser à Sam de cette façon.

– Charlie, est-ce qu'on t'a déjà expliqué comment ça marche ?

– Je crois pas.

– Eh bien, il y a des règles, et même si ça te plaît pas, faut quand même les suivre. Tu piges ?

– Je pense que oui.

– OK. Par exemple, prends les filles. Elles imitent leurs mères, ce qu'elles lisent dans les magazines et d'autres trucs encore pour savoir comment s'y prendre avec les mecs.

J'ai pensé aux mères, aux magazines et aux autres trucs et ça m'a angoissé (surtout si en plus elles imitent ce qu'elles voient à la télé).

– Tu vois, c'est pas comme dans les films, où les filles préfèrent les salauds ou les mecs de ce genre. C'est pas aussi simple. Elles aiment les garçons qui peuvent leur donner un but.

– Un but ?

– Exactement. En fait, avec les mecs, ce qu'elles aiment, c'est relever un défi. Ça leur donne l'occasion de se sentir importantes. Comme une mère. Qu'est-ce que ta mère deviendrait si elle pouvait plus être sur ton dos ou t'obliger à ranger tout le temps ta chambre ? Et qu'est-ce qui t'arriverait si elle te lâchait d'un coup et t'obligeait plus à faire des trucs ? On a tous besoin d'une mère. Et les mères le savent bien. Et puis, ça leur donne un but dans la vie. Tu piges ?

– Ouais, j'ai dit, même si c'était pas vraiment le cas. (Mais j'avais suffisamment « pigé » pour pouvoir dire « ouais » sans trop mentir.)

– Le truc, c'est qu'y a des filles qui s'imaginent pouvoir changer les mecs. Et le plus marrant, c'est que si elles y arrivaient vraiment, elles en auraient vite marre. Elles auraient plus de défi à relever. Faut juste leur laisser un peu de temps pour imaginer une autre façon de voir les choses, c'est tout. Et y en a qui y arrivent, d'autres qu'ont besoin de temps, et y en a qui y arriveront jamais. À ta place, je m'inquiéterais pas trop.

Mais je crois que ça m'a carrément inquiété. Ça me tracasse depuis qu'il m'en a parlé. Je regarde les élèves qui se tiennent par la main dans les couloirs, et j'essaye de comprendre « comment ça marche ». Dans les soirées, au lycée, je reste assis au fond de la salle, je bats la mesure du bout du pied, et je me demande combien de couples vont danser sur « leur chanson ». Dans les couloirs, je vois des filles qui portent le blouson de leur petit copain, et je réfléchis à ce que ça veut dire, appartenir à quelqu'un. Et si vraiment ils sont heureux. Je l'espère. Sincèrement.

Bill m'a regardé regarder les autres et après le cours, il m'a demandé à quoi je pensais, alors je lui ai tout raconté. Il m'a écouté, et il a hoché la tête en faisant des petits bruits « affirmatifs ». Et quand j'ai terminé, il a pris sa tête des « discussions sérieuses ».

– Charlie, est-ce que tu réfléchis toujours autant ?

– C'est grave ?

– Pas forcément. Mais parfois, on se réfugie derrière ses pensées pour ne pas avoir à s'impliquer.

– Et c'est grave ?

– Oui.

– Mais je crois que je m'implique. Vous êtes pas d'accord ?

– Eh bien, quand tu vas à ces soirées, est-ce que tu danses ?

– Je sais pas très bien danser.

– Est-ce que tu sors avec des filles ?

– En fait, j'ai pas de voiture, et même si j'en avais une, j'aurais pas le droit de conduire vu que j'ai que quinze ans, et de toute façon, je connais pas de fille, à part Sam, mais je suis trop jeune pour elle et elle serait tout le temps obligée de conduire, et ce serait pas juste, je crois.

Bill a souri et a continué à me poser des questions. Et petit à petit, il en est venu aux « problèmes à la maison ». Alors je lui ai parlé du garçon (celui des cassettes de compile) qui a frappé ma sœur ; je me suis dit que je pouvais en parler à Bill (ma sœur m'avait juste demandé de ne pas en parler à papa ou maman). Après, son visage est devenu très soucieux et il a dit quelque chose que je n'oublierai pas de toute l'année, ou même jamais :

– Charlie, on accepte l'amour qu'on croit mériter.

Je suis resté planté là, sans rien dire. Bill m'a tapoté l'épaule et m'a donné un nouveau livre à lire. Il m'a dit que tout allait s'arranger.

D'habitude, je rentre chez moi à pied, ça me donne l'impression d'être quelqu'un de courageux. En fait, je veux pouvoir raconter à mes enfants que j'allais à l'école à pied, comme mes grands-parents « dans le temps ». C'est bizarre d'imaginer ce genre de chose à l'avance, étant donné que je suis jamais sorti avec une fille, mais je suppose que ça se tient. Généralement, ça prend environ une heure de plus que le bus, mais ça vaut le coup quand il fait beau et que l'air est frais comme aujourd'hui.

Quand je suis enfin arrivé à la maison, ma sœur était assise sur une chaise. Papa et maman étaient debout devant elle. Et là, j'ai compris que Bill avait appelé chez moi et leur avait tout raconté. Et je me suis senti très mal. Tout ça, c'était de ma faute.

Ma sœur pleurait. Maman disait rien, mais alors rien du tout. Il n'y avait que papa qui parlait. Il a dit que ma sœur avait plus le droit de voir le garçon qui l'avait frappée et qu'il allait avoir une discussion avec ses parents ce soir même. Ma sœur a dit que c'était de sa faute à elle, qu'elle l'avait provoqué, mais papa a dit que c'était pas une raison.

– Mais je l'aime !

(J'avais jamais vu ma sœur pleurer autant.)

– Non, tu ne l'aimes pas.

– Je te déteste !

– Non, tu ne me détestes pas.

(Papa peut être très calme quand il veut.)

– Il est tout pour moi.

– Ne dis plus jamais ça de qui que ce soit. Même pas de moi.

(Ça, c'était maman.)

Ma mère intervient jamais à la légère et dans ma famille, il y a au moins une chose de sûre : les rares fois où elle dit quelque chose, elle a toujours le dernier mot. Et ç'a marché. Ma sœur s'est tout de suite arrêtée de pleurer.

Après, mon père l'a embrassée sur le front (un truc qu'il fait quasiment jamais), il est monté dans sa voiture et il est parti. Je me suis dit qu'il allait voir les parents du garçon. Et je les ai vraiment plaints. Ses parents. Parce que papa lâche jamais le morceau. Jamais.

Et puis, maman est allée à la cuisine pour préparer le plat préféré de ma sœur, et ma sœur m'a regardé.

– Je te déteste.

Elle ne l'a pas dit sur le même ton que pour mon père. Là, elle le pensait. C'était sincère.

– Je t'aime.

J'ai rien trouvé d'autre à lui répondre.

– Tu sais ce que t'es ? Un dégénéré. T'as toujours été un dégénéré, une erreur de la nature. Tout le monde le dit. Ça fait des années.

– Je fais de mon mieux pour pas être comme ça.

Et puis je suis sorti de la pièce et je suis allé dans ma chambre, j'ai fermé la porte et j'ai mis ma tête sous l'oreiller et j'ai attendu que le silence remette les choses à leur place dans ma tête.

À propos, j'imagine que tu te poses des questions sur mon père. Par exemple, est-ce qu'il nous frappait quand on était petits, ou même encore maintenant ? Ça me vient à l'esprit parce que Bill s'est posé des questions sur lui quand j'ai fini de lui raconter l'histoire de ma sœur et du garçon. Eh ben, si tu veux tout savoir, il l'a jamais fait. Il a jamais touché à mon frère ni à ma sœur. Et la seule fois où il m'a giflé, c'est quand j'ai fait pleurer ma tante Helen. Et même, ce jour-là, une fois qu'on s'est tous calmés, il s'est mis à genoux devant moi et m'a dit que son beau-père l'avait beaucoup frappé et qu'à l'université, quand ma mère était tombée enceinte de mon grand frère, il avait décidé qu'il ne frapperait jamais ses enfants. Et qu'il s'en voulait beaucoup de m'avoir giflé. Et qu'il était vraiment désolé. Et qu'il le ferait plus jamais. Et il a tenu sa promesse.

C'est juste que des fois, il est sévère.

Ton ami,
Charlie

Lettre du 15 octobre 1991

Dans ma dernière lettre, je crois que j'ai oublié de préciser que c'est Patrick qui m'a parlé de la masturbation. Je crois que j'ai aussi oublié de te dire que maintenant, je le fais régulièrement, très souvent, même. J'aime pas regarder des photos. Je ferme simplement les yeux et je pense à une femme que je connais pas. Et j'essaie de ne pas avoir honte. Quand je fais ça, je pense jamais à Sam. Jamais. C'est très important pour moi. J'étais trop heureux quand elle a dit « façon Charlie », c'est une sorte de petit secret entre nous.

Un soir, je me sentais tellement coupable que j'ai promis à Dieu de plus jamais le faire. Alors je me suis servi d'une couverture, mais avec la couverture, ça fait mal, alors j'ai utilisé un oreiller mais là aussi, ça fait mal. Du coup, j'ai recommencé à faire ça normalement. Comme mes parents savent ce que c'est qu'une école catholique (pour y être passés), j'ai pas eu d'éducation religieuse, mais je crois beaucoup en Dieu. Seulement, je ne donne pas de nom à Dieu, si tu vois ce que je veux dire. J'espère en tout cas que je ne le déçois pas trop.

Au fait, papa a eu une « discussion sérieuse » avec les parents du garçon. La mère du garçon était furieuse et elle a crié sur son fils. Le père du garçon a rien dit. Et mon père est resté plutôt poli avec eux. Il leur a pas dit qu'ils « élevaient leur fils n'importe comment » ou d'autres trucs de ce genre.

Pour lui, la seule chose qui comptait, c'était qu'ils l'aident à empêcher leur fils de revoir sa fille. Une fois qu'ils se sont mis d'accord, il les a laissés se débrouiller entre eux et il est rentré à la maison pour s'occuper de sa famille à lui. En tout cas, c'est ce qu'il nous a raconté.

La seule chose que j'ai demandée à mon père, c'était si le garçon avait des problèmes chez lui. Si à son avis les parents battaient leur fils. Il m'a dit de me mêler de mes affaires. Parce qu'il n'en savait rien et qu'il ne leur demanderait jamais et qu'il pensait que ça n'avait rien à voir.

« Tout le monde n'a pas eu une enfance malheureuse, Charlie. Et même quand c'est le cas, ce n'est pas une excuse. »

Il a rien dit d'autre. Et ensuite, on est allés regarder la télé.

Ma sœur m'en veut toujours autant, mais papa a dit que j'avais bien fait. Pourvu que ce soit vrai. Des fois, c'est difficile de savoir.

Ton ami,
Charlie

Lettre du 28 octobre 1991

Je m'excuse de ne pas avoir écrit depuis presque deux semaines, mais j'ai fait de mon mieux pour « m'impliquer », comme a dit Bill. Des fois, c'est bizarre, je lis un livre et je me prends pour un personnage du livre. Pareil, quand j'écris des lettres, pendant les deux jours qui suivent je repense à ce que j'ai essayé de dire dedans. Je ne sais vraiment pas si c'est bien ou non. Bref, malgré ça, j'essaye de m'impliquer.

Au fait, le livre que Bill m'a donné, c'est *Peter Pan* de J.M. Barrie. Je sais ce que tu dois te dire. Tu penses au dessin animé avec Peter Pan et les garçons perdus. En fait, le livre est cent fois mieux. Ça parle juste d'un garçon qui refuse de grandir, et quand Wendy grandit, il se sent super trahi. En tout cas, c'est ce que j'en ai retenu. Je crois que Bill m'a donné ce livre pour que j'en tire un genre de « leçon ». La bonne nouvelle, c'est que comme c'est une histoire imaginaire, j'ai pas pu faire semblant d'être un des personnages, et du coup, j'ai pu « m'impliquer » et continuer de lire quand même.

En ce qui concerne mon implication, j'essaye d'aller à des rencontres qu'ils organisent au lycée. C'est trop tard pour m'inscrire à des clubs ou à des trucs de ce genre, mais j'essaye quand même d'aller aux trucs où je peux. Des trucs comme le match de foot ou le bal des anciens élèves, même si j'ai pas de copine pour y aller avec moi.

J'ai du mal à imaginer qu'un jour, quand je serai parti d'ici, je reviendrai dans mon ancien lycée pour assister à un match de foot. Mais la dernière fois, je me suis amusé à faire comme si. J'ai retrouvé Patrick et Sam, assis à leur place habituelle dans les gradins, et je me suis mis à faire comme si je les avais pas vus depuis un an, même si on s'était vus dans la journée, pour le déjeuner, quand j'ai mangé mon orange et qu'ils ont fumé des cigarettes.

– Patrick, c'est bien toi ? Et Sam… ça fait un bail. Qui est-ce qui gagne ? La fac, si vous saviez, c'est terrible ! Mon prof m'a donné vingt-sept livres à lire ce week-end et ma petite amie a besoin de moi, faut que je dessine des pancartes pour sa manif' de mardi. Histoire de montrer qu'on plaisante pas. Mon père passe son temps à perfectionner son swing au golf et ma mère arrête pas, avec ses cours de tennis. Il faut vraiment qu'on se refasse ça. Je serais bien resté, mais là, je dois aller chercher ma sœur à sa thérapie de groupe. Elle fait de sacrés progrès. Content de vous avoir revus.

Et puis je me suis éloigné. Je suis allé à la buvette et j'ai acheté trois paquets de chips de maïs, et un *Coca light* pour Sam. Quand je suis revenu, je me suis assis et je leur ai donné les chips et la canette. Et Sam a souri. Ce qui est super avec Sam, c'est qu'elle ne me prend pas pour un dingue quand je joue à faire semblant. Patrick non plus, mais là, il était trop occupé à suivre le match et à crier des trucs à Brad, le quarterback.

Pendant le match, Sam m'a dit qu'après, ils allaient faire la fête chez un copain. Elle m'a demandé si j'avais envie de venir, et j'ai dit oui, vu que j'étais jamais allé à une fête avant – à part celle qu'il y avait eu chez moi. Je me rappelle que mes parents étaient partis dans l'Ohio pour l'enterrement (ou le mariage, je sais plus trop) d'un cousin très éloigné. Et ils avaient confié la maison à mon frère. À l'époque, il avait seize ans. Mon frère en a profité pour organiser une grosse fête, avec de la bière et tout. Il m'a interdit de sortir de ma chambre, mais ça m'allait parce que c'est là qu'ils avaient tous laissé leurs manteaux, et c'était amusant de leur faire les poches et de fouiller dans leurs affaires. Toutes les dix minutes environ, un type et une fille soûls entraient en titubant dans ma chambre, voir s'ils pouvaient s'installer là pour se peloter ou faire d'autres trucs. Et puis ils me voyaient, et ils ressortaient. À part un seul couple, en fait.

Ce couple-là (on m'a dit plus tard que tout le monde les aimait bien au lycée et qu'ils étaient super amoureux) est entré en titubant, et ils ont demandé si la chambre était libre et si « ça m'embêtait pas ». Je leur ai dit que mon frère et ma sœur voulaient pas que je bouge de là, et ils ont demandé s'ils pouvaient quand même rester. J'ai dit que je voyais pas pourquoi ils pourraient pas, alors ils ont fermé la porte et ont commencé à s'embrasser. C'était du sérieux. Au bout de quelques minutes, la main du garçon est passée sous le chemisier de la fille, et elle s'est mise à râler :

– Pas ça, Dave.

– Quoi ?

– Y a le gamin.

– T'inquiète.

Et le garçon a continué de faire remonter sa main sous le chemisier de la fille, et elle avait beau dire non, il continuait. Au bout de quelques minutes, elle a arrêté de râler et il lui a enlevé son chemisier, elle avait un soutien-gorge blanc avec de la dentelle. Franchement, à ce moment-là, je ne savais plus quoi faire. Très vite, il lui a enlevé son soutien-gorge et s'est mis à lui embrasser les seins. Et puis il a passé une main dans sa culotte et elle s'est mise à gémir. Je crois qu'ils étaient tous les deux vraiment ivres. Il a essayé de lui enlever sa culotte mais elle s'est mise à pleurer vraiment très fort, alors il s'est plus occupé d'elle, et il a baissé son pantalon et son slip jusqu'aux genoux.

– S'il te plaît. Dave. Non.

Mais le garçon lui a dit des mots tout gentils, comme quoi elle était super belle et d'autres trucs encore, et elle a attrapé son pénis et a commencé à le faire bouger entre ses mains. J'aimerais pouvoir décrire tout ça un peu mieux, sans avoir à utiliser un mot comme pénis, mais c'est comme ça que ça s'est passé.

Après quelques minutes, le garçon a forcé la fille à baisser la tête et à embrasser son pénis. Elle pleurait toujours. Elle a fini par arrêter, vu qu'il lui a mis son pénis dans la bouche et que dans cette position, je ne crois pas qu'on peut pleurer.

C'est à ce moment que j'ai dû arrêter de regarder parce que je commençais à avoir envie de vomir, mais ils ont continué de faire d'autres trucs, et la fille arrêtait pas de dire « non ». Je l'entendais répéter ça même en me bouchant les oreilles.

Finalement, ma sœur est entrée dans la pièce pour m'apporter un bol de chips, et quand elle a vu le garçon et la fille, ils ont arrêté. Ma sœur était très gênée, mais pas autant que la fille. Le type avait l'air plutôt content de lui. Il a pas dit grand-chose. Quand ils sont partis, ma sœur s'est tournée vers moi.

– Ils savaient que tu étais là ?

– Oui. Ils ont demandé si la chambre était libre.

– Pourquoi tu les as pas empêchés ?

– Je savais pas ce qu'ils faisaient.

– Espèce d'obsédé.

C'est le dernier truc que ma sœur a dit avant de sortir de la pièce, en remportant le bol de chips.

J'ai raconté tout ça à Sam et à Patrick et ils ont plus rien dit du tout. Et puis Sam a dit qu'avant sa période punk, elle était sortie avec Dave pendant un moment, et Patrick a dit qu'il avait entendu parler de cette fête. Ça m'a pas étonné, parce que c'est devenu une espèce de légende. En tout cas, c'est ce que les autres racontent quand je leur dis qui c'est, mon grand frère.

Quand la police est arrivée, ils l'ont trouvé endormi sur le toit. Personne a su comment il avait atterri là. Ma sœur était dans la buanderie en train de « se faire » un type de terminale (à l'époque, elle était qu'en seconde). Plein de parents sont venus chercher leurs enfants et il y avait des tas de filles qui pleuraient et qui « gerbaient ». La plupart des garçons avaient déjà filé. Mon frère a eu de sacrés problèmes et mes parents ont eu une « discussion sérieuse » avec ma sœur, au sujet de ses fréquentations. Voilà toute l'histoire.

Le garçon qui s'appelle Dave est en terminale, maintenant. Il joue dans l'équipe de foot. Il est « ailier éloigné ». J'ai regardé la dernière partie du match, quand Dave a rattrapé une passe de Brad et qu'il a marqué. L'équipe de notre lycée a fini par gagner le match. Et dans les gradins, les gens étaient comme des fous parce qu'on avait battu les autres. Mais moi je pensais qu'à cette fête. J'y ai réfléchi un bon moment, en silence, et ensuite j'ai jeté un coup d'œil à Sam.

– Il l'a violée, c'est ça ?

Elle a juste hoché la tête. Impossible de dire si elle était triste ou si elle était juste au courant de plus de choses que moi.

– On devrait le dire à quelqu'un, tu crois pas ?

Cette fois, Sam a juste fait non de la tête. Ensuite elle m'a expliqué tout ce qu'il fallait faire de compliqué pour pouvoir prouver ce genre de chose, surtout au lycée, quand ça se passe entre un garçon et une fille qui sont amoureux et bien vus des autres.

Le lendemain, au bal du lycée, je les ai vus danser ensemble. Dave et sa copine. Et je me suis vraiment mis en colère. J'étais tellement en colère que ça m'a un peu fait peur. J'avais envie d'aller trouver Dave et de lui faire carrément très mal, aussi mal que j'aurais peut-être dû faire à Sean. Et je crois que je l'aurais fait, si Sam m'avait pas vu. Elle a passé son bras autour de mes épaules, comme elle sait faire. Elle m'a calmé, et je crois que je suis content qu'elle l'ait fait, parce que si je m'étais mis à taper sur Dave et que sa copine m'avait arrêté (vu qu'elle doit l'aimer), ça m'aurait encore plus énervé. Je crois que ça m'aurait rendu dingue.

Faute de mieux, j'ai décidé de dégonfler les pneus de Dave.

Vendredi soir, après le match des anciens élèves, j'ai ressenti un truc, mais je ne sais pas si je suis capable de le décrire, à part que ça fait *chaud*.

Ce soir-là, Sam et Patrick m'ont emmené à la fête en voiture, et j'étais assis entre eux dans le pick-up de Sam. (Elle adore son pick-up, je crois que ça lui rappelle son père.) Quand Sam a dit à Patrick de chercher une station de radio, c'est là que je l'ai eue, cette sensation. Patrick arrêtait pas de tomber sur des pubs. Et encore des pubs. Et une chanson super nulle qui disait sans arrêt « *baby* ». Et encore des pubs. Et puis, il a fini par tomber sur une chanson fantastique qui parlait d'un garçon, et on n'a plus rien dit.

Sam battait la mesure sur le volant. Patrick avait sorti sa main par la fenêtre et la faisait onduler. Et moi, j'étais juste assis entre eux. À la fin de la chanson, j'ai dit quelque chose :

– Je me sens éternel.

Et Sam et Patrick m'ont regardé comme si j'avais dit le truc le plus génial qu'ils avaient jamais entendu. Parce que la chanson était trop super et qu'on l'avait vraiment bien écoutée. On venait de vivre à fond ces cinq minutes, et on se sentait jeunes, dans le bon sens du terme. J'ai acheté le disque depuis, et je pourrais te donner son titre, mais très franchement, c'est pas pareil de l'écouter comme ça, sauf si on est en route pour sa première vraie fête, assis dans un pick-up entre deux personnes sympas et qu'il se met à pleuvoir.

On est arrivés chez le copain, et Patrick a frappé son fameux « coup secret » sur la porte. (Sans le son, c'est difficile à décrire.) La porte s'est entrouverte, un type aux cheveux crépus a passé la tête.

– Patrick alias Patty alias rien du tout ?

– Bob.

La porte s'est ouverte en grand et Bob a serré son vieux copain Patrick dans ses bras. Ensuite, Bob et Sam ont fait pareil. Et puis, Sam a parlé :

– Voici notre ami Charlie.

Et là, tu me croiras jamais : Bob m'a serré dans ses bras ! Pendant qu'on posait nos manteaux, Sam m'a dit que Bob « tenait une putain de cuite ». C'est grossier, mais il fallait vraiment que je cite ce truc.

La fête avait lieu dans le sous-sol de la maison. La pièce était plutôt enfumée et les autres étaient beaucoup plus âgés que moi. Il y avait deux filles qui se montraient leurs tatouages et leur piercing au nombril. Des terminales, je crois. Un type qui s'appelait Fritz quelque chose arrêtait pas de manger des tas de *Twinkies*[10]. La petite copine de Fritz lui parlait des droits de la femme et lui, il passait son temps à dire : « Je sais, poupée. »

Sam et Patrick se sont mis à fumer cigarette sur cigarette. Quand il a entendu que ça sonnait à la porte, Bob est remonté à la cuisine. Il est revenu avec des canettes de *Milwaukee's Best Beer* pour tout le monde, et aussi avec deux nouveaux invités. Il y avait Maggie, qui avait besoin d'aller aux toilettes, et il y avait Brad, le quarterback de l'équipe de foot du lycée. Sans dec' ! Je sais pas pourquoi j'étais si content, mais je crois que quand on voit une personne seulement dans les couloirs ou sur un terrain de sport ou dans un endroit du même genre, c'est bien de savoir qu'elle existe aussi pour de vrai.

Tout le monde était très sympa avec moi, ils me posaient des tas de questions sur ma vie. Sûrement parce que j'étais le plus jeune et qu'ils ne voulaient pas que je me sente à l'écart, surtout après avoir dit non à la bière qu'on m'avait proposée. (Une fois, quand j'avais douze ans, j'ai bu une bière avec mon frère, mais bon, j'ai pas aimé. C'est vraiment pas plus compliqué que ça.) Leurs questions, c'était genre dans quelle classe j'étais et ce que je voulais faire plus tard.

– Je suis en seconde, et j'en sais trop rien pour l'instant.

10. Génoise fourrée à la crème, très calorique, emblématique de la malbouffe à l'américaine.

J'ai regardé autour de moi et j'ai vu que Sam et Patrick avaient quitté la pièce avec Brad. Et là, Bob a commencé à faire circuler des trucs à manger.

– Tu veux un brownie ?

– Oui, merci.

En fait, j'étais mort de faim, parce que généralement, Sam et Patrick m'emmènent au Big Boy après les matchs de football, et j'imagine que je m'étais habitué à ça. J'ai mangé le brownie ; il avait un petit goût bizarre, mais c'était quand même un brownie ; je l'ai quand même trouvé bon. Mais c'était pas un brownie normal. (Comme tu as quelques années de plus que moi, tu dois comprendre de quel genre de brownie je veux parler.)

Au bout d'une demi-heure, la pièce s'est mise à tourner. J'étais en train de parler à une des filles qui a un piercing au nombril, quand j'ai eu l'impression qu'elle était comme dans un film. Je clignais pas mal des yeux, en regardant autour de moi, et la musique semblait lourde, on aurait dit de l'eau.

Sam est redescendue et quand elle m'a vu, elle s'est tournée vers Bob.

– T'es con ou quoi ?

– Relax, Sam. Il aime bien ça. Demande-lui.

– Comment tu te sens, Charlie ?

– Léger.

– Tu vois ? a dit Bob.

Moi, je trouvais qu'il avait quand même l'air un peu tendu (on m'a dit plus tard que c'était de la « paranoïa »). Sam s'est assise à côté de moi, elle m'a pris la main et j'ai trouvé ça cool.

– Est-ce que tu vois des trucs, Charlie ?

– Léger.

– C'est agréable ?

– Mmm.

– Tu as soif ?

– Mmm.

– Qu'est-ce que tu voudrais boire ?

– Un milk-shake.

Et tout le monde a éclaté de rire, à part Sam.

– Il est défoncé.

– Tu as faim, Charlie ?

– Mmm.

– Qu'est-ce que tu voudrais manger ?

– Un milk-shake.

Je crois que même si j'avais dit un truc vraiment drôle, ils auraient pas rigolé aussi fort. Ensuite, Sam m'a pris par la main pour m'aider à me lever – le sol tanguait.

– Allez, viens. On va te faire un milk-shake.

En sortant de la pièce, elle s'est tournée vers Bob.

– J'ai pas changé d'idée, t'es toujours un connard.

Bob s'est contenté de rigoler. Et finalement, Sam s'est mise à rire, elle aussi. Et j'étais content de voir que tout le monde avait l'air aussi heureux.

Sam et moi, on est remontés à la cuisine et elle a allumé la lumière. Mortel ! C'était pas croyable comme ça brillait. Ça faisait comme quand on va voir un film au ciné pendant la journée : quand on quitte la salle, on arrive pas à croire qu'il fait encore jour dehors. Sam a sorti de la crème glacée, du lait et un mixer. Je lui ai demandé où étaient les toilettes et elle m'a montré l'endroit, comme si c'était chez elle, ou presque. Elle et Patrick devaient passer pas mal de temps dans cette maison quand Bob était encore au lycée.

Quand je suis sorti des toilettes, j'ai entendu du bruit dans la pièce où on avait posé nos manteaux. J'ai ouvert la porte et j'ai vu Patrick qui embrassait Brad. Un baiser du genre volé. Ils se sont retournés. C'est Patrick qui a parlé le premier :

– C'est toi, Charlie ?

– Sam est en train de me faire un milk-shake.

– C'est qui, ce gamin ?

Brad avait l'air super tendu, mais pas façon Bob.

– C'est un ami à moi. T'inquiète.

Patrick m'a fait sortir de la chambre et a fermé la porte derrière nous. Il a posé ses mains sur mes épaules et m'a regardé droit dans les yeux.

– Brad veut pas que ça se sache.

– Pourquoi ?

– Parce qu'il a peur.

– Pourquoi ?

– Parce qu'il est… attends un peu… t'es défoncé ou quoi ?

– Oui, c'est ce qu'ils ont dit en bas. Sam est en train de me faire un milk-shake.

Là, Patrick a eu du mal à pas éclater de rire.

– Écoute, Charlie. Brad veut pas que les gens le sachent. Tu dois me promettre que t'en parleras à personne. Ce sera notre secret, d'ac'?

– D'ac'.

– Merci.

Là-dessus, il m'a laissé pour retourner dans la chambre. J'ai entendu des voix étouffées, Brad avait l'air contrarié, mais je me suis dit que c'étaient pas mes affaires et du coup, je suis reparti à la cuisine.

Je dois dire que c'est sûrement le meilleur milk-shake que j'aie bu de toute ma vie. Ça m'a presque fait peur, tellement c'était délicieux. Ensuite, Sam m'a fait écouter quelques-unes de ses chansons préférées. Il y en avait une qui s'appelait *Blackbird*. L'autre, c'était *MLK*. Très belles toutes les deux. Je te donne les titres, vu qu'elles étaient toujours aussi géniales quand je les ai réécoutées sans être « défoncé ».

Y a un autre truc intéressant qui s'est passé avant qu'on parte. Patrick est revenu au sous-sol. J'imagine que Brad était parti. Et Patrick souriait. Et Bob s'est mis à se moquer de lui, comme quoi il en « pinçait » pour le quarterback. Et Patrick a souri encore plus. Je crois que je l'avais jamais vu sourire autant. Ensuite, il m'a montré du doigt et il a dit quelque chose à Bob :

– Il vaut le détour, tu crois pas ?

Bob a hoché la tête. Et là, Patrick a dit un truc que j'oublierai jamais :

– Charlie a trouvé sa place.

Et Bob a hoché la tête pour de bon. Et tout le monde a hoché la tête. Et j'ai commencé à me sentir tendu, façon Bob. Mais Patrick m'a pas laissé le temps d'être trop tendu. Il s'est assis à côté de moi.

– Tu vois des choses. T'en parles pas. Et tu comprends.

Je ne savais pas que les autres pensaient des choses sur moi. Je ne savais pas qu'ils me regardaient. C'était ma première vraie fête et j'étais assis par terre dans un sous-sol entre Sam et Patrick, et je me suis rappelé que Sam m'avait présenté comme son *ami* à Bob. Et je me suis rappelé que Patrick avait dit pareil à Brad. Et je me suis mis à pleurer. Et dans cette pièce, personne m'a regardé d'un drôle d'air parce que je pleurais. Et là, je me suis mis à pleurer pour de bon.

Bob a levé son verre et a demandé à tout le monde de faire pareil.

– À Charlie.

Et tout le monde a dit :

– À Charlie.

Je n'ai pas compris pourquoi ils ont fait ça, mais ça compte vraiment qu'ils l'aient fait. Surtout Sam.

Sinon, à propos du bal des anciens élèves, j'aurais d'autres trucs à te raconter, mais maintenant que j'y repense, le meilleur moment, c'est quand j'ai dégonflé les pneus de Dave. J'ai vraiment essayé de danser, comme Bill m'avait dit, mais généralement, les chansons que j'aime, on peut pas danser dessus ; du coup, j'ai pas trop dansé. Sam était vraiment super mignonne dans sa robe, mais comme je me force à ne pas penser à elle de cette façon, j'ai essayé de ne pas y faire attention.

En revanche, j'ai remarqué que Brad et Patrick se sont pas adressé une seule fois la parole de tout le bal, parce que Brad a pas arrêté de danser avec une pompom girl qui s'appelle Nancy (c'est sa petite amie). Et j'ai bien vu que ma sœur dansait avec le garçon qu'elle est pas censée voir, même si c'est un autre garçon qui était venu la chercher à la maison. Après le bal, on est partis dans le pick-up de Sam. Cette fois, c'était Patrick au volant. Quand on est arrivés près du tunnel de Fort Pitt, Sam a demandé à Patrick de s'arrêter au bord de la route. Je ne comprenais pas ce qui se passait. Et là, Sam a grimpé à l'arrière du pick-up. Elle portait rien d'autre que sa robe de bal. Elle a dit à Patrick de redémarrer et il a eu un sourire entendu. J'imagine que c'était pas la première fois qu'ils faisaient ça.

Bref, Patrick s'est mis à conduire super vite, et juste avant d'arriver au tunnel, Sam s'est mise debout et le vent a fait des vagues énormes avec sa robe. Quand on est entrés dans le tunnel, tous les sons ont été avalés d'un seul coup par le vide et remplacés par la chanson dans l'autoradio. Une belle chanson qui s'appelle *Landslide*. Quand on est sortis du tunnel, Sam a lancé un cri super marrant, et voilà. On était en centre-ville. Les lumières des immeubles et tout ce qui fait qu'on se pose des questions. Sam s'est assise et s'est mise à rire. Patrick s'est mis à rire. Et je me suis mis à rire.

Et à cet instant-là, je te jure, on était éternels.

Ton ami,
Charlie

DEUXIÈME PARTIE

Lettre du 7 novembre 1991

Aujourd'hui, le temps était tellement chouette que ça m'a pas dérangé d'aller au lycée. Y a des jours comme ça. Le ciel était couvert de nuages et l'air était si doux qu'on se serait cru dans un bain d'eau chaude. Je crois que je m'étais jamais senti aussi propre. Quand je suis rentré à la maison, j'ai dû tondre la pelouse pour me faire de l'argent de poche, et ça m'a pas embêté du tout. J'ai juste écouté la musique, respiré l'air, et je me suis souvenu de trucs. Des trucs comme se promener dans le quartier et regarder les maisons, les pelouses et les arbres tout pleins de couleurs et se dire qu'avoir ça, c'est suffisant parfois.

Je connais vraiment rien au zen ou aux trucs que les Chinois ou les Indiens font dans leur religion, mais une des filles qui étaient à la fête, celle qui a un tatouage et un piercing au nombril, elle est bouddhiste depuis le mois de juillet et elle parle quasiment que de ça (sauf peut-être quand elle se plaint du prix des cigarettes). Je la vois des fois à l'heure du déjeuner, quand elle fume avec Patrick et Sam. Elle s'appelle Mary Elizabeth.

Bref, Mary Elizabeth m'a expliqué qu'avec le zen, ce qui compte, c'est que tu es relié à tout ce qui vit sur Terre. Tu fais partie des arbres, de l'herbe et des chiens. Des trucs de ce genre. Elle m'a même expliqué que son tatouage symbolisait ça (mais j'ai oublié pourquoi). Du coup, je me dis que le zen, c'est un jour comme aujourd'hui, quand on fait partie de l'air et qu'on se rappelle des trucs.

Je me souviens d'un jeu de gosses. Il fallait attraper un ballon de foot ou un truc du même genre, et quand quelqu'un l'avait, tous les autres gamins essayaient de le plaquer. Et ensuite, celui qui récupérait le ballon devait courir et les gamins essayaient de le plaquer à son tour. Ça pouvait durer des heures. J'ai jamais trop compris l'intérêt de ce jeu, mais mon frère adorait ça. Il aimait pas trop courir avec le ballon, il préférait plaquer les autres. Les gosses appelaient ce jeu « piler le pédé ». Jusqu'à maintenant, j'avais jamais trop réfléchi à ce que ça voulait vraiment dire.

Patrick m'a raconté son histoire avec Brad, et maintenant je comprends pourquoi Patrick s'est pas mis en colère quand il a vu Brad danser avec une fille. Quand ils étaient en première, Patrick et Brad se sont retrouvés dans une fête avec les autres élèves branchés. (En fait, à cette époque, Patrick était une des stars du lycée ; c'était avant que Sam lui fasse découvrir la *vraie* bonne musique.) Pendant cette fête, Patrick et Brad étaient tous les deux complètement soûls. En fait, Patrick dit que Brad faisait semblant d'être beaucoup plus soûl qu'il l'était vraiment. Ils étaient assis dans le sous-sol avec une fille qui s'appelle Heather, et quand elle est sortie pour aller aux toilettes, Brad et Patrick sont restés seuls. Patrick a dit que pour tous les deux, la situation était « gênante et en même temps excitante ».

« T'es dans la classe de monsieur Brosnahan, c'est ça ? »

« T'es déjà allé à un spectacle laser des Pink Floyd ? »

« Jamais de bière avant l'alcool. Ça fait gerber. »

Au bout d'un moment, ils avaient plus de banalités à se dire, et ils se sont simplement regardés. Et ils ont fini par se toucher et faire des trucs au beau milieu du sous-sol. Patrick a dit que c'était comme si leurs épaules avaient été soulagées d'un énorme poids.

Mais le lundi, au lycée, Brad arrêtait pas de répéter :

« Putain, j'étais trop bourré. Je me souviens plus de rien. »

Il l'a dit à tous ceux qui étaient à la fête. Il l'a dit des tas de fois aux mêmes personnes. Il l'a même dit à Patrick. Personne avait vu Patrick et Brad faire des trucs ensemble, mais Brad arrêtait pas de le redire quand même. Le vendredi d'après, il y a eu une autre fête. Et cette fois, Brad et Patrick étaient pas « bourrés », mais « défoncés », même si Patrick a dit que Brad faisait semblant d'être plus « défoncé » qu'il l'était vraiment. Et ils ont fini par se toucher et refaire des trucs. Et le lundi, au lycée, Brad a fait pareil :

« Putain, j'étais trop défoncé. Je me souviens plus de rien. »

Ç'a duré comme ça pendant sept mois. Au point que Brad se défonçait ou se soûlait avant d'aller à l'école. C'est pas comme s'ils faisaient des trucs au lycée. Ça, c'était seulement pendant les fêtes, le vendredi soir. Mais d'après Patrick, Brad arrivait même pas à le regarder dans les couloirs, encore moins à lui parler. Et c'était difficile pour Patrick, parce qu'il aimait beaucoup Brad.

Quand l'été est arrivé, comme Brad avait plus à se soucier du lycée ou du reste, il s'est mis à boire et à se droguer encore plus. Il y a eu une énorme fête chez Sam et Patrick, avec des gens moins branchés. Quand Brad s'est pointé, tout le monde a été très excité de le voir parce qu'il était branché, mais Patrick a pas expliqué pourquoi Brad était venu à sa fête. Quand la plupart des gens sont partis, Brad et Patrick sont allés dans la chambre de Patrick. C'est cette nuit-là qu'ils ont couché ensemble pour la première fois.

J'ai pas envie de rentrer dans les détails, vu que c'est des trucs plutôt intimes, mais je sais que Brad a joué le rôle de la fille (pour ce qui est des positions et de ce qui va dans quoi). Je crois que c'est plutôt important que tu le saches. Quand ils ont terminé, Brad s'est mis à pleurer vraiment très fort. Il avait beaucoup bu. Et il était complètement défoncé, mais alors complètement. Patrick avait beau essayer de le calmer, Brad arrêtait pas de pleurer. Il voulait même pas que Patrick le prenne dans ses bras, ce que je trouve plutôt triste, parce que si je couchais avec quelqu'un, j'aurais envie de prendre cette personne dans mes bras. Finalement, Patrick a remonté le pantalon de Brad et lui a dit :

– Fais comme si t'étais tombé dans les vapes.

Ensuite, Patrick s'est rhabillé et a fait le tour de la maison pour pas que les autres s'aperçoivent qu'il venait de sa chambre. Lui aussi il pleurait, et il s'est dit que si on lui demandait pourquoi, il dirait que ses yeux étaient rouges à cause de l'herbe qu'il avait fumée. Il a fini par se secouer et il est allé retrouver ceux qui faisaient encore la fête. Il est allé voir Sam en faisant semblant d'être complètement « bourré ».

– Tu sais pas où est passé Brad ?

Sam a vu le regard que lui lançait Patrick. Alors, elle a demandé à tout le monde :

– Hé ! Quelqu'un a vu Brad ?

Comme personne l'avait vu, quelques copains sont partis à sa recherche. Ils ont fini par le trouver dans la chambre de Patrick... il dormait. Finalement, Patrick a appelé les parents de Brad, parce qu'il était trop inquiet. Il leur a pas expliqué pourquoi, il leur a juste dit que Brad était vraiment mal en point et qu'il fallait le ramener chez lui. Alors les parents de Brad sont venus et, avec quelques garçons, dont Patrick, son père l'a porté jusqu'à sa voiture. Patrick ne sait pas si à ce moment-là, Brad dormait vraiment (mais s'il faisait semblant, il était plutôt bon comédien). Les parents de Brad l'ont envoyé en cure de désintoxication – son père voulait pas qu'il rate l'occasion de décrocher une bourse grâce au foot. Patrick l'a plus revu de tout l'été. Les parents de Brad ont jamais capté pourquoi leur fils se droguait ou buvait tout le temps. Personne n'a compris, d'ailleurs. À part ceux qui savaient.

Quand l'année scolaire a repris, Brad évitait tout le temps Patrick. Il allait jamais aux mêmes fêtes que lui. Mais ç'a changé il y a un peu plus d'un mois. Une nuit, Brad a lancé des cailloux sur la fenêtre de la chambre de Patrick et il lui a dit que « personne devait savoir », et Patrick a compris. Maintenant, ils se voient seulement la nuit, sur le terrain de golf et à des fêtes comme celles de Bob, où les gens comprennent ces choses-là et n'en parlent pas.

J'ai demandé à Patrick s'il était triste de devoir faire ça en cachette. Il a juste dit qu'il était pas triste parce que maintenant, au moins, Brad a plus besoin d'être « bourré ou défoncé » pour pouvoir faire l'amour.

Ton ami,
Charlie

Lettre du 8 novembre 1991

Bill, le prof de littérature, m'a mis mon premier B de l'année pour ma rédaction sur *Peter Pan* ! Moi, franchement, je vois pas la différence entre cette rédaction et celles d'avant. Mais il m'a dit que ma « maîtrise de la langue » s'améliorait, ainsi que mon « sens de la syntaxe ». Je trouve que c'est super d'avoir pu faire des progrès dans ces trucs-là sans m'en rendre compte. (Par contre, Bill m'a mis A sur le bulletin envoyé aux parents. Les notes de mes rédacs, c'est juste entre nous.) J'ai décidé que quand je serai grand, peut-être que j'aimerais bien écrire. Mais bon, je vois pas de quoi je pourrais parler.

Je me suis dit que je pourrais peut-être écrire pour les magazines, histoire de lire autre chose que les articles qui racontent les trucs dont j'ai déjà parlé, du genre : « Tout en essuyant ses lèvres pleines de moutarde au miel, XXX a parlé de son troisième mari et des pouvoirs curatifs des cristaux. » Mais franchement, je crois que je ferais un très mauvais journaliste, vu que je peux pas m'imaginer assis à une table, en face d'un homme politique ou d'une star de cinéma, en train de leur poser des questions. Je crois que je serais tout juste bon à leur demander un autographe pour ma mère ou un truc de ce genre, et je me ferais sûrement virer. Alors je me dis que peut-être, il vaudrait mieux que j'écrive plutôt pour un quotidien, comme ça je pourrais interviewer des gens normaux, mais ma sœur dit que les journaux « racontent que des salades ». Je ne sais pas si c'est vrai, mais bon, je verrai bien quand je serai plus vieux.

N'empêche que j'ai commencé à travailler pour un fanzine qui s'appelle *Punk Rocky*. Un magazine photocopié qui parle de punk rock et du film *The Rocky Horror Picture Show*[11]. J'écris pas dedans, mais je les aide.

Mary Elizabeth est responsable du magazine, tout comme elle est responsable des représentations du *Rocky Horror Picture Show* qui se jouent dans le coin. Mary Elizabeth est une fille super intéressante parce qu'elle a un tatouage qui symbolise le bouddhisme, un piercing au nombril et une coiffure de foldingue, mais dès qu'elle est responsable de quelque chose, on dirait mon père quand il rentre à la maison après

11. *The Rocky Horror Picture Show* (1975), comédie musicale burlesque de Jim Sharman. Film culte dans le monde entier, en particulier dans le milieu gay, et qui donne lieu à des projections interactives (les spectateurs sont invités à jouer les scènes du film, en parallèle à la projection).

une « dure journée ». Elle est en terminale et elle dit que ma sœur est une « allumeuse et une pimbêche ». Je lui ai dit de plus jamais dire des trucs comme ça sur ma sœur.

Jusqu'ici, de tout ce que j'ai fait cette année, je crois que c'est le *Rocky Horror Picture Show* que je préfère. Le soir d'Halloween, Patrick et Sam m'ont emmené au cinéma pour voir ça. C'est vraiment marrant, y a plein de jeunes qui se déguisent comme les personnages du film et qui jouent les scènes devant l'écran. Et les gens crient les répliques pile au bon moment. (J'imagine que tu sais déjà tout ça, mais j'ai pensé qu'il valait mieux le dire, au cas où tu serais pas au courant.)

Patrick joue « Frank'N Furter ». Sam a le rôle de « Janet ». C'est vraiment difficile de se concentrer sur le film parce que quand elle joue Janet, Sam se balade sur scène en sous-vêtements. Je fais de mon mieux pour ne pas penser à elle comme ça, mais c'est de plus en plus dur.

J'aime Sam, voilà. Mais pas comme dans les films. Des fois, je me contente de la regarder, et je me dis que c'est la fille la plus gentille et la plus mignonne du monde. Drôle, et super intelligente. Après l'avoir vue dans le *Rocky Horror Picture Show*, je lui ai écrit un poème, mais comme j'étais gêné, je ne lui ai pas montré. Je pourrais te le recopier, mais je crois que ça serait manquer de respect à Sam.

Le problème, c'est que maintenant, Sam sort avec un garçon qui s'appelle Craig.

Il est plus vieux que mon frère. Je crois qu'il doit avoir au moins vingt ans, vu qu'il boit du brandy. Dans le spectacle, Craig joue « Rocky ». Patrick dit que Craig est « bien gaulé ». (Je sais vraiment pas d'où Patrick sort ces expressions.)

Je crois qu'il a raison. Craig est bien gaulé. Il est aussi très créatif, comme garçon. Pour payer ses études aux Beaux-Arts, il pose comme mannequin dans les catalogues des magasins

JCPenney et d'autres trucs du genre. Il aime bien prendre des photos ; j'en ai vu quelques-unes, elles sont excellentes. Il y a une photo de Sam qui est vraiment très belle. C'est quasi impossible d'expliquer à quel point cette photo est belle, mais je vais essayer. Si tu écoutes la chanson *Asleep,* et que tu repenses aux jours agréables qui te rappellent des trucs, et aussi aux yeux les plus jolis du monde, et que tu pleures, et que cette personne refuse que tu l'aimes, alors je crois que tu peux imaginer cette photo.

Je veux que Sam arrête d'aimer Craig.

Bon, tu crois peut-être que c'est parce que je suis jaloux de lui. C'est pas ça. Juré. C'est juste que Craig l'écoute pas vraiment quand elle parle. Je ne veux pas dire que c'est un sale type, vu que c'est pas le cas ; c'est juste qu'il a toujours l'air ailleurs. On a l'impression que quand il prend Sam en photo, c'est la photo qui est belle. Il pense qu'elle est belle parce qu'il l'a bien prise. Si c'était moi qui faisais cette photo, je saurais qu'elle est belle simplement parce que Sam serait dessus.

Je crois juste que c'est mal, quand un garçon regarde une fille et s'imagine que sa façon de la regarder la rend plus belle qu'elle l'est en réalité ; et je crois que c'est mal, si un garçon a besoin d'un appareil photo pour regarder une fille avec sincérité ; et c'est très dur pour moi de voir que Sam est mieux dans sa peau seulement parce qu'un garçon plus vieux la voit de cette façon.

J'ai demandé à ma sœur ce qu'elle pensait de tout ça, et elle a dit que Sam avait « pas de fierté ». Elle a aussi dit que Sam avait mauvaise réputation quand elle était en seconde. D'après elle, avant, c'était une « reine de la pipe ». J'espère que tu sais ce que ça veut dire, parce que j'ai carrément pas envie de te l'expliquer en pensant à Sam.

Je suis vraiment amoureux de Sam, et ça fait très mal.

J'ai aussi posé des questions à ma sœur à propos du garçon qu'elle a retrouvé au bal. Elle a refusé d'en parler, ou alors il fallait que je promette de le répéter à personne, même pas à Bill. Alors j'ai promis. Elle a dit qu'elle voyait ce garçon en cachette depuis que papa le lui avait interdit. Elle dit qu'elle pense à lui quand il est pas là. Elle dit qu'ils vont se marier quand ils auront terminé la fac et qu'il aura fini ses études de droit. Elle m'a dit de pas m'inquiéter, qu'il l'a pas refrappée depuis ce fameux soir. Et elle m'a dit de pas m'inquiéter, qu'il la refrappera jamais. C'est à peu près tout ce que j'ai appris, même si elle a pas arrêté d'en parler.

Ça m'a fait plaisir d'être là, avec ma sœur – d'habitude, elle aime pas trop discuter avec moi. J'étais un peu étonné qu'elle m'en dise autant, mais comme elle fait ces choses en cachette, j'imagine qu'elle a personne à qui en parler. Je crois qu'elle mourait juste d'envie d'en parler à quelqu'un. Et même si elle m'a dit de pas m'en faire, je m'inquiète quand même beaucoup pour elle. C'est ma sœur, après tout.

Ton ami,
Charlie

Lettre du 12 novembre 2001

J'adore les *Twinkies*. Si je te dis ça, c'est parce qu'on doit tous réfléchir à ce qui nous pousse à vivre.

En cours de biologie, monsieur Z. nous a raconté une expérience avec un rat (ou une souris, je sais plus trop) ; ils ont d'abord mis le rat (ou la souris) à un bout de la cage. À l'autre bout de la cage, ils ont posé un petit peu de nourriture. Et le rat (ou la souris) traversait la cage pour aller manger.

Ensuite, ils ont remis le rat (ou la souris) à l'autre bout, et cette fois ils ont ajouté de l'électricité sur le sol de la cage, là où le rat (ou la souris) devait passer pour aller chercher la nourriture. Ils ont fait ça pendant un moment, et le rat (ou la souris) arrêtait de traverser la cage quand le voltage atteignait un certain stade.

Ensuite, ils ont refait la même expérience, mais ils ont remplacé la nourriture par quelque chose qui procurait un plaisir intense au rat (ou à la souris). Je ne sais pas ce qui pouvait leur donner autant de plaisir, mais j'imagine que c'était un autre petit rat (ou une petite souris). Bref, les scientifiques ont découvert que le rat (ou la souris) était prêt à supporter un voltage beaucoup plus fort juste pour avoir du plaisir. Même plus que pour la nourriture.

Bon, c'est très intéressant tout ça, mais à quoi ça rime ?

Ton ami,
Charlie

Lettre du 15 novembre 1991

Il commence à faire froid, et même glacial. L'automne est quasiment terminé. La bonne nouvelle, c'est qu'on va avoir des vacances et ça, j'adore, surtout cette année, vu que mon frère va bientôt rentrer à la maison. Peut-être même pour Thanksgiving ! En tout cas, j'espère qu'il viendra, ça ferait plaisir à maman. Il a pas appelé à la maison depuis quelques semaines, et maman arrête pas de s'inquiéter pour ses notes, pour son « rythme de sommeil » et pour ce qu'il mange aux repas, et papa arrête pas de lui répéter la même chose :

« Il va rien lui arriver. »

Moi, j'aime bien m'imaginer qu'à la fac, mon frère vit une expérience comme dans les films. Je parle pas du genre de film où ils font une grosse fête entre clubs d'étudiants. Plutôt du film où le type rencontre une fille maligne qui porte des tas de pulls et boit des chocolats chauds. Ils discutent bouquins ou politique et ils s'embrassent sous la pluie. Je crois que ça lui ferait beaucoup de bien, une expérience comme ça, surtout si la fille est une beauté « atypique ». C'est ces filles que je préfère. Personnellement, je trouve les « top model » bizarres. Je sais pas pourquoi.

Mon frère, lui, il a des posters de « top model », de voitures, de marques de bière et d'autres trucs comme ça sur les murs de sa chambre. Ajoute à ça le plancher sale, et c'est facile d'imaginer à quoi doit ressembler sa chambre à la résidence universitaire. À la maison, mon frère déteste faire son lit, mais son placard à vêtements est toujours très bien rangé. Va comprendre.

Le problème avec lui, quand il se décide à appeler, c'est qu'il raconte pas grand-chose. Il parle un peu de ses cours, mais surtout de son équipe de foot. Apparemment, tout le monde s'intéresse de près à l'équipe parce qu'elle est « performante » et qu'ils ont quelques très bons joueurs. Mon frère dit qu'un des types sera millionnaire un jour, c'est sûr, mais qu'il est « con comme une bite ». À mon avis, ça doit vouloir dire qu'il est très, très con. Il m'a raconté qu'un jour, l'équipe était dans les vestiaires en train de discuter de tous les trucs par quoi ils avaient dû passer pour pouvoir faire du foot à la fac. Ils ont fini par parler de leurs résultats au SAT[12].

Et le type a dit : « J'ai eu 13. »

Et mon frère a demandé : « En maths ou à l'oral ? »

12. SAT : *Scholastic Aptitude Test*. Examen (payant) d'entrée à l'université.

Et le type a dit : « Hein ? »

Et toute l'équipe a rigolé.

J'ai toujours eu envie de faire partie d'une équipe. En fait, je ne sais pas trop pourquoi, mais je me suis toujours dit que ça devait être cool d'avoir son « heure de gloire ». Comme ça, plus tard, j'aurais des histoires à raconter à mes enfants et à mes copains golfeurs. J'imagine que je pourrais toujours parler du fanzine *Punk Rocky* et raconter que je rentrais de l'école à pied, ou d'autres trucs de ce genre. C'est peut-être ça, mon « heure de gloire », et je m'en rends même pas compte, étant donné que ça n'a rien à voir avec taper dans un ballon. (Quand j'étais petit, je faisais du sport, et en fait je m'en tirais très bien, mais le problème, c'est que ça me rendait trop agressif, et du coup, les docteurs ont dit à ma mère qu'il fallait que j'arrête.)

Mon père a eu son heure de gloire dans le temps. J'ai vu des photos de lui quand il était jeune. Il était « beau garçon ». Je sais pas comment le dire autrement. Il ressemblait à tous ceux qu'on voit sur les vieilles photos. Sur les vieilles photos, les gens ont l'air jeunes et très costauds, et toujours plus heureux que toi.

Sur les vieilles photos, je trouve que ma mère est belle. Elle a vraiment l'air plus belle que n'importe qui d'autre – sauf peut-être Sam. Des fois, je regarde mes parents et je me demande ce qui a pu se passer pour qu'ils deviennent comme ils sont maintenant. Et ensuite, je me demande ce qui va arriver à ma sœur quand son petit copain aura fini la fac de droit. Et quelle tête aura mon frère si un jour il est sur une carte de foot, ou à quoi il ressemblera s'il est jamais sur une carte de foot. À la fac, mon père a joué au base-ball pendant deux ans ; il a dû arrêter quand ma mère est tombée enceinte de mon frère. C'est là qu'il a commencé à travailler dans son bureau. (Pour rien te cacher, je ne sais même pas ce que mon père fait comme travail.)

Y a cette histoire qu'il nous raconte, des fois. Une histoire géniale. C'est en rapport avec le championnat régional de base-ball, quand il était au lycée. C'était la fin de la neuvième manche, et il y avait un coureur dans la première base.

Deux balles étaient tombées en dehors des limites et l'équipe de mon père avait un point de retard. Mon père était plus jeune que la plupart des joueurs de l'équipe universitaire, vu qu'il était qu'en première, et je pense que l'équipe se disait qu'il allait faire « foirer » le match. Ils lui mettaient vraiment la pression. Il était super stressé. Et il avait super peur. Mais au bout de quelques lancers, il a commencé à sentir qu'il « entrait dans le jeu ». Quand le lanceur s'est préparé à envoyer la balle suivante, mon père a su exactement où elle allait retomber. Il l'a frappée plus fort qu'il avait jamais frappé une balle de toute sa vie. Et il a fait un coup de circuit[13], et son équipe a gagné le championnat. Dans cette histoire, le plus génial, c'est que chaque fois que mon père la raconte, elle change pas. Il est pas du genre à en rajouter.

Des fois, quand je vais voir un match de foot avec Patrick et Sam, je repense à tout ça. Je regarde le terrain et je pense au garçon qui vient juste de marquer un essai. Je me dis que pour ce garçon, c'est son « heure de gloire » et qu'un de ces jours, ce moment sera juste une histoire de plus, puisque tous ceux qui marquent des essais ou qui font des coups de circuit deviendront des pères. Et quand leurs enfants regarderont les albums photo du lycée, ils se diront que leur père était costaud, « beau garçon » et qu'il avait l'air beaucoup plus heureux qu'eux. J'espère juste que je n'oublierai pas de dire à mes

13. Coup de batte qui permet au batteur de marquer en faisant un tour complet du terrain en une seule fois.

enfants qu'ils sont aussi heureux que j'en aurai l'air sur mes vieilles photos. Et qu'ils me croiront.

Ton ami,
Charlie

Lettre du 18 novembre 1991

Mon frère a appelé hier, et finalement, il ne peut pas rentrer à la maison pour Thanksgiving, même pour une journée, parce qu'il a pris du retard dans son travail à cause du foot. Ma mère était tellement contrariée qu'elle m'a emmené faire les magasins pour acheter de nouveaux vêtements.

Tu vas penser que j'exagère, mais je te promets que non : du moment où on est montés dans la voiture jusqu'au moment où on est rentrés à la maison, elle a pas arrêté de parler. Pas une seconde. Même quand j'étais dans la cabine pour essayer un « pantalon flanelle » (comme elle dit).

Elle est restée à l'extérieur de la cabine d'essayage, à parler tout haut de ses soucis. D'abord de mon père, qui aurait dû insister pour que mon frère rentre à la maison, même si c'était seulement pour un après-midi. Ensuite, ç'a été le tour de ma sœur, qui ferait mieux de penser un peu plus à son avenir et de se mettre à postuler pour des universités « de secours », au cas où les bonnes facs voudraient pas d'elle. Et puis elle s'est mise à dire que le gris m'allait bien, comme couleur.

Je comprends comment ma mère fonctionne. Vraiment.

C'est comme quand on était petits et qu'on allait à l'épicerie. Mon frère et ma sœur se disputaient tout le temps à propos des mêmes trucs, et moi j'étais assis au fond du chariot. Quand les courses étaient finies, ma mère était si contrariée qu'elle poussait le chariot très vite, et j'avais l'impression d'être dans un sous-marin. C'était pareil hier, sauf que maintenant, dans la voiture, je peux m'asseoir sur le siège avant.

Aujourd'hui, quand j'ai vu Sam et Patrick au lycée, ils ont tous les deux trouvé que ma mère avait « de bons goûts vestimentaires ». Quand je suis rentré du lycée, je l'ai dit à ma mère, et elle a souri. Elle m'a demandé si j'avais envie d'inviter Sam et Patrick à manger un soir, mais après les vacances, vu qu'elle était « déjà assez énervée comme ça pendant » (les vacances). J'ai appelé Sam et Patrick et ils ont dit qu'ils viendraient. J'ai trop hâte !

La dernière fois que j'ai invité un ami à dîner, c'était Michael, l'année dernière. On avait mangé des tacos. Le plus génial, c'est que Michael avait dormi à la maison. En fait, on a très peu dormi. On a surtout parlé de trucs – de filles, de cinéma et de musique. Le seul moment de la nuit dont je me souviens précisément, c'est quand on s'est baladés dans le quartier. Mes parents dormaient, comme dans les autres maisons. Michael regardait chez les gens par leurs fenêtres. Tout était sombre et silencieux. Il a demandé :

– Tu crois que ces gens sont sympas ?

– Les Anderson ? Ouais. Ils sont vieux.

– Et ceux-là ?

– Ben… madame Lambert aime pas que les balles de base-ball atterrissent dans son jardin.

– Et eux ?

– Ça fait trois mois que madame Tanner est partie voir sa mère. Monsieur Tanner passe ses week-ends assis sur la véranda, à l'arrière de sa maison, à écouter des matchs de base-ball à la radio. Je sais pas vraiment s'ils sont sympas, ils ont pas d'enfants.

– Elle est malade ?

– Qui ça ?

– La mère de madame Tanner.

– Je crois pas. Ma mère le saurait, mais elle a rien dit à propos de ça.

Michael a hoché la tête.

– Ils sont en train de divorcer.

– Tu crois ?

– Ouais.

On a simplement continué de marcher. Parfois, Michael avait sa façon bien à lui de marcher en silence. Je crois qu'il faut que j'ajoute que ma mère a entendu dire que les parents de Michael sont divorcés, maintenant. Elle a dit que seulement 70 % des gens mariés restent ensemble quand ils perdent un enfant. Je crois qu'elle a lu ça dans un magazine.

Ton ami,
Charlie

Lettre du 23 novembre 1991

Est-ce que t'aimes les fêtes de famille ? Pas seulement avec ton père et ta mère, c'est pas ce que je veux dire, mais aussi avec ton oncle, ta tante et tes cousins ? Moi, j'aime bien. Pour plusieurs raisons. D'abord, je trouve ça fascinant de voir comme tout le monde s'aime, alors que personne s'apprécie vraiment. Ensuite, les disputes sont toujours les mêmes.

D'habitude, ça commence quand le père de ma mère (mon grand-père) termine son troisième verre. C'est à peu près à ce moment-là qu'il se met à raconter n'importe quoi. Mon grand-père se plaint des Noirs qui viennent habiter dans son ancien quartier, et alors ma sœur s'énerve contre lui, et alors mon grand-père lui dit qu'elle ne sait pas de quoi elle parle, qu'elle, elle vit dans un quartier résidentiel. Ensuite, il dit que personne ne vient lui rendre visite dans sa maison de retraite. Et pour finir, il se met à raconter tous les secrets de famille, par exemple comment le cousin untel a « mis en cloque » une serveuse du Big Boy. Je devrais peut-être expliquer que mon grand-père est un peu sourd, et qu'il raconte tous ces trucs en parlant très fort.

Ma sœur essaye de le contredire, mais elle gagne jamais. Il est plus têtu qu'elle, c'est sûr. Ma mère aide sa tante à préparer le repas (qui est toujours « trop sec » pour mon grand-père, même quand c'est de la soupe). Alors, ma grand-tante se met à pleurer et va s'enfermer dans les toilettes. Chez elle, y a qu'un seul W-C ; du coup, ça fait des histoires quand mes cousins ont besoin de se soulager de toute la bière qu'ils ont bue. Ils attendent en se tortillant devant les toilettes, ils cognent à la porte pendant quelques minutes et, à force de la cajoler, ils arrivent presque à persuader ma grand-tante de sortir, mais à ce moment-là, mon grand-père l'insulte pour autre chose, et ça repart de plus belle. Au final, mes cousins doivent sortir pour aller aux toilettes dans les buissons (à part une fois, quand mon grand-père est tombé ivre mort juste après le repas). Si on regarde par la fenêtre (c'est ce que je fais en général), on peut les voir, et on dirait qu'ils partent en expédition, comme quand ils vont à la chasse. Je plains vraiment mes cousines et mes autres grands-tantes, vu qu'elles ont pas trop la possibilité d'aller dans les buissons, surtout quand il fait froid.

Je devrais dire aussi que d'habitude, mon père se contente de rester assis sans rien dire, et de boire. C'est pas du tout un gros buveur, mais à chaque fois qu'il doit passer du temps avec la famille de ma mère, il « prend une cuite », comme dit mon cousin Tommy. Au fond de lui, je crois qu'il aimerait mieux être avec sa famille dans l'Ohio, comme ça, il aurait pas à voir mon grand-père. Il aime pas beaucoup mon grand-père, mais il n'en parle pas. Même dans la voiture, pendant le voyage retour. Il pense simplement qu'il est mal placé pour en parler.

Quand la journée se termine, mon grand-père est généralement trop soûl pour faire quoi que ce soit. Mon père, mon frère et mes cousins le portent jusqu'à la voiture de celui qui est le moins en colère contre lui. Mon rôle à moi, c'est d'ouvrir les portes sur leur passage. Mon grand-père est très gros.

Je me souviens qu'une fois, c'est mon frère qui a ramené mon grand-père à la maison de retraite, et je les ai accompagnés. Mon frère a toujours compris mon grand-père, il ne se met pas souvent en colère contre lui, sauf si mon grand-père dit quelque chose de méchant sur ma mère ou ma sœur, ou s'il fait une scène en public. Je me souviens qu'il neigeait vraiment pas mal, et tout était silencieux. Presque paisible. Et d'un coup, mon grand-père s'est calmé et s'est mis à parler autrement.

Il nous a dit que quand il avait seize ans, il avait dû arrêter l'école parce que son père était mort et qu'il fallait bien que quelqu'un nourrisse la famille. Il a parlé de l'époque où il devait aller trois fois par jour à l'usine pour voir s'il y avait du travail pour lui. Et qu'il avait très froid. Et très faim, comme il voulait toujours être sûr que sa famille ait d'abord de quoi manger. Des choses, il nous a dit, qu'on ne pourrait pas comprendre, vu qu'on avait eu de la chance dans la vie. Et ensuite il a parlé de ses filles, ma mère et tante Hélène.

« Je sais ce que votre mère pense de moi. Et aussi Helen. Une fois… je suis allé à l'usine… pas de travail… rien… je suis rentré à la maison à 2 heures du mat'… complètement bourré… votre grand-mère m'a montré leurs bulletins scolaires… des notes très moyennes… alors qu'elles étaient loin d'être bêtes, ces filles. Alors je suis allé dans leur chambre et je leur ai collé une bonne raclée pour leur faire comprendre… et quand ç'a été fini, elles pleuraient… je leur ai montré leurs bulletins et j'ai dit : « C'est la dernière fois que ça arrive. » Elle en parle encore… votre mère… mais vous savez quoi ? C'est plus jamais arrivé… elles sont allées à la fac… toutes les deux. Je regrette seulement de pas avoir pu payer pour elles… j'avais toujours voulu leur payer… Je regrette qu'Helen ait jamais compris ça. Je crois que votre mère, elle, a compris… au fond d'elle… c'est quelqu'un de bien… vous devriez être fiers d'elle. »

Quand j'ai raconté ça à ma mère, elle a seulement eu l'air très triste – il avait jamais pu lui dire tout ça à elle. Vraiment jamais. Même quand elle s'est mariée et qu'il l'a conduite à l'autel.

Voilà le topo, en gros. Mais cette année, la fête de Thanksgiving s'est passée autrement. On a apporté une cassette du match de foot de mon frère, pour que la famille la regarde. Tout le monde s'est rassemblé autour de la télé, même mes grands-tantes, qui regardent jamais le foot d'habitude. J'oublierai jamais leurs têtes quand mon frère est entré sur le terrain. C'était un mélange de plein de choses. J'ai un cousin qui travaille dans une station-service ; et ça fait deux ans que mon autre cousin est au chômage, depuis qu'il s'est blessé à la main ; et j'en ai un autre qui « a envie » de retourner à la fac depuis environ sept ans ; et mon père a dit un jour qu'ils sont très jaloux de mon frère parce qu'il a vraiment essayé de faire quelque chose de sa vie et qu'il s'en sort. Mais ce jour-là, quand mon frère est entré sur le terrain, tout était oublié et tout le monde était fier. À un moment, mon frère a fait une super percée et toute la famille a poussé des hourras, même si certains avaient déjà vu le match avant. J'ai regardé mon père, il souriait. J'ai regardé ma mère, elle souriait, même si elle avait peur que mon frère se fasse mal (et j'ai trouvé ça bizarre, vu que c'était qu'un vieux match enregistré : elle savait bien qu'il allait rien lui arriver). Mes grands-tantes et mes cousins et leurs enfants souriaient aussi. Même ma sœur. Il y avait seulement deux personnes qui souriaient pas. Mon grand-père et moi.

Mon grand-père pleurait.

Des larmes du genre silencieuses et secrètes. Le genre de larmes que j'ai été le seul à remarquer. J'ai repensé à la fois où il était entré dans la chambre de ses filles et où il avait frappé ma mère et où il lui avait montré son bulletin scolaire et où il lui avait dit que c'était la dernière fois qu'elle avait de mauvaises notes. Quand j'y repense, je me dis qu'il voulait peut-être dire pareil à mon grand frère. Ou à ma sœur. Ou à moi. Qu'il voulait être sûr d'être le dernier de la famille à avoir travaillé dans une usine.

Je ne sais pas si c'est bien ou non. Je ne sais pas si c'est mieux de rendre tes enfants heureux même s'ils vont pas à la fac. Je ne sais pas si c'est mieux d'être proche de ta fille ou d'être sûr qu'elle a une meilleure vie que toi. J'en sais franchement rien. J'ai rien dit et je l'ai observé.

Quand le match a été fini et le repas terminé, chacun a dit pourquoi il était content. Un tas de trucs avaient à voir avec mon frère, la famille ou Dieu. Et au moment où ils le disaient, ils étaient tous sincères, sans se soucier de ce qui pourrait arriver le lendemain. Quand ç'a été mon tour, j'ai beaucoup réfléchi, parce que c'était la première fois que j'étais à la table des adultes (comme mon frère était pas là pour s'asseoir avec eux).

– Je suis content que mon frère ait joué au foot à la télé, parce que du coup, personne s'est disputé.

Autour de la table, la plupart ont eu l'air embarrassés. Y en a même qui avaient l'air furieux. Quant à mon père, on aurait dit qu'il savait que j'avais raison, mais il a rien voulu dire, c'était pas sa famille. Ma mère était inquiète des réactions de son père. Une seule personne à table a dit quelque chose. C'était ma grand-tante, celle qui d'habitude s'enferme dans les toilettes.

– Amen.

Et d'une certaine façon, ç'a tout arrangé.

Au moment de se préparer pour partir, je suis allé voir mon grand-père, je l'ai serré dans mes bras et je l'ai embrassé sur la joue. Il s'est essuyé avec la main et m'a regardé d'un drôle d'air. Il n'aime pas que les garçons de la famille le touchent. N'empêche, je suis très content de l'avoir fait, au cas où il meure. J'ai jamais eu l'occasion de faire ça à ma tante Helen.

Ton ami,
Charlie

Lettre du 7 décembre 1991

Est-ce que tu as déjà entendu parler d'un truc qui s'appelle « le Père Noël secret » ? C'est quand un groupe d'amis mettent leur nom dans un chapeau, et chacun tire un nom, et on est censé acheter des tas de cadeaux de Noël à celui sur qui on est tombé. On met les cadeaux « en secret » dans son casier quand il est pas là. Ensuite, à la fin, on fait une fête et on dit qui a offert quoi et à qui, et on se donne les derniers cadeaux.

Sam s'est mise à faire ça il y a trois ans avec son groupe d'amis. Maintenant, c'est une sorte de tradition. Et normalement, la fête qu'on organise à la fin est la plus sympa de l'année. Ça se passe le soir du dernier jour d'école, juste avant les vacances.

Je sais pas qui est tombé sur moi. Moi, j'ai tiré le nom de Patrick. Je suis super content d'être tombé sur lui, même si j'espérais Sam. Comme Patrick passe la plupart de son temps avec Brad, ça fait quelques semaines que je l'ai pas vu, à part en cours de techno, alors réfléchir aux cadeaux que je vais lui faire est un bon moyen de penser à lui.

Le premier cadeau, ça sera une compile. Ça peut pas être autre chose. J'ai déjà choisi les chansons et le thème de la cassette. Je l'ai appelée « Un Hiver ». (Mais j'ai décidé de pas colorier la pochette.) Sur la face A, il y a des tas de chansons des Village People et de Blondie, parce que Patrick aime beaucoup ce genre de musique. Il y a aussi *Smells Like Teen Spirit* de Nirvana, que Sam et Patrick adorent. Mais c'est l'autre face que j'aime le plus, avec des chansons sur l'hiver :

Asleep des Smiths
Vapour Trail de Ride
Scarborough Fair de Simon & Garfunkel
A Whiter Shade Of Pale de Procol Harum
Dear Prudence des Beatles
Time Of No Reply de Nick Drake
Gypsy de Suzanne Vega
Night In White Satin des Moody Blues

Daydream des Smashing Pumpkins
Dusk de Genesis (Phil Collins était même pas encore dans le groupe !)
MLK de U2
Blackbird des Beatles
Landslide de Fleetwood Mac

Et pour finir…
Asleep des Smiths (encore !)

J'ai passé toute la nuit à l'enregistrer et j'espère que Patrick l'aimera autant que moi. Surtout la face B. J'espère que c'est le genre de face B qu'il pourra écouter chaque fois qu'il sera tout seul en voiture, et qui l'aidera à se sentir rattaché à quelque chose chaque fois qu'il sera triste.

Quand, finalement, j'ai eu la cassette dans la main, j'ai ressenti un truc incroyable. D'un coup, je me suis dit que dans ma main, y avait cette cassette toute bête, pleine de souvenirs, d'émotions, de grand bonheur et de tristesse. Juste là, au creux de ma main. Et j'ai pensé au nombre de gens qui aiment ces chansons. Et à tous ceux qui ont eu des périodes difficiles et qui s'en sont sortis grâce à ces chansons. Et à ceux qui ont passé de bons moments avec ces chansons. Et à tout ce que ces chansons veulent vraiment dire. Je crois que ça serait génial d'avoir écrit une de ces chansons. Je parie que si j'en avais écrit une, je serais super fier. Est-ce qu'ils sont heureux, les gens qui les ont écrites ? Je me demande. Moi, en tout cas (sans parler de tous les autres), elles m'ont fait du bien.

J'ai trop hâte d'avoir mon permis de conduire. C'est pour bientôt !

Au fait, ça fait un moment que je t'ai pas parlé de Bill. Mais bon, y a pas grand-chose à en dire… il continue à me passer des livres qu'il donne pas à ses autres élèves, et je continue à les lire, et il continue à me demander d'écrire des rédacs, et voilà. Ces dernières semaines, j'ai lu *Gatsby le Magnifique*[14] et *Une paix séparée*[15]. Je commence vraiment à voir les points communs entre les livres que Bill me donne. C'est comme pour la cassette, c'est incroyable de pouvoir tenir chacun d'eux au creux de la main. Ce sont tous mes préférés. Tous.

Ton ami,
Charlie

Lettre du 11 décembre 1991

Patrick a adoré la cassette ! Je crois quand même qu'il sait que c'est moi, son Père Noël secret – il doit se dire qu'il n'y a que moi pour lui faire une cassette comme ça. Il sait aussi à quoi ressemble mon écriture. Je sais pas pourquoi j'oublie à chaque fois ce genre de détail (et après, c'est trop tard). J'aurais vraiment dû la mettre de côté pour lui en faire cadeau en dernier.

Au fait, j'ai réfléchi au deuxième cadeau que je vais faire à Patrick. C'est de la « poésie magnétique ». Tu connais ? Au cas où tu ne saches pas ce que c'est, je t'explique : un mec ou une fille écrit des tas de mots sur une feuille aimantée et découpe la feuille en petits morceaux. Tu les colles sur ton frigo, et ensuite tu peux écrire des poèmes pendant que tu te fais un sandwich. C'est super marrant.

14. *The Great Gatsby,* de F.S. Fitzgerald (1925)
15. *A Separate Peace,* de John Knowles (1959)

Le cadeau que m'a offert mon Père Noël secret n'a rien d'exceptionnel, ça me rend triste. Je te parie n'importe quoi que Mary Elizabeth est mon Père Noël secret. C'est bien la seule qui pourrait avoir l'idée de m'offrir des chaussettes.

Ton ami,
Charlie

Lettre du 19 décembre 1991

Entre-temps, on m'a offert un « pantalon flanelle » qui vient d'un magasin de fripes. J'ai aussi eu une cravate, une chemise blanche, des chaussures et une vieille ceinture. Je suppose que le dernier cadeau que je vais avoir, ça sera un veston, vu que c'est le seul truc qui manque à l'ensemble. J'ai reçu un mot tapé à la machine qui dit qu'à la fête, je dois porter tout ce qu'on m'a offert. J'espère que ça cache quelque chose.

La bonne nouvelle, c'est que Patrick a beaucoup aimé tous mes cadeaux. Le cadeau n°3, c'était une boîte d'aquarelles et du papier. Je me suis dit qu'il aimerait avoir ça (même s'il s'en sert jamais). Le cadeau n°4, c'était un harmonica et un livre pour apprendre à en jouer. (J'imagine que c'est le même genre de cadeau que les aquarelles, mais selon moi tout le monde devrait avoir des aquarelles, de la poésie magnétique et un harmonica.)

Mon dernier cadeau avant la fête, c'est un livre qui s'appelle *The Mayor of Castro Street*[16]. Ça parle de Harvey Milk, un homme qui dirigeait un mouvement homo à San Francisco. Quand Patrick m'a dit qu'il était homo, je suis allé faire

16. *The Mayor of Castro Street : The Life and Times of Harvey Milk* de Randy Shilts (1982), retrace le parcours de Harvey Milk, politicien et militant pour les droits des homosexuels, assassiné en 1978.

des recherches à la bibliothèque, parce que je t'avoue que je ne connaissais pas grand-chose sur le sujet. J'ai trouvé un article à propos d'un documentaire qui parlait de Harvey Milk. Et comme j'arrivais pas à trouver le film, j'ai fait des recherches sur son nom et j'ai découvert ce livre.

Je l'ai pas lu, mais le résumé avait l'air très bien. J'espère que ça l'intéressera. Je suis impatient d'être à la fête, pour lui donner son cadeau.

Au fait, j'ai passé tous mes exams de fin de trimestre, et la période a été super chargée, et j'aurais pu te raconter tout ça mais c'est juste que c'était pas aussi intéressant que les trucs qui ont rapport aux vacances.

Ton ami,
Charlie

Lettre du 21 décembre 1991

La vache ! C'était génial. Si tu veux, je peux te décrire la scène. Voilà. On est tous assis dans la maison de Sam et de Patrick (que j'avais jamais vue avant). Une belle maison. Très propre. Et on est tous en train de s'offrir nos derniers cadeaux. Dehors, les lumières sont allumées et il neige, on dirait de la magie. Comme si on était ailleurs. Dans un monde plus chouette.

C'était la première fois que je rencontrais les parents de Sam et de Patrick. Ils ont été trop gentils. La mère de Sam, qui est très jolie, raconte des blagues géniales. (Sam dit qu'elle était actrice quand elle était jeune.) Le père de Patrick est très grand, il a une super poignée de main et il est très bon cuisinier. Y a des tas de parents qui mettent mal à l'aise quand on les rencontre. Mais pas ceux de Sam et Patrick. Ils ont été très sympas pendant tout le repas, et après, ils sont partis pour qu'on puisse faire la fête. Ils ne sont même pas revenus vérifier si tout allait bien. Pas une seule fois ! Ils nous ont carrément laissés faire semblant qu'on était chez nous. On a décidé de faire la fête dans la « salle de jeux » (où y avait pas de jeux, mais un super tapis).

Quand j'ai dit que c'était moi le Père Noël de Patrick, tout le monde a rigolé vu qu'ils étaient tous au courant, et Patrick a super bien fait semblant d'être surpris (plutôt gentil de sa part). Ensuite, tout le monde a demandé à voir mon dernier cadeau, et je leur ai dit que c'était un poème que j'avais lu il y a longtemps. Un poème que Michael m'avait recopié. Et comme j'ai jamais su qui était l'auteur, j'ai bien dû le relire des centaines et des centaines de fois. Je sais pas si on peut le trouver dans un recueil ou un manuel de cours, et je sais pas quel âge avait la personne qui l'a écrit, mais je sais que j'ai envie de le (ou la) connaître. J'ai envie de savoir si cette personne va bien.

Du coup, tout le monde m'a demandé de me lever pour lire le poème. Et comme on essayait de se comporter en adultes, et qu'on buvait du brandy, j'ai pas été timide. Et ça m'a fait *chaud*. Ça me fait encore un peu *chaud*, mais il faut que je te raconte ça. Je me suis levé et juste avant de lire le poème, j'ai dit que si quelqu'un savait qui l'avait écrit, il devait me le dire.

Quand j'ai fini de lire le poème, personne a plus rien dit. Un silence très triste. Mais bon, c'était triste, mais pas dans le mauvais sens du terme. C'était juste un truc qui faisait qu'on se regardait tous et qu'on savait qu'on était là, ensemble. Sam et Patrick m'ont regardé comme les amis savent le faire. Et je les ai regardés. Et je crois qu'ils savaient. Quoi ? Rien de bien précis. Ils savaient, un point c'est tout.

C'est là que Patrick a mis la face B de la cassette que je lui avais enregistrée et qu'il a servi à tout le monde un autre verre de brandy. On devait tous avoir l'air un peu idiots en le buvant, mais on ne se sentait pas idiots.

Pendant qu'on écoutait les chansons, Mary Elizabeth s'est levée. Mais elle avait pas de veston à la main. En fin de compte, c'était pas du tout elle, mon Père Noël. Elle était le Père Noël de l'autre fille avec le tatouage et le piercing au nombril (au fait, elle s'appelle Alice). Elle lui a offert un vernis à ongles noir qu'Alice avait déjà repéré dans les boutiques. Et Alice était super contente. Moi, j'étais assis là, à regarder partout autour de moi, à chercher le veston des yeux. Pas moyen de savoir qui pouvait l'avoir.

Ç'a été au tour de Sam de se lever, et elle a offert à Bob une pipe à cannabis amérindienne fabriquée à la main, un choix qui semblait parfait pour lui.

Il y a eu d'autres cadeaux. Et d'autres embrassades. Et finalement, ça s'est terminé. Tout le monde était passé, sauf Patrick. Il s'est levé et il est allé à la cuisine.

– Est-ce que quelqu'un veut des chips ?

Tout le monde a dit oui. Et il est revenu avec trois paquets de *Pringles* et un veston. Et il est arrivé vers moi. Et il a dit que tous les grands écrivains portaient un « costard ».

Alors j'ai enfilé le veston, même si j'avais pas du tout l'impression de le mériter (tout ce que j'écris, c'est des rédactions pour Bill), mais c'était un cadeau tellement gentil, et tout le monde a applaudi. Et Sam et Patrick ont tous les deux été d'accord pour dire que j'avais l'air « très beau ». Mary Elizabeth a souri. Je crois que pour la première fois de ma vie, j'ai eu la sensation d'avoir l'air « bien ». Tu vois ce que je veux dire ? Comme quand tu te regardes dans un miroir et que tu trouves que tes cheveux sont bien coiffés pour la première fois de ta vie, et que ça fait du bien. Je crois qu'on devrait pas donner autant d'importance au poids, aux muscles et à une journée où on se trouve bien coiffé, mais quand ça arrive, c'est bon. Trop bon.

Le reste de la soirée a été un sacré moment. Comme beaucoup de gens partaient en famille dans des endroits comme la Floride ou l'Indiana, on a tous échangé des cadeaux avec ceux dont on n'était pas le Père Noël. Bob a donné à Patrick un petit sachet d'herbe auquel il avait attaché une carte de Noël. Il avait même fait un paquet-cadeau. Mary Elizabeth a offert des boucles d'oreilles à Sam. Et Alice aussi. Et Sam leur a aussi offert des boucles d'oreilles (ça doit être un truc de filles). Je dois avouer que j'étais un peu triste, vu qu'à part Sam et Patrick, personne m'a fait de cadeau. J'imagine que c'est logique, je suis pas trop proche d'eux. Mais quand même, j'étais un peu triste.

Et puis ç'a été mon tour. Comme ça semblait aller avec sa personnalité, j'ai offert à Bob un petit flacon en plastique plein de bulles de savon. Je crois pas m'être trompé.

– Trop cool.

C'est tout ce qu'il a dit. Il a passé le reste de la soirée à faire des bulles et à les envoyer vers le plafond.

Après, ç'a été le tour d'Alice. Je lui ai offert un livre d'Anne Rice, parce qu'elle en parle tout le temps. Et elle m'a regardé comme si elle arrivait pas à croire que je savais qu'elle aimait Anne Rice. J'imagine qu'elle se rend pas compte qu'elle parle autant (ou que j'écoute autant). Mais elle m'a quand même remercié. Ensuite, ç'a été le tour de Mary Elizabeth. Je lui ai donné une carte et une enveloppe, avec quarante dollars à l'intérieur. Sur la carte, j'avais écrit un truc tout bête : « Pour les photocopies couleur du prochain numéro de *Punky Rock*. »

Elle m'a regardé d'un drôle d'air. Et là, ils se sont tous mis à me regarder d'un drôle d'air, à part Sam et Patrick. Je crois qu'ils s'en voulaient de m'avoir rien offert. Mais je pense qu'ils auraient pas dû, parce que je pense pas que ce soit vraiment le problème. Mary Elizabeth a juste souri et dit merci, et puis elle a arrêté de me regarder dans les yeux.

La dernière, c'était Sam. J'avais passé un bon bout de temps à réfléchir à son cadeau. Je crois que j'ai commencé à y penser la première fois que je l'ai vraiment vue. Pas quand je l'ai rencontrée ou aperçue, mais *vraiment* vue, si tu vois ce que je veux dire. J'avais accroché une carte au cadeau.

Sur la carte, je disais à Sam que ce cadeau, c'était ma tante Helen qui me l'avait offert. Un vieux 45-tours des Beatles, avec la chanson *Something*. Quand j'étais petit, je l'écoutais tout le temps en pensant à des trucs d'adultes. J'allais à la fenêtre de ma chambre et dans la vitre, je fixais mon reflet et les arbres et pendant des heures, j'écoutais la chanson. C'est à cette époque que j'ai décidé que quand je rencontrerais une personne que je trouverais aussi belle que la chanson (belle dans tous les sens du terme), c'est à cette personne que j'offrirais le disque. Du coup, j'ai décidé de le donner à Sam.

Sam m'a regardé toute tendre et m'a serré dans ses bras. J'ai fermé les yeux parce que je voulais sentir ses bras, rien d'autre. Elle m'a embrassé sur la joue et a chuchoté, pour pas que les autres l'entendent :

– Je t'aime.

Je savais qu'elle disait ça en amie, mais je m'en fichais : c'était la troisième fois que quelqu'un me disait ça depuis la mort de tante Helen. (Les deux autres fois, c'était ma mère.)

Après ça, j'ai eu du mal à croire que Sam avait vraiment un cadeau pour moi – je pensais que le « Je t'aime » suffisait, franchement. Mais en fin de compte, elle m'a offert un cadeau.

Et c'est la première fois qu'un truc aussi gentil m'a fait sourire, et pas pleurer. J'imagine que Sam et Patrick sont allés dans la même boutique d'occaz', parce que leurs cadeaux allaient ensemble. Elle m'a emmené dans sa chambre et m'a placé devant sa commode, qui était recouverte d'une taie d'oreiller avec de jolies couleurs. Elle a soulevé la taie d'oreiller, et j'étais là, dans mon nouveau costume, en train de regarder une vieille machine à écrire avec un ruban tout neuf. Il y avait une feuille de papier blanc glissée dans la machine.

Sur cette feuille, Sam a tapé : « Écris sur moi, un de ces jours ». Et j'ai tapé une réponse, debout dans sa chambre. Juste :

« D'accord. »

Et ça m'a fait du bien de savoir que c'étaient les premiers mots que j'écrivais sur ma nouvelle vieille machine à écrire offerte par Sam. Pendant un moment, on est restés là sans rien dire, et elle a souri. Je me suis à nouveau approché de la machine à écrire et j'ai tapé autre chose.

« Moi aussi, je t'aime. »

Sam a d'abord regardé la feuille, et puis moi.

– Charlie… est-ce que t'as déjà embrassé une fille ?

J'ai fait non de la tête. Tout était tellement silencieux.

– Même pas quand tu étais petit ?

J'ai fait non de la tête. Et elle a eu l'air très triste.

Elle m'a raconté son « premier baiser ». C'était un des amis de son père. Elle avait sept ans. Et elle en a parlé à personne, à part Mary Elizabeth, et puis Patrick, il y a un an. Et elle s'est mise à pleurer. Et elle a dit quelque chose que je n'oublierai pas. Jamais.

– Je sais que tu sais que j'aime bien Craig. Et je sais que je t'ai dit de ne pas penser à moi de cette façon. Et je sais qu'on ne peut pas être ensemble comme ça. Mais j'ai envie d'oublier tous ces trucs pendant une minute. D'accord ?

– D'accord.

– Je veux être sûre que la première personne que tu embrasseras t'aimera vraiment. D'accord ?

– D'accord.

Elle pleurait encore plus fort qu'avant. Et moi aussi (quand j'entends un truc de ce genre, je peux pas m'en empêcher).

– Je veux juste en être sûre. D'accord ?

– D'accord.

Et elle m'a embrassé. Le genre de baiser que je pourrais jamais raconter tout fort à mes amis. Le genre de baiser qui m'a fait comprendre que j'avais jamais été aussi heureux de toute ma vie.

Un jour, sur une feuille de papier jaune aux lignes vertes
Il a écrit un poème
Et il l'a appelé « Chops »
Parce que c'était le nom de son chien
Et que c'était de ça que ça parlait
Et son professeur lui a mis A
Et l'a félicité
Et sa mère l'a accroché sur la porte de la cuisine
Et l'a lu à ses tantes
Cette année-là, le Père Tracy a emmené tous les enfants au zoo
Et il les a laissés chanter dans le bus
Et sa petite sœur est née
Chauve, avec de minuscules ongles aux orteils
Et son père et sa mère s'embrassaient beaucoup
Et la fille qui habitait à côté lui a envoyé
Une carte de la Saint-Valentin avec une rangée de cœurs

Et il a dû demander à son père ce que les cœurs voulaient dire
Et son père le bordait tous les soirs dans son lit
Il était toujours là pour le faire

Un jour, sur une feuille de papier blanc aux lignes bleues
Il a écrit un poème
Et il l'a appelé « Automne »
Parce que c'était le nom de la saison
Et que c'était de ça que ça parlait
Et son professeur lui a mis A
Et lui a demandé d'écrire plus lisiblement
Et sa mère ne l'a pas accroché sur la porte de la cuisine
À cause de la nouvelle peinture
Et les gamins lui ont dit
Que le Père Tracy fumait des cigares
Et laissait les mégots sur les bancs de l'église
Et que parfois ils brûlaient et laissaient des marques
Cette année-là, sa sœur a eu des lunettes
Avec des verres épais et une monture noire
Et la fille qui habitait à côté a ri
Quand il l'a invitée à aller voir le Père Noël
Et les autres gamins lui ont expliqué pourquoi
Son père et sa mère s'embrassaient beaucoup
Et son père ne le bordait jamais le soir dans son lit
Et quand il pleurait pour qu'il le fasse
Son père se mettait en colère

Un jour, sur une feuille arrachée à son cahier
Il a écrit un poème
Et il l'a appelé « Innocence : une question »
Parce que c'était la question qu'il se posait sur sa copine
Et que c'était de ça que ça parlait

Et son professeur lui a mis A
Et l'a regardé fixement, d'un drôle d'air
Et sa mère ne l'a jamais accroché sur la porte de la cuisine
Parce qu'il ne le lui a jamais montré
Cette année-là, le Père Tracy est mort
Et lui, il a oublié comment se terminait
Le Credo des Apôtres
Et il a surpris sa sœur
En train de se faire un type sur la véranda
Et son père et sa mère ne s'embrassaient jamais
Et ne se parlaient plus
Et la fille qui habitait à côté
Se maquillait trop
Ça le faisait tousser quand il l'embrassait
Mais il l'embrassait quand même
Parce que c'est ce qui se fait
Et à trois heures du matin il se bordait lui-même dans son lit
Pendant que son père ronflait fort

C'est pour ça qu'au verso d'un sac en papier kraft
Il a essayé un autre poème
Et il l'a appelé « Absolument rien »
Parce que c'était vraiment de ça que ça parlait
Et il s'est mis un A
Et il a tracé une putain d'entaille sur chaque poignet
Et il l'a accroché à la porte de la salle de bains
Parce que cette fois il n'était pas sûr
De pouvoir atteindre la cuisine

C'est le poème que j'ai lu à Patrick. Personne a su me dire qui l'avait écrit, mais Bob l'avait déjà entendu quelque part, et à ce qu'il paraît, c'est le mot d'adieu d'un gamin qui s'est suicidé. J'espère vraiment que c'est pas ça, parce que sinon, je me demande si j'aime la fin.

Ton ami,
Charlie

Lettre du 23 décembre 1991

Hier, Sam et Patrick sont partis dans le Grand Canyon avec leur famille. Ça m'embête pas trop parce que je me souviens encore du baiser de Sam. Ça me fait comme une sensation paisible, parfaite. J'ai même envisagé de plus me laver les lèvres (comme ils font à la télé), mais ensuite je me suis dit que ça serait dégoûtant. À la place, j'ai passé la journée à me balader dans le coin. J'ai même ressorti ma vieille luge et ma vieille écharpe. Pour moi, ç'a quelque chose de douillet.

J'ai marché jusqu'à la colline où avant, on faisait de la luge. Il y avait un tas de petits gamins. Je les ai regardés s'envoler. Faire des sauts et des courses. Et je me suis dit qu'un de ces jours, tous ces gamins vont grandir. Et que tous ces gamins vont faire les mêmes choses qu'on fait. Et qu'un de ces jours, qu'ils embrasseront tous quelqu'un. Mais pour l'instant, faire de la luge leur suffit. Je crois que ce serait super si dans la vie, faire de la luge pouvait toujours suffire, mais c'est pas le cas.

Je suis content que Noël et mon anniversaire approchent, pour que tout ça soit vite terminé, parce que je me sens déjà partir dans cet endroit atroce où j'allais avant. Après la mort de ma tante Helen, c'est dans cet endroit que je suis allé. J'allais si mal que ma mère a dû m'emmener voir un docteur, et on m'a fait redoubler une classe. Maintenant, j'essaye de plus trop penser à ça, sinon c'est pire.

C'est un peu comme quand tu te regardes dans un miroir et que tu répètes ton nom. Jusqu'au point où plus rien semble réel. Eh bien, parfois, c'est ce qui m'arrive, sans que j'aie besoin de me regarder dans un miroir. Ça arrive super vite, et les choses se mettent à disparaître. J'ouvre les yeux et je vois plus rien. Et puis je me mets à respirer super fort et j'essaye de voir quelque chose, mais je peux pas. Ça m'arrive pas tout le temps, mais quand c'est comme ça, ça me fait peur. Ce matin, ç'a failli arriver, mais j'ai repensé au baiser de Sam et c'est passé.

Je ne devrais sûrement pas trop en parler, parce que ça fait revenir trop de choses. Ça m'oblige à trop réfléchir. Alors que j'essaye de m'impliquer. Mais bon, comme Sam et Patrick sont au Grand Canyon, c'est difficile.

Demain, je vais acheter les cadeaux pour tout le monde avec maman. Et ensuite on va fêter mon anniversaire. Je suis né le 24 décembre. Je sais plus si je t'ai déjà dit ça. C'est bizarre comme anniversaire, si proche de Noël. Après, on va fêter Noël avec la famille de mon père, et mon frère va rentrer à la maison pour quelques jours. Ensuite, je vais passer mon permis de conduire, du coup j'aurai de quoi m'occuper pendant que Sam et Patrick sont pas là.

Ce soir, j'ai un peu regardé la télé avec ma sœur, mais elle avait pas envie de regarder les émissions spécial Noël, alors j'ai décidé d'aller lire dans ma chambre. Bill m'a donné un seul livre à lire pendant les vacances. C'est *L'Attrape-cœurs*[17]. C'était son livre préféré quand il avait mon âge. Le genre de livre, selon lui, qu'on peut « s'approprier ».

J'ai lu les vingt premières pages. Je sais pas trop quoi en penser pour l'instant, mais ça m'a l'air de bien coller avec la

17. *The Catcher In The Rye* de J.D. Salinger.

période de Noël. J'espère que Sam et Patrick vont m'appeler pour mon anniversaire. Ça m'aiderait à me sentir vraiment mieux.

Ton ami,
Charlie

Lettre du 25 décembre 1991

Je suis assis dans l'ancienne chambre de mon père dans l'Ohio. La famille est encore en bas. Je me sens vraiment mal. Je ne sais pas ce qui tourne pas rond chez moi, pourquoi je suis pas « raccord », mais ça commence à me faire peur. J'aimerais qu'on rentre à la maison ce soir, mais on passe toujours la nuit ici. J'ai pas envie d'en parler à ma mère, ça ferait que l'inquiéter. Je pourrais en parler à Sam et à Patrick, mais ils ont pas appelé hier, et on est partis de la maison ce matin, juste après avoir ouvert les cadeaux. Peut-être qu'ils ont appelé cet après-midi ? J'espère que non, vu que j'étais pas à la maison. J'espère que ça ne te dérange pas si je te raconte tout ça. Je ne sais vraiment pas quoi faire d'autre. Je suis toujours triste quand ça arrive, et j'aimerais que Michael soit là. Et j'aimerais que ma tante Helen soit là. Ma tante Helen me manque, à un point… Ça m'aide pas non plus de lire le livre. J'en sais rien. C'est juste que je réfléchis trop vite. Beaucoup trop vite.

C'est comme ce soir. Toute la famille a regardé *La vie est belle*[18], vraiment un beau film. Mais tout ce que je me demandais, c'était pourquoi ils avaient pas fait le film sur Oncle Billy ? Dans le film, George Bailey est un homme important

18. *It's a Wonderful Life,* grand classique de Frank Capra (1946). George Bailey, marié à Mary, est le héros, tandis que Billy est un personnage secondaire.

dans sa ville. Grâce à lui, des tas de gens ont pu sortir des taudis. Il a sauvé la ville – quand son père est mort, il était le seul à pouvoir le faire. Ce type voulait une vie d'aventure, mais il est resté et a sacrifié ses rêves pour le bien de la communauté. Et ensuite, quand ça l'a rendu triste, il a décidé de se suicider. Il voulait mourir pour que l'argent de son assurance-vie puisse servir à sa famille. Et puis, un ange descend sur Terre et lui montre ce que serait la vie s'il était jamais né. Comment toute la ville aurait souffert, et comment sa femme serait restée « vieille fille ». Et cette année, ma sœur n'a même pas dit que c'était un truc super démodé – tous les ans, elle dit qu'au moins Mary gagne sa vie, et que c'est pas parce qu'elle est pas mariée qu'elle est une moins que rien. Mais cette année, elle a rien dit. J'ai pas compris pourquoi. Je me suis dit que c'était peut-être à cause du petit copain qu'elle voit en cachette. Ou peut-être à cause de ce qui s'est passé dans la voiture pendant le voyage pour aller chez ma grand-mère. Moi, j'avais juste envie que le film parle de l'Oncle Billy parce qu'il boit beaucoup et qu'il est gros et que c'est lui, au départ, qui a perdu l'argent. J'aurais voulu que l'ange descende sur Terre pour nous montrer que la vie de l'Oncle Billy avait un sens. Je crois que ça m'aiderait à me sentir mieux.

Ç'a commencé hier à la maison. Je n'aime pas mon anniversaire. Mais alors, pas du tout. Je suis allé faire des courses avec ma mère et ma sœur, et ma mère était de mauvaise humeur à cause des places de parking et des files d'attente. Et ma sœur était elle aussi de mauvaise humeur – elle voulait acheter un cadeau pour son petit copain en cachette de ma mère, et elle allait devoir revenir seule plus tard. Et moi, je me sentais bizarre. Vraiment bizarre, parce qu'en me promenant dans les magasins, je savais pas quel cadeau mon père aurait aimé que je lui offre. Je savais quoi acheter à Sam et à Patrick, mais à mon propre père, je savais même pas. Mon frère aime bien les posters avec des filles ou des canettes de bière. Ma sœur aime bien les bons-cadeau pour une coupe de cheveux. Ma mère aime bien les vieux films et les plantes. Mon père aime seulement le golf, et c'est pas un sport qu'on pratique l'hiver (sauf en Floride, mais on n'habite pas là-bas). Et il joue plus au base-ball. Il aime pas qu'on lui en reparle, à part quand c'est lui qui raconte. Comme j'aime mon père, je voulais juste savoir quoi lui acheter. Mais je le connais pas. Et il aime pas parler de trucs comme ça.

– Eh bien, pourquoi tu ne te mets pas avec ta sœur pour lui acheter ce pull ?

– J'ai pas envie. Je veux lui acheter quelque chose moi-même. Quel genre de musique il aime ?

Mon père écoute plus trop de musique, et les trucs qu'il aime, il les a déjà.

– Quel genre de livres il aime lire ?

Mon père lit plus trop de livres depuis qu'il écoute des livres audio quand il va au travail, et les cassettes, il les emprunte gratuitement à la bibliothèque.

Quel genre de films ? Quel genre de n'importe quoi ?

Ma sœur a décidé d'acheter le pull toute seule. Et elle s'est mise en colère contre moi, parce qu'elle avait besoin de temps pour revenir dans le magasin acheter un cadeau à son petit copain qu'elle voit en cachette.

– T'as qu'à lui acheter des balles de golf, Charlie. Bordel !

– Mais c'est un sport d'été.

– Maman, tu pourrais pas l'obliger à acheter quelque chose ?

– Charlie. Calme-toi. Tout va bien.

J'étais tellement triste. Je ne comprenais pas ce qui se passait. Maman essayait vraiment d'être gentille – quand je suis comme ça, c'est la seule qui essaye vraiment de calmer les choses.

– Je m'excuse, maman.

– Non. Ne t'excuse pas. Tu as envie de trouver un joli cadeau pour ton père. C'est normal.

– Maman !

Ma sœur était vraiment furieuse. Ma mère l'a même pas regardée.

– Charlie, tu peux acheter ce que tu veux à ton père. Je sais que ça lui fera plaisir. Calme-toi, maintenant. Tout va bien.

Elle m'a emmené dans quatre magasins différents. À chaque fois, ma sœur s'asseyait sur la chaise la plus proche et râlait. J'ai fini par trouver le magasin idéal. Un endroit où ils vendent des films. Et quand j'ai déniché une cassette vidéo du dernier épisode de *M*A*S*H*, je me suis senti vraiment mieux. Du coup, j'ai commencé à raconter à ma mère la fois où on l'avait regardé tous ensemble.

– Elle est au courant, Charlie, elle était là. Allez, on y va. Pfff…

Ma mère a dit à ma sœur de s'occuper de ses affaires, et elle m'a écouté raconter ce qu'elle savait déjà, mais j'ai laissé de côté l'histoire de mon père qui pleurait (notre petit secret). Ma mère m'a même dit que je racontais très bien les histoires. Je l'aime, ma mère. Et cette fois, je lui ai dit que je l'aimais. Et elle m'a dit qu'elle aussi. Et pendant un petit moment, ç'a été.

On était assis à la table de la cuisine, pour attendre le retour de mon père qui était parti chercher mon frère à l'aéroport. Il était en retard, vraiment, et ma mère s'est mise à s'inquiéter parce que dehors, il neigeait déjà pas mal. Et elle a obligé ma sœur à rester à la maison parce qu'elle avait besoin d'aide pour le repas. Elle voulait que tout soit super parfait pour mon frère et moi, vu qu'il rentrait à la maison et que c'était mon anniversaire. Mais ma sœur, ce qu'elle voulait, c'était aller acheter un cadeau à son petit copain. Elle était de super mauvaise humeur, comme les filles pourries gâtées qu'on voit dans les films des années 80. Et ma mère n'arrêtait pas de lui dire « jeune fille » à la fin de chaque phrase.

Finalement, mon père a appelé pour dire que l'avion de mon frère allait avoir beaucoup de retard à cause de la neige. J'ai juste entendu ce que ma mère disait de son côté :

« Mais c'est le repas d'anniversaire de Charlie… Je sais bien que tu ne peux rien y faire… Il l'a raté ? Je demande, c'est tout !… J'ai pas dit que c'était de ta faute… Non… je peux pas le laisser au chaud… ça va être trop sec… quoi ?… Mais c'est son préféré… dans ce cas, qu'est-ce que je suis censée leur donner à manger… évidemment qu'ils ont faim… vous avez déjà une heure de retard… dans ce cas, tu aurais pu appeler… »

Je ne sais pas combien de temps ma mère est restée au téléphone, vu que j'arrivais pas à rester là, à écouter ça. Je suis allé dans ma chambre et j'ai lu. De toute façon, j'avais plus faim. J'avais juste envie d'être dans un endroit tranquille. Au bout d'un petit moment, ma mère est venue dans ma chambre. Elle a dit que mon père venait juste de rappeler, et qu'ils devraient être à la maison d'ici une demi-heure. Elle m'a demandé si quelque chose n'allait pas, et j'ai compris qu'elle ne voulait pas parler de ma sœur, j'ai aussi compris qu'elle ne voulait pas parler d'elle et de papa et de leur dispute au téléphone, parce que des fois, c'est des trucs qui arrivent. Elle avait juste remarqué que j'avais l'air très triste aujourd'hui et comme ç'avait l'air d'aller hier quand j'étais revenu de la luge, elle savait que c'était pas à cause du départ de mes amis.

– Est-ce que c'est ta tante Helen ?

C'est la façon dont elle l'a dit qui a fait que j'ai commencé à me sentir mal.

– S'il te plaît, Charlie, arrête de te faire du mal comme ça.

Mais je m'en faisais. Comme chaque année, le jour de mon anniversaire.

– Je m'excuse.

Maman a refusé de me laisser parler de ça. Elle sait que dans ces moments, j'arrête d'écouter et je me mets à respirer super vite. Elle a posé la main sur ma bouche et m'a essuyé les yeux. Je me suis calmé – assez pour pouvoir redescendre à la cuisine. Et je me suis calmé – assez pour être content quand mon frère est arrivé à la maison. Et quand on a mangé, c'était pas trop sec. Ensuite, on est sortis pour installer les lumières de Noël ; tous les voisins remplissent des sacs en papier avec du sable et puis ils les alignent dans la rue. Ensuite, on plante une bougie dans le sable, et quand on allume les bougies, la rue se transforme en « piste d'atterrissage » pour le Père Noël. J'adore installer les lumières chaque année, c'est très beau comme tradition, ça me change les idées et je pense plus à mon anniversaire.

Ma famille m'a offert des cadeaux très sympas. Ma sœur était encore en colère contre moi, mais elle m'a quand même offert un disque des Smiths. Et mon frère m'a offert un poster de toute son équipe de foot, avec leurs autographes. Mon père m'a offert les disques que ma sœur lui avait dit d'acheter. Et ma mère m'a offert quelques-uns des livres qu'elle adorait quand elle était jeune. Il y en avait un, c'était *L'Attrape-cœurs*.

J'ai commencé à lire celui de ma mère à partir de là où je m'étais arrêté dans celui de Bill. Et ça m'a aidé à ne pas penser à mon anniversaire. J'ai seulement pensé à mon permis de conduire que je vais passer un de ces jours, très bientôt. C'était plutôt agréable de penser à ça. Et ensuite, j'ai pensé aux leçons de conduite de ce trimestre.

Monsieur Smith, qui est du genre court sur pattes et qui sent bizarre, nous interdisait d'allumer la radio quand on conduisait. Y avait aussi deux autres élèves de seconde, un garçon et une fille. Quand c'était mon tour au volant, ils se touchaient les cuisses en cachette sur le siège arrière. Et y avait moi. Je regrette de pas avoir des tas d'histoires à raconter sur ces leçons de conduite.

Forcément, on a vu des films qui parlent des morts sur l'autoroute. Et forcément, y a des officiers de police qui sont venus nous expliquer des trucs. Et forcément, c'était génial d'avoir mon permis provisoire, mais papa et maman ont dit qu'ils voulaient pas que je conduise avant d'y être « absolument » obligé, parce que l'assurance coûte super cher. Et je pourrais jamais demander à Sam de prendre son pick-up. J'y arriverais pas.

C'est des trucs de ce genre qui m'ont aidé à rester calme le soir de mon anniversaire.

Le lendemain matin, Noël a bien commencé. Papa a beaucoup aimé sa vidéo de *M*A*S*H*, ce qui m'a vraiment fait plaisir, surtout quand il a raconté sa version à lui de la fois où on l'avait regardé. Il a laissé de côté le moment où il a pleuré, mais il m'a fait un clin d'œil (c'est comme ça que j'ai su qu'il s'en souvenait). Même le trajet de deux heures pour aller dans l'Ohio s'est bien passé pendant la première demi-heure, même si j'ai dû m'asseoir sur la bosse au milieu de la banquette arrière, vu que mon père arrêtait pas de se retourner pour poser des questions sur l'université, et que mon frère arrêtait pas de parler. Il sort avec une des pompom girls (les filles qui sautillent sur le terrain pendant les matchs de foot). Elle s'appelle Kelly. Ça intéressait mon père. Ma sœur a fait des remarques comme quoi faire la pompom girl, c'était débile et sexiste, et mon frère lui a dit de la fermer. Kelly fait des études de philosophie. J'ai demandé à mon frère si Kelly était belle genre atypique.

– Non. Belle genre sexy.

Et ma sœur s'est mise à expliquer que le physique d'une femme, c'était pas le plus important. J'étais d'accord, mais là, mon frère a traité ma sœur de « sale gouine ». Alors ma mère a dit à mon frère de « ne pas employer ce genre de langage » devant moi. J'ai trouvé ça bizarre, vu que je suis sûrement le seul de la famille à avoir un copain homo. Peut-être pas, mais en tout cas un copain qui en parle ouvertement. J'en suis pas sûr. Bref, mon père a demandé comment mon frère et Kelly s'étaient connus.

En fait, mon frère et Kelly se sont rencontrés dans un restaurant qui s'appelle *Ye Old College Inn* (ou un truc comme ça), sur le campus de Penn State. Il paraît qu'on peut y manger des « *grilled stickies*[19] », un dessert célèbre. Bref, Kelly était avec les filles de son club d'étudiantes, et elles étaient en train de partir, quand Kelly a laissé tomber son livre pile devant mon frère, sans s'arrêter. Mon frère est sûr qu'elle a fait tomber son livre exprès, même si Kelly dit que non. Quand il l'a rattrapée devant la salle de jeux vidéo, les arbres étaient couverts de feuilles. (En tout cas, c'est comme ça qu'il a décrit la scène.) Ils ont passé le reste de l'après-midi à jouer à de vieux jeux vidéo comme *Donkey Kong* et à « se sentir nostalgiques », une remarque que j'ai trouvée à la fois triste et cool. J'ai demandé à mon frère si Kelly buvait du chocolat chaud.

– T'es défoncé ou quoi ?

Et ma mère lui a redemandé de ne pas employer ce genre de langage devant moi, ce qui là encore était bizarre, vu que je crois être le seul de la famille à avoir déjà été défoncé. Mon

19. *Ye Old College Diner* : restaurant de l'université de Penn State, célèbre pour ses « *grilled stickies* », des brioches à la cannelle que l'on fait revenir dans du beurre.

frère aussi, peut-être. J'en suis pas sûr. En tout cas, sûrement pas ma sœur. Ou bien alors peut-être qu'ils ont tous été déjà défoncés dans ma famille, et que c'est juste qu'on discute jamais de ces choses.

Ma sœur a passé les dix minutes suivantes à dénoncer le système des clubs d'étudiants[20]. Elle a pas arrêté de raconter des histoires de « bizutage », comme quoi des jeunes en étaient déjà morts. Ensuite, elle a raconté qu'elle avait entendu parler d'une histoire dans un club d'étudiantes où on obligeait les nouvelles filles à rester debout en sous-vêtements pendant que les autres entouraient leur « cellulite » au feutre rouge. C'est là que mon frère en a eu marre de ma sœur.

– C'est que des conneries !

J'arrive toujours pas à y croire : mon frère a dit un gros mot dans la voiture, et mon père et ma mère lui ont rien dit. J'imagine qu'il a le droit, maintenant, vu qu'il est à la fac. Ma sœur, elle s'en fichait. Elle a juste continué :

– C'est pas des conneries. Je l'ai entendu.

– Surveille ton langage, jeune fille, a dit mon père depuis le siège avant.

– Ah ouais ? Où t'en as entendu parler ? a demandé mon frère.

– Je l'ai entendu à la radio nationale, a dit ma sœur.

– Nom de Dieu !

Mon frère a explosé de rire.

– N'empêche que c'est vrai.

On aurait dit que mes parents étaient en train de suivre un match de tennis à travers le pare-brise ; ils arrêtaient pas de secouer la tête. Ils ont rien dit. Ils se sont pas retournés. Je dois quand même signaler que mon père a lentement monté

20. Sororités pour les filles, Fraternités pour les garçons.

le son des chants de Noël qui passaient à la radio, tellement fort qu'à la fin c'est devenu assourdissant.

– Tu racontes que des conneries. Et d'abord, comment tu pourrais savoir quoi que ce soit ? T'as jamais été à la fac. Kelly a jamais eu à subir des trucs pareils.

– C'est ça… comme si elle te racontait tout.

– Si, elle m'en aurait parlé. On se cache rien.

– Oh, quel garçon cool et sensible !

Je voulais qu'ils arrêtent de se disputer, ça commençait à me perturber, alors j'ai posé une autre question :

– Est-ce que vous discutez de livres ou de politique ?

– Merci pour ta question, Charlie. Oui. En effet, on discute. Justement, le livre préféré de Kelly est *Walden*, de Henry David Thoreau[21]. Et il se trouve que d'après Kelly, le mouvement transcendantal a d'étroites similitudes avec notre époque.

– Oh là là ! Une intello, en plus !

Ma sœur roule des yeux mieux que personne.

– Oh, excuse-moi. Il me semble que c'était pas à toi que je m'adressais. En fait, je parlais de ma copine à mon petit frère. Kelly espère qu'un bon candidat du parti démocrate va se présenter face à Bush[22]. Kelly dit que si ça arrive, y a des chances pour que le E.R.A.[23] soit enfin voté. T'as bien entendu ? L'Amendement pour l'Égalité des Droits, dont tu nous bassines tout le temps les oreilles. Même une pompom girl réfléchit à ces trucs. Et en même temps, elle sait aussi s'éclater.

Ma sœur a croisé les bras et s'est mise à siffloter. Mais mon frère était trop bien lancé pour s'arrêter. J'ai remarqué que la nuque de mon père devenait très rouge.

21. *Walden,* de Henry David Thoreau (1817-1862), raconte les deux années que l'auteur a passées dans la forêt, aspirant à "une vie transcendantale dans la nature"

22. George Bush père, président des États-Unis de 1989 à 1993, auquel succèdera Bill Clinton.

23. E.R.A. (Equal Rights Amendment) : amendement à la constitution proposé depuis 1923, posant comme principe l'égalité des individus quel que soit leur sexe, et qui n'a pas encore été ratifié par tous les États..

– Mais il y a une autre différence entre elle et toi. Tu vois... les droits de la femme ont tellement d'importance pour Kelly qu'elle laisserait jamais un mec la frapper. Je crois qu'on peut pas dire que ce soit ton cas.

On a bien failli mourir, je le jure. Mon père a freiné si fort que mon frère a failli valdinguer par-dessus le siège. Quand l'odeur de pneu brûlé a fini par se dissiper, mon père a pris une profonde inspiration et il s'est retourné. D'abord, il a regardé mon frère. Il n'a pas dit un mot. Il l'a juste fixé.

Mon frère l'a regardé à son tour, on aurait dit un daim pris au piège par mes cousins chasseurs. Au bout de deux longues secondes, mon frère s'est tourné vers ma sœur. Vu la façon dont ses mots sont sortis, je crois qu'il s'en voulait.

– Je m'excuse, d'accord ? Je suis sincère. Allez. Arrête de pleurer.

Ma sœur pleurait tellement fort que c'était effrayant à voir. Ensuite, mon père s'est tourné vers ma sœur. Là encore, il n'a pas dit un mot. Il a juste fait claquer ses doigts pour attirer son attention. Elle a levé la tête. Comme le regard de mon père n'avait rien de chaleureux, ça l'a d'abord troublée. Ensuite, elle a baissé les yeux, elle a haussé les épaules et elle s'est tournée vers mon frère.

– Je m'excuse pour ce que j'ai dit sur Kelly. Elle a l'air sympa.

Ensuite mon père s'est tourné vers ma mère. Et ma mère s'est tournée vers nous.

– Votre père et moi, nous ne voulons plus aucune dispute. Surtout pendant les fêtes de famille. C'est compris ?

Des fois, mon père et ma mère forment une sacrée équipe. C'est étonnant à voir. Mon frère et ma sœur ont hoché la tête et baissé les yeux. Et puis, mon père s'est tourné vers moi.

– Charlie ?

– Oui, papa ?

(Dans ces moments-là, c'est important de dire « papa ». C'est pareil quand ils t'appellent par ton nom et ton prénom, vaut mieux se méfier. Je préfère t'avertir.)

– Charlie, je voudrais que tu prennes le volant jusqu'à ce qu'on arrive chez ma mère.

Dans la voiture, tout le monde savait que c'était sûrement la pire idée que mon père ait jamais eue de toute sa vie. Mais personne ne l'a contredit. Il est sorti de la voiture, en plein milieu de la route. Il s'est installé sur la banquette arrière, entre mon frère et ma sœur. Je suis monté à l'avant, j'ai fait caler la voiture deux fois et j'ai mis ma ceinture de sécurité. J'ai conduit le reste du trajet. Il faisait froid dehors, mais j'ai jamais autant transpiré depuis que j'ai arrêté le sport.

La famille de mon père est du même genre que celle de ma mère. Une fois, mon frère a dit que c'étaient les mêmes cousins avec des noms différents. Mais ce qui fait vraiment la différence, c'est ma grand-mère. Je l'adore, ma grand-mère. Tout le monde adore ma grand-mère. Elle nous attendait devant la maison, comme d'habitude. Elle devine tout le temps quand quelqu'un va arriver.

– Charlie sait conduire, maintenant ?

– Il a eu seize ans hier, et il a son permis provisoire.

– Oh.

Ma grand-mère est très vieille et elle se rappelle plus trop les choses, mais elle fait les meilleurs cookies du monde. Quand j'étais tout petit, on avait la mère de ma mère qui nous donnait toujours des bonbons, et la mère de mon père qui nous faisait toujours des cookies. Ma mère m'a dit que je les appelais « Grand-Mère Bonbon » et « Grand-Mère Cookie ». (Je disais aussi que les croûtes de pizza étaient des « os de pizza ». Pourquoi je te raconte ça ? Aucune idée.)

C'est comme mon tout premier souvenir, la première fois où je me suis rendu compte que j'existais. Maman et tante Helen m'avaient emmené au zoo. J'avais trois ans, je crois. J'ai oublié. Bref, on regardait deux éléphants. Une maman et son petit, qui avaient pas beaucoup de place pour bouger. Bref. Le bébé se tenait sous sa mère, il se baladait autour d'elle, et d'un coup, la maman a « chié » sur la tête du petit. Le truc le plus marrant de toute ma vie. Ça m'a fait rire pendant au moins trois heures. D'abord, ma mère et tante Helen ont un peu ri aussi, elles étaient heureuses de me voir rire. (D'après ce qu'on m'a dit, je ne parlais quasiment jamais quand j'étais petit, alors chaque fois que j'avais l'air « normal », elles étaient heureuses.) Au bout de trois heures, elles ont essayé de me faire arrêter de rire, mais ça me faisait rire encore plus fort. Ç'a peut-être pas duré trois heures, mais ça m'a semblé long quand même. J'y repense encore de temps en temps. C'était plutôt un « bon départ » dans la vie, pas vrai ?

Après les embrassades et les poignées de mains, on est entrés dans la maison de ma grand-mère. Toute la famille du côté de mon père était là – mon grand-oncle Phil avec ses fausses dents et ma tante Rebecca, la sœur de mon père. Ma mère nous a dit que tante Rebecca venait de divorcer (encore une fois), et que du coup, on ne devait surtout pas aborder le sujet. Je pensais qu'à une seule chose, aux cookies, mais Grand-Mère en a pas fait cette année à cause de sa hanche qui lui fait mal. Alors on s'est tous assis et on a regardé la télé, et mes cousins et mon frère ont parlé football. Et mon grand-oncle Phil a bu. Et on a mangé. Et comme du côté de mon père, il y a plus de cousins que du côté de ma mère, j'ai dû m'asseoir à la table des gosses. (Les gosses, ça parle de trucs vraiment bizarres. *Vraiment* bizarres.)

Après le repas, c'est là qu'on a regardé *La vie est belle*, et j'ai commencé à être de plus en plus triste. Pendant que je montais les escaliers pour aller dans l'ancienne chambre de mon père et que je regardais les vieilles photos, je me suis dit que ces photos n'avaient pas toujours été des souvenirs. Que quelqu'un avait vraiment pris ces photos, et que les gens sur la photo venaient juste de déjeuner ou de faire un truc comme ça.

Le premier mari de ma grand-mère est mort en Corée, quand mon père et ma tante Rebecca étaient tout jeunes. Et ma grand-mère, avec ses deux enfants, elle est allée vivre chez son frère, mon grand-oncle Phil.

Au bout de quelques années, elle était de plus en plus malheureuse, vu qu'elle devait s'occuper de ses deux mômes et qu'elle était fatiguée de tout le temps travailler comme serveuse. Un jour, au restau où elle travaillait, y a un camionneur qui l'a invitée à sortir avec lui. Ma grand-mère était vraiment super jolie, du genre comme on voit sur les vieilles photos. Ils sont sortis ensemble un moment. Et ils ont fini par se marier. En fait, c'était un type vraiment horrible. Il frappait sans arrêt mon père. Et il frappait sans arrêt ma tante Rebecca. Et il frappait ma grand-mère. Sans arrêt. Et j'imagine que ma grand-mère a pas dû pouvoir y faire grand-chose, vu que ç'a duré sept ans.

Ça s'est terminé quand mon grand-oncle Phil a vu que ma tante avait des bleus et qu'il a fini par obliger ma grand-mère à lui dire la vérité. Là, il a réuni quelques copains de l'usine. Et ils sont allés trouver le second mari de ma grand-mère dans un bar. Et ils l'ont « tabassé » vraiment très fort. Mon grand-oncle adore raconter cette histoire quand ma grand-mère est pas dans les parages. Il arrête pas de la raconter différemment, mais le plus important ne change pas : quatre jours plus tard, le type est mort à l'hôpital.

Je sais toujours pas comment mon grand-oncle Phil a fait pour éviter la prison. Une fois, j'ai demandé à mon père, et il a dit que les gens qui vivaient dans son quartier comprenaient que certaines choses ne regardaient pas la police. Il a dit que quand quelqu'un touchait à la mère ou à la sœur de quelqu'un d'autre, il devait payer, et que tout le monde fermait les yeux.

C'est terrible que ç'ait duré sept ans, vu qu'ensuite, ma tante Rebecca a subi le même genre de mari que sa mère. Malgré tout, ma tante Rebecca a vécu ça autrement, parce que les gens réagissaient plus pareil. Mon grand-oncle Phil était trop vieux pour faire quoi que ce soit, et mon père avait quitté sa ville natale. Du coup, pour plus être embêtée par ses ex-maris, il a fallu qu'elle obtienne des injonctions du tribunal.

Je me demande comment vont tourner mes trois cousins, les enfants de tante Rebecca. Une fille et deux garçons. Ça aussi, ça me rend triste, parce que je crois que la fille va sûrement finir comme ma tante Rebecca, et qu'un des garçons va sûrement finir comme son père. L'autre garçon va peut-être finir comme *mon* père, parce qu'il est super bon en sport et qu'il a pas le même père que ses frère et sœur. Mon père parle beaucoup avec lui, il lui apprend comment lancer et frapper une balle de base-ball. Quand j'étais petit, ça me rendait jaloux, mais plus maintenant. Parce que mon frère dit que dans sa famille, c'est le seul qui a une chance de s'en tirer et qu'il a besoin de mon père. Je crois que je comprends ça, maintenant.

L'ancienne chambre de mon père est quasi pareille depuis qu'il est parti, mais en plus « défraîchie ». Sur le bureau, y a un globe qu'on a beaucoup fait tourner. Et de vieux posters de joueurs de base-ball. Et de vieilles coupures de presse sur le jour où mon père a gagné le championnat, quand il était en première. Je ne sais pas pourquoi, mais j'ai vraiment compris ce qui a poussé mon père à quitter cette maison. C'est quand il a su que ma grand-mère trouverait plus jamais un autre homme : elle pouvait plus faire confiance à personne, et elle chercherait plus jamais autre chose, vu qu'elle savait pas comment s'y prendre. Et quand il s'est rendu compte que sa sœur s'était mise à ramener à la maison des types du même genre que son beau-père, en plus jeunes. Il pouvait pas rester, c'est tout.

Je me suis allongé sur son ancien lit, et par la fenêtre, j'ai regardé un arbre qui devait sûrement être beaucoup plus petit à l'époque où mon père le regardait. Et j'arrivais à ressentir ce qu'il a ressenti le soir où il a compris que s'il ne partait pas, il arriverait jamais à avoir sa vie à lui. Que sa vie serait comme la leur. En tout cas, c'est comme ça qu'il l'a expliqué. C'est peut-être pour ça que la famille de mon père regarde le même film chaque année. Ça semble plutôt logique. (Je devrais peut-être te dire que mon père pleure jamais à la fin.) Je ne sais pas si ma grand-mère ou tante Rebecca pardonneront un jour à mon père de les avoir laissées. Y a que mon grand-oncle Phil qui comprend. Ça fait toujours bizarre de voir comme mon père change quand il se retrouve avec sa mère et sa sœur. Il s'en veut tout le temps, et sa sœur et lui, ils vont toujours faire une promenade ensemble, seulement tous les deux. Une fois, j'ai regardé par la fenêtre, et j'ai vu mon père qui lui donnait de l'argent.

Je me demande ce que ma tante Rebecca raconte dans la voiture quand ils rentrent chez eux. Qu'est-ce que ses enfants pensent ? Est-ce qu'ils parlent de nous ? Peut-être qu'eux aussi ils nous observent et se demandent qui a une chance de s'en tirer ? Je te parie que oui.

Ton ami,
Charlie

Lettre du 26 décembre 1991

Là, je suis assis dans ma chambre. Le voyage retour a duré deux heures. Comme mon frère et ma sœur se sont pas disputés, j'ai pas eu à conduire.

D'habitude, sur le trajet, on va rendre visite à ma tante Helen. C'est un peu la tradition. Mon frère et mon père ont jamais trop envie d'y aller, mais ils savent qu'il faut rien dire à cause de maman et moi. Ma sœur est plutôt neutre, mais y a quand même certains trucs auxquels elle est sensible.

Chaque fois qu'on va sur la tombe de ma tante Helen, maman et moi on aime bien parler d'un chouette souvenir en rapport avec elle. La plupart du temps, c'est qu'elle m'obligeait pas à aller au lit et me laissait regarder *Saturday Night Live*. Et maman sourit parce qu'elle sait que quand elle était enfant, elle aussi ça lui aurait plu de veiller tard pour regarder la télé.

On pose des fleurs sur la tombe et des fois, une carte. On veut juste qu'elle sache qu'elle nous manque, qu'on pense à elle, et qu'elle comptait pour nous. Ma mère dit toujours qu'elle a manqué de tout ça dans la vie. Et comme mon père, je crois que ma mère s'est toujours sentie coupable. Tellement coupable qu'au lieu de lui donner de l'argent, elle lui avait proposé de venir vivre chez nous.

Je veux que tu saches pourquoi ma mère culpabilise. Il faut sûrement que je te dise pourquoi. Je sais vraiment pas si je dois, mais il faut que j'en parle avec quelqu'un. Dans ma famille, personne veut jamais en parler. Du truc horrible qui est arrivé à tante Helen. Ce truc que tout le monde refusait de me raconter quand j'étais petit. Chaque fois qu'on approche de Noël, je pense plus qu'à ça… au fond de moi. C'est ce truc-là qui me rend triste tout au fond de moi.

Je ne vais pas dire qui. Je ne vais pas dire quand. Je vais juste dire que ma tante Helen a été « agressée sexuellement ». Je déteste cette expression. La personne qui a fait ça était très proche d'elle. C'était pas son père. Elle a fini par le dire à son père. Il l'a pas crue à cause de qui c'était : un ami de la famille. Ç'a rien arrangé, loin de là. Ma grand-mère a jamais rien dit non plus. Et cet homme, il a continué de leur rendre visite.

Ma tante Helen buvait beaucoup. Ma tante Helen se droguait beaucoup. Ma tante Helen avait des tas de problèmes avec les hommes et les garçons. Elle a été très malheureuse presque toute sa vie. Elle allait tout le temps dans des hôpitaux. Des tas d'hôpitaux différents. Finalement, elle est allée dans un hôpital qui l'a aidée à comprendre les choses, assez pour essayer de vivre normalement, et elle est venue s'installer chez nous. Elle s'est mise à suivre des cours pour trouver un bon travail. Elle a dit au sale type avec qui elle sortait à cette époque de la laisser tranquille. Elle s'est mise à perdre du poids sans faire de régime. Elle s'occupait de nous et comme ça, mes parents pouvaient sortir et boire et jouer à des jeux de société. Le soir, elle nous laissait regarder la télé. C'était la seule personne (à part ma mère et mon père et ma sœur et mon frère) qui m'achetait *deux* cadeaux : un pour mon anniversaire, un pour Noël. Même quand elle s'est installée chez nous et qu'elle avait pas d'argent. Elle m'achetait toujours deux cadeaux. C'étaient toujours les plus beaux.

Le 24 décembre 1983, un policier est venu chez nous. Ma tante Helen avait eu un accident de voiture. Il neigeait beaucoup. Le policier a dit à ma mère que ma tante Helen était décédée. C'était un homme très gentil, et quand ma mère s'est mise à pleurer, il a dit que c'était un accident très grave et qu'il était sûr qu'elle avait été tuée « sur le coup ». Autrement dit, elle avait pas souffert. Elle souffrait plus.

Le policier a demandé à ma mère de l'accompagner pour identifier le corps. Mon père était pas rentré du travail. C'est là que je suis arrivé avec mon frère et ma sœur. C'était mes sept ans. On portait des chapeaux en papier. Ma mère avait obligé mon frère et ma sœur à les mettre. Ma sœur a vu ma mère pleurer et elle a demandé ce qui n'allait pas. Ma mère arrivait pas à parler. Le policier a posé un genou par terre et nous a dit ce qui était arrivé. Mon frère et ma sœur pleuraient. Mais pas moi. Je savais que le policier se trompait.

Ma mère a demandé à mon frère et à ma sœur de s'occuper de moi et elle est partie avec le policier. Je crois qu'on a regardé la télé. Je crois pas que je me rappelle vraiment. Mon père est rentré à la maison avant ma mère.

– C'est quoi, ces têtes d'enterrement ?

On lui a expliqué. Il a pas pleuré. Il a demandé si ça allait. Mon frère et ma sœur ont dit non. J'ai dit oui. Le policier s'est simplement trompé. Il neige beaucoup. Il a sûrement mal vu. Ma mère est rentrée. Elle pleurait. Elle a regardé mon père et a hoché la tête. Mon père l'a prise dans ses bras. C'est là que j'ai compris que le policier s'était pas trompé.

Je ne sais pas trop ce qui s'est passé ensuite, et j'ai jamais vraiment demandé. Je me souviens d'être allé à l'hôpital. Je me souviens que j'étais assis dans une pièce avec des lumières vives. Je me souviens d'un médecin qui me posait des questions. Je me souviens quand je lui ai dit que tante Helen était la seule qui me serrait dans ses bras. Je me souviens que ma famille est venue me rendre visite dans une salle d'attente le jour de Noël. Je me souviens que j'ai pas eu le droit d'aller à l'enterrement. Je me souviens que j'ai jamais dit adieu à ma tante Helen.

Je ne sais pas combien de temps j'ai continué de voir le médecin. Je ne me souviens pas combien de temps ils m'ont empêché d'aller à l'école. Ç'a duré longtemps. J'en sais pas plus. Tout ce que je me rappelle, c'est le jour où j'ai commencé à aller mieux, parce que je me suis souvenu de la dernière chose que ma tante Helen m'avait dite, juste avant de prendre sa voiture sous la neige. Elle s'était emmitouflée dans un manteau. Je lui ai tendu les clés de voiture (j'étais le seul qui savait les trouver). Je lui ai demandé où elle allait. Elle m'a dit que c'était un secret. Alors j'ai pas arrêté de l'embêter (elle adorait ça, la manie que j'avais de tout le temps lui poser des questions). Elle a fini par secouer la tête, elle a souri et chuchoté à mon oreille :

« Je vais t'acheter ton cadeau d'anniversaire. »

C'est la dernière fois de ma vie que je l'ai vue. J'aime bien imaginer que ma tante Helen aurait maintenant un bon travail, grâce aux cours qu'elle suivait. J'aime bien imaginer qu'elle aurait rencontré un type sympa. J'aime bien imaginer qu'elle aurait perdu les kilos qu'elle avait toujours eu envie de perdre sans faire de régime.

Malgré tout ce que ma mère et le médecin et mon père m'ont dit à propos de ma responsabilité, je peux pas m'empêcher de penser ce que je sais : qu'aujourd'hui, ma tante Helen serait encore en vie si elle m'avait acheté qu'un seul cadeau, comme tout le monde. Si j'étais né un jour où il ne neigeait pas, elle serait en vie. Je ferais n'importe quoi pour faire partir ça. C'est affreux comme elle me manque. Je dois arrêter d'écrire maintenant, je suis trop triste.

Ton ami,
Charlie

Lettre du 30 décembre 1991

Le jour après t'avoir écrit, j'ai terminé *L'Attrape-cœurs*. Depuis, je l'ai relu. Trois fois. Je ne savais vraiment pas quoi faire d'autre. Sam et Patrick rentrent enfin ce soir, mais on va pas se voir. Patrick a rendez-vous quelque part avec Brad. Sam va voir Craig. Je les verrai tous les deux demain au Big Boy, et ensuite à la fête de la Saint-Sylvestre chez Bob.

Le truc le plus cool, c'est que je vais aller tout seul en voiture au Big Boy. Mon père a dit que je ne pouvais pas conduire tant que le temps ne se serait pas éclairci, mais finalement, ça s'est un peu arrangé depuis hier. Pour fêter ça, j'ai fait une compile. Elle s'appelle « La première fois que j'ai conduit ». Peut-être que je suis trop sentimental, mais j'aime bien me dire que quand je serai vieux, je pourrai regarder toutes ces cassettes et me souvenir de ces trajets en voiture.

En fait, la première fois que j'ai vraiment conduit tout seul, ç'a été pour aller voir ma tante Helen. C'était aussi la première fois que j'allais la voir sans ma mère. J'ai voulu que ça soit un moment important. J'ai acheté des fleurs avec mon argent de Noël. Je lui ai même fait une compile et j'ai laissé la cassette sur la tombe. (Tu penses peut-être que ça fait de moi un garçon bizarre ? J'espère pas.)

Je lui ai raconté tout ce qui se passait dans ma vie. J'ai parlé de Sam et de Patrick, que j'avais rencontrés quelque temps plus tôt. Et de leurs amis. La première fête de la Saint-Sylvestre le lendemain. Je lui ai dit que mon frère allait jouer son dernier match de foot de la saison le jour du nouvel an. Je lui ai dit que mon frère était reparti et que ma mère avait pleuré. Je lui ai parlé des livres que je lisais. Je lui ai parlé de la chanson *Asleep*. Je lui ai raconté la fois où on s'était tous sentis éternels. Je lui ai raconté que j'avais eu mon permis de conduire, que c'était ma mère qui nous y avait emmenés, et que c'était moi qui avais conduit au retour. Et que le policier qui faisait passer le permis avait même pas l'air bizarre et portait même pas un drôle de nom, ce qui m'avait donné l'impression que c'était de l'arnaque.

Je me rappelle que j'étais sur le point de dire au revoir à ma tante Helen, quand je me suis mis à pleurer. Et aussi que c'étaient de vraies larmes. Pas du genre nerveux, comme ça m'arrive souvent. Alors, j'ai fait la promesse à tante Helen de pleurer seulement pour les choses importantes ; j'aurais horreur de me dire qu'à cause de mes larmes qui viennent si souvent, pleurer pour tante Helen puisse avoir moins d'importance que ça en a vraiment. Ensuite, j'ai dit au revoir et je suis rentré chez moi en voiture.

J'ai relu le livre ce soir, sinon je me serais sûrement remis à pleurer. Des larmes du genre nerveux, en tout cas. J'ai lu jusqu'à être complètement épuisé. Le matin, je l'ai terminé, et puis j'ai tout de suite recommencé à le lire.

Tout sauf avoir envie de pleurer. Parce que j'ai promis à tante Helen. Et parce que j'ai pas envie de me remettre à penser, comme j'ai fait cette semaine. Il faut plus que je pense. Plus jamais.

Je ne sais pas si ça t'est déjà arrivé de te sentir comme ça. De vouloir dormir pendant mille ans. Ou juste de pas vouloir exister. Ou juste de pas te rendre compte que tu existes. Ou un truc comme ça. Je crois que c'est très morbide comme idée, mais quand je suis comme ça, c'est ce que je veux. C'est pour ça que j'essaye de pas penser. Je veux juste que ça s'arrête de tourner. Si ça empire, il va peut-être falloir que je retourne voir le médecin. Ça va déjà très mal.

Ton ami,
Charlie

Lettre du 1er janvier 1992

Il est 4 heures du matin, c'est donc la nouvelle année même si on est encore le 31 décembre, en tout cas jusqu'à ce que les gens dorment. J'arrive pas à dormir. Tous les autres sont soit en train de dormir, soit en train de faire l'amour. J'ai pas arrêté de regarder le câble et de manger de la *Jello*[24]. Et de voir des trucs bouger. Je voulais te parler de Sam et de Patrick et de Craig et de Brad et de Bob et de tout le monde, mais pour l'instant, j'arrive pas à me rappeler.

Dehors, tout est paisible. Ça, j'en suis sûr. Et que plus tôt je suis allé au Big Boy en voiture. Et j'ai vu Sam et Patrick. Et ils étaient avec Brad et Craig. Et ça m'a rendu super triste parce que je voulais être seul avec eux. C'était jamais arrivé avant.

Y a une heure, c'était pire, je regardais un arbre mais d'un coup c'était un dragon et puis d'un coup à nouveau un arbre, et je me suis souvenu de ce jour où le temps était agréable, quand je faisais partie de l'air. Et je me suis rappelé que ce jour-là, je tondais la pelouse pour me faire de l'argent de poche, pareil que maintenant, quand je déblaye la neige devant la maison. Du coup, je me suis mis à déblayer l'allée devant la maison de Bob, un truc vraiment bizarre à faire pendant une fête de la Saint-Sylvestre. Mes joues étaient rouges de froid, exactement comme le visage d'ivrogne de monsieur Z. et ses chaussures noires et sa voix qui nous dit que quand une chenille rentre dans un cocon, c'est une vraie torture, et qu'il faut sept ans pour digérer un chewing-gum. Et pendant la fête, un type, Mark, celui qui m'a donné *ce truc*, a surgi de nulle part et a regardé le ciel et m'a dit de regarder les étoiles.

Alors j'ai levé les yeux et on était dans un dôme immense comme une boule de neige en verre, et Mark a dit que les super

24. Dessert à base de gélatine parfumée.

étoiles blanches étaient en fait que des trous dans le verre noir du dôme, et que quand on allait au ciel, le verre se brisait et qu'il y avait rien d'autre qu'une immense couche de blanc étoilé, une couleur plus vive que tout le reste mais qui fait pas mal aux yeux. C'était vaste, immense et tout silencieux, et je me suis senti tellement petit.

Des fois, je regarde dehors, et je me dis que des tas d'autres gens ont déjà vu cette neige. C'est pareil quand je me dis que des tas d'autres gens ont déjà lu des livres. Et écouté des chansons. Je me demande comment ils se sentent, cette nuit.

Je sais vraiment pas ce que je raconte. Je devrais sûrement pas écrire tout ça, vu que je vois encore des trucs bouger. J'aimerais bien qu'ils arrêtent, mais normalement, ça va encore durer quelques heures. C'est ce que Bob a dit avant d'aller dans sa chambre avec Jill, une fille que je connais pas.

Ce que je veux dire (je crois), c'est que j'ai l'impression que tout ça a déjà été vécu. Mais pour moi, c'est la première fois. Je sais seulement que d'autres jeunes sont déjà passés par là. Un moment précis où dehors tout est paisible, et où tu vois des trucs bouger, et où t'as pas envie, et où les autres dorment. Et tous les livres que t'as lus, d'autres gens les ont lus. Et toutes les chansons que tu as aimées, d'autres gens les ont écoutées. Et la fille que tu trouves mignonne, d'autres gens la trouvent mignonne. Et tu sais que si on se rendait compte de ça à un moment où on est heureux, eh ben on se sentirait super bien, vu que c'est à ça qu'on reconnaît « l'harmonie ».

C'est comme quand on est excité par une fille et qu'on voit un couple qui se donne la main, on se sent trop heureux pour eux. Et d'autres fois, on voit le même couple, et ça met trop en colère. Et tout ce qu'on veut, c'est se sentir toujours heureux pour eux parce qu'on sait que si c'est le cas, alors ça veut dire qu'on est heureux aussi.

Je viens de me rappeler ce qui m'a fait penser à tous ces trucs. Je vais l'écrire parce que comme ça, j'aurai peut-être plus à y penser. Et faut pas que je m'énerve. Mais le problème, c'est que j'entends Sam et Craig en train de faire l'amour et pour la première fois de ma vie, je comprends la fin du poème. Et je ne voulais pas la comprendre, jamais. Faut me croire.

Ton ami,
Charlie

TROISIÈME PARTIE

Lettre du 4 janvier 1992

Excuse-moi pour cette dernière lettre. J'avoue, je me souviens plus trop de ce que j'ai écrit… mais vu l'état dans lequel j'étais en me réveillant, je me doute que ça ne devait pas être terrible. Quand j'ai terminé la lettre, je me rappelle seulement avoir cherché un timbre et une enveloppe dans toute la maison. J'ai fini par mettre la main dessus, j'ai écrit ton adresse, et comme je savais que j'enverrais jamais la lettre si je la mettais pas tout de suite dans une boîte où je pourrais pas la récupérer, j'ai descendu la colline et je suis passé devant les arbres pour aller à la poste.

C'est bizarre, sur le coup, ça m'a vraiment semblé important. Une fois arrivé à la poste, j'ai mis la lettre dans la boîte. Ça m'a fait comme un point final. Et ça m'a fait calme.

Et puis je me suis mis à « gerber », et jusqu'au lever du soleil, j'ai pas arrêté de « gerber ». J'ai regardé la route et j'ai vu des tas de voitures, et je savais qu'ils allaient tous chez leurs grands-parents. Et je savais qu'il y en aurait plein qui regarderaient mon frère jouer au foot plus tard dans la journée.

Et dans ma tête, y avait tout qui zappait.

Mon frère… le foot… Brad… Dave et sa copine dans ma chambre… les manteaux… le froid… l'hiver… « Feuilles d'automne »… dis rien à personne… espèce d'obsédé… Sam et Craig… Sam… Noël… machine à écrire… cadeau… tante Helen… et les arbres bougeaient… carrément, ils voulaient pas s'arrêter de bouger… alors je me suis allongé par terre et j'ai écarté les bras et les jambes pour dessiner un ange dans la neige.

Quand les policiers m'ont trouvé, j'étais bleu de froid et je dormais.

C'est qu'au bout d'un long moment que je me suis arrêté de frissonner, après que maman et papa m'ont ramené des urgences en voiture. Ça n'a pas fait trop d'histoires, vu que ce genre de truc m'arrivait déjà quand j'étais petit, à l'époque où je voyais les docteurs. Je partais comme ça, je me perdais et je m'endormais n'importe où. Tout le monde savait que j'étais allé à une fête, mais personne, même pas ma sœur, s'est dit que c'était à cause de ça. Du coup, je l'ai bouclée ; je ne voulais pas que Sam ou Patrick ou Bob ou n'importe qui d'autre ait des histoires. Mais par-dessus tout, je ne voulais pas voir la tête que ferait ma mère, et surtout mon père, si je leur disais la vérité. Alors j'ai rien dit du tout.

Je suis juste resté silencieux et j'ai regardé autour de moi. Et j'ai remarqué des trucs. Les taches au plafond. Ou la couverture trop rêche qu'on m'avait donnée. Ou le visage du docteur, on aurait dit du caoutchouc. Ou le murmure assourdissant quand il a dit que je devrais retourner voir un psychiatre. C'était la première fois qu'un docteur disait ça à mes parents avec moi dans la même pièce. Et sa blouse était tellement blanche. Et j'étais tellement fatigué.

Toute la journée, j'ai pas arrêté de penser qu'à cause de moi, on avait raté le match de foot de mon frère, et j'espérais vraiment que ma sœur aurait eu l'idée de l'enregistrer.

Heureusement, elle avait pas oublié.

On est rentrés à la maison et ma mère m'a fait du thé et mon père m'a demandé si j'avais envie de m'installer pour regarder le match et j'ai dit oui. On a regardé mon frère qui a fait un beau match mais cette fois, personne était vraiment heureux. Ils me regardaient tous du coin de l'œil. Et ma mère disait des tas de trucs encourageants, comme quoi je m'en sortais si bien cette année au lycée et que peut-être le docteur m'aiderait à régler les choses. Quand elle positive, ma mère sait parler sans s'énerver. Mon père arrêtait pas de me donner des « tapes affectueuses », ces petits coups gentils sur le genou, l'épaule ou le bras, qui servent à encourager. Ma sœur a dit qu'elle pourrait m'aider à arranger ma coupe de cheveux. C'était trop bizarre de les voir s'occuper autant de moi.

– Pourquoi tu dis ça ? Qu'est-ce qu'ils ont, mes cheveux ?

Ma sœur a juste regardé autour d'elle, l'air gênée. J'ai posé la main sur mes cheveux et je me suis aperçu qu'il en manquait plein. Franchement, pas moyen de me rappeler quand j'avais pu faire ça, mais vu l'état de mes cheveux, j'avais dû attraper une paire de ciseaux et me mettre à les couper comme ça, sans réfléchir. Il manquait de grosses touffes à des tas d'endroits. Un vrai massacre. Pendant la fête, j'avais évité de me regarder dans un miroir vu que mon visage était pas pareil et me faisait peur. Sinon, je m'en serais rendu compte.

Comme prévu, ma sœur m'a aidé à les égaliser et j'ai eu de la chance parce qu'au lycée, tout le monde a trouvé que c'était cool, y compris Patrick et Sam. D'après Patrick, ça fait « classe ».

Bref, j'ai quand même décidé de plus jamais reprendre de LSD.

Ton ami,
Charlie

Lettre du 14 janvier 1992

J'ai l'impression d'être un sale hypocrite, à force d'essayer de remettre de l'ordre dans ma tête sans que personne soit au courant. C'est dur de rester assis dans ma chambre, à lire comme si de rien n'était. C'est encore plus dur de parler à mon frère au téléphone. Son équipe a fini troisième du pays. Personne lui a dit qu'on avait raté son match en direct à cause de moi.

Comme je commençais à avoir peur, je suis allé emprunter un livre à la bibliothèque. De temps en temps, les choses se remettaient à bouger et tous les sons étaient super creux, dans les graves. Et je n'arrivais pas à avoir une seule idée claire. Le livre disait que des fois, quand les gens prennent du LSD, ils ne peuvent pas vraiment en sortir. Ça disait aussi que le LSD « accentue l'effet » d'un des « neurotransmetteurs ». Ça disait qu'en gros, la drogue provoque douze heures de schizophrénie, et que si on a déjà une bonne dose de cette substance chimique dans le corps, on ne peut pas en sortir.

Dans la bibliothèque, je me suis mis à respirer super vite. C'était vraiment grave, parce que je me suis souvenu des gamins schizophrènes qui étaient à l'hôpital avec moi quand j'étais petit. Et comme la veille, j'avais réalisé que tous les élèves portaient les vêtements qu'ils avaient eus pour Noël, et que du coup, moi aussi j'avais décidé de porter le nouveau costume que Patrick m'avait offert pour aller au lycée, je me suis fait charrier neuf heures de suite, ce qui a rien arrangé. C'est la première fois de toute ma vie que j'ai séché un cours pour rejoindre Sam et Patrick dans la cour.

– C'est la classe, Charlie, a dit Patrick avec un grand sourire.

– Je peux avoir une cigarette ? j'ai demandé.

Je suis pas arrivé à dire « taxer une clope ». Pas pour la première. C'est juste que je pouvais pas.

– Pas de problème, a dit Patrick.

Sam l'a arrêté.

– Qu'est-ce qui va pas, Charlie ?

Je leur ai dit ce qui allait pas, et là Patrick a pas arrêté de me demander si j'avais fait un « bad trip ».

– Non, non. C'est pas ça.

Je commençais à me sentir super mal.

Sam a passé son bras autour de mes épaules et a dit qu'elle savait par quoi je passais. Elle m'a dit que je devais pas me tracasser. Qu'une fois que tu « l'as fait », tu n'arrives pas à oublier à quoi les choses ressemblent quand t'es défoncé, c'est tout. Genre la route qui fait des vagues. Ou comment ton visage a l'air d'être en plastique et que tes deux yeux sont plus de la même taille. C'est seulement dans la tête.

C'est là qu'elle m'a donné une cigarette. Quand je l'ai allumée, j'ai pas toussé. En fait, ça m'a plutôt apaisé. Je sais que c'est « nocif » (comme ils disent en classe), mais c'était quelque chose de *vrai*.

– Maintenant, fixe la fumée, a dit Sam.

Et j'ai fixé la fumée.

– Bon, ça te paraît normal, pas vrai ?

– Mmm, j'ai dit.

– Maintenant, fixe le goudron de la cour. Est-ce que ça bouge ?

– Mmm.

– OK… Maintenant, fixe le bout de papier qui est juste là, par terre.

Et j'ai fixé le bout de papier qui était juste là, par terre.

– Est-ce que tu vois le goudron bouger, maintenant ?

– Non, ça le fait plus.

Là, Sam m'a dit : « Tu vois bien, ça va aller mieux, mais tu ferais mieux de plus jamais prendre d'acides. » Pour ensuite m'expliquer ce qu'elle appelle « la transe ». La transe, c'est quand on n'arrive plus à rien fixer du tout, et que tout le décor t'engloutit et bouge autour de toi. Elle a dit que d'habitude, c'était une métaphore, mais que pour les gens qui ne devaient plus jamais prendre d'acides, c'était littéral.

C'est là que je me suis mis à rire. J'étais trop soulagé. Et Sam et Patrick ont souri. J'étais content qu'ils se mettent à sourire eux aussi, je ne pouvais pas supporter de les voir inquiets à ce point.

Maintenant, la plupart des choses ont arrêté de bouger – en grande partie. J'ai pas séché d'autres cours. Et je crois que maintenant, j'ai plus l'impression d'être un sale hypocrite juste parce que j'essaye de remettre de l'ordre dans ma tête. Bill a trouvé que ma rédac' sur *L'Attrape-cœurs* (celle que j'ai tapée sur ma vieille machine à écrire toute neuve !) était la meilleure que j'aie jamais écrite. Il a dit que « j'évoluais » à grands pas, et comme « récompense », il m'a donné un autre genre de livre. C'est *Sur la route*[25] de Jack Kerouac.

J'en suis à environ dix cigarettes par jour maintenant.

Ton ami,
Charlie

Lettre du 25 janvier 1992

Je me sens super bien ! Il faut que je m'en souvienne, pour la prochaine fois où j'aurai une semaine atroce. Ça t'est jamais arrivé ? Tu te sens super mal, et puis ça passe sans que tu puisses savoir pourquoi. Quand je me sens super bien comme ça, j'essaye de me rappeler qu'une autre semaine atroce va arriver un de ces jours, pour pas oublier d'emmagasiner autant de détails que je peux, et comme ça, pendant la semaine

25. *On the Road* de Jack Kerouac, roman culte du mouvement beatnik.

atroce, je peux me souvenir de ces détails et me dire que je serai mieux bientôt. Ça marche pas trop, mais ce qui compte, c'est d'essayer, pas vrai ?

Mon psychiatre est super gentil. Vraiment mieux que le précédent. On parle des trucs auxquels je pense, de mes sentiments ou de mes souvenirs. Comme de la fois où je me suis promené tout nu dans mon quartier, quand j'étais petit. J'étais dans la rue et j'avais ouvert un parapluie bleu vif alors qu'il pleuvait même pas. Et j'étais tellement heureux que ç'avait fait sourire ma mère, alors qu'elle souriait rarement. Du coup, elle avait pris une photo. Et les voisins avaient râlé.

Il y a aussi la fois où j'ai vu une bande-annonce pour un film qui parlait d'un homme accusé de meurtre, mais c'était pas lui le meurtrier. (La vedette du film, c'était un type qui joue dans *M⋆A⋆S⋆H⋆*. C'est sûrement pour ça que je m'en souviens.) Bref, la bande-annonce disait que pendant tout le film, il essayait de prouver son innocence, mais qu'il risquait quand même de finir en prison, et ça m'avait vraiment fichu la trouille. Tellement j'avais peur, ça m'avait fait peur. Être puni pour un truc qu'on n'a pas fait. Ou bien être une victime innocente. C'est un truc que je ne veux jamais avoir à vivre.

Je ne sais pas si c'est important de te raconter tout ça, mais sur le coup, ça m'a fait comme si un truc se « débloquait ».

Chez le psychiatre, ce qu'il y a de mieux, c'est les magazines de musique dans la salle d'attente. Avant un rendez-vous, j'ai lu un article sur Nirvana, et ça commençait même pas par une allusion à la moutarde au miel ou la salade. Par contre, ils arrêtaient pas de parler des problèmes gastriques du chanteur[26]. Trop bizarre.

Comme je te l'ai dit, Sam et Patrick adorent leur tube, *Smells Like Teen Spirit*, et je me suis dit que si je lisais ça, j'aurais

26. Peu avant son suicide, Kurt Cobain (1967-1994) se plaignait de violents maux d'estomac.

un truc à discuter avec eux. À la fin, le magazine comparait Kurt Cobain à John Lennon, des Beatles. Plus tard, quand j'ai dit ça à Sam, ça l'a super énervée. Elle a dit que s'il fallait le comparer à quelqu'un, c'était à Jim Morrison, mais qu'en fin de compte, il ressemblait à personne sauf à lui-même. On était tous au Big Boy après une représentation du *Rocky Horror Picture Show*, et une grosse discussion a commencé.

Craig a dit : « Le problème, c'est que tout le monde compare tout le temps les gens entre eux et à cause de ça, ça dévalorise les gens, c'est pareil dans mes cours de photo. »

Bob a dit : « C'est de la faute des parents, qui veulent pas laisser filer leur jeunesse, et ça les flingue de pas pouvoir se raccrocher à quelque chose d'aujourd'hui. »

Patrick a dit que le problème, c'est que tout est déjà arrivé et que du coup, ça devient dur d'être « innovant ». Personne peut surpasser les Beatles vu que c'est eux qui ont donné un « repère ». Et s'ils ont été si forts, c'est qu'ils avaient personne à qui se comparer, et qu'ils avaient pas de limites.

Sam a ajouté que de nos jours, après le deuxième album, les groupes ou les chanteurs commencent forcément à se comparer aux Beatles, et qu'à partir de ce moment, ils perdent leur touche personnelle.

– Qu'est-ce que t'en penses, Charlie ?

J'arrivais pas à me rappeler où j'avais lu ou entendu le truc auquel je pensais. Peut-être dans *L'Envers du paradis* de F. Scott Fitzgerald. À un moment, vers la fin du livre, un vieux monsieur vient chercher en voiture le jeune, qui est le personnage principal. Tous les deux, ils vont à un match de foot des anciens élèves de l'*Ivy League*[27], et ils discutent. Le vieux monsieur est établi dans la vie. Le jeune est « blasé ».

27. Groupement de huit universités prestigieuses du nord-est des États-Unis, visant à promouvoir les rencontres sportives entre universités.

Bref. Ils discutent, et à ce moment-là de l'histoire, le jeune est un idéaliste. Il parle de sa « génération en ébullition » et de choses du même genre. Et il dit un truc du style : « L'époque n'est pas aux héros car personne ne veut que ça se passe ainsi. » L'histoire se déroule dans les années 1920, et j'ai trouvé ça génial de penser que le même genre de conversation pouvait avoir lieu au Big Boy. C'était sûrement déjà arrivé à nos parents et à nos grands-parents. Et c'était sûrement ce qui nous arrivait à cet instant.

Du coup, j'ai dit qu'à mon avis, le magazine essayait de faire de Kurt Cobain un héros, mais que plus tard, quelqu'un allait peut-être dénicher un truc qui le ferait passer pour un moins-que-rien. Et que je comprenais pas pourquoi : pour moi, c'était juste un type qui écrivait des chansons que des tas de gens appréciaient, et d'après moi, ça suffisait déjà amplement aux personnes concernées. Je me trompe peut-être, mais autour de la table, tout le monde s'est mis à parler de ça.

Sam a dit que c'était de la faute à la télé. Patrick que c'était la faute au gouvernement. Craig que c'était la faute aux « médias institutionnels ». Bob était aux toilettes.

Je sais pas ce que c'était, et je sais que ça ne nous a pas menés très loin, mais c'était super d'être assis là et de parler de la façon dont on voyait les choses. Comme quand Bill m'a dit de « m'impliquer ». Je suis allé au bal des anciens élèves (je t'en ai déjà parlé), mais là, c'était beaucoup plus marrant. C'était surtout marrant de penser que partout dans le monde, y avait des gens qui avaient le même genre de conversation dans leur Big Boy à eux.

J'aurais voulu dire ça aux autres, mais ils s'éclataient vraiment trop à jouer les cyniques et je n'avais pas envie de leur gâcher le plaisir. Alors je me suis un peu reculé sur mon siège et j'ai observé Sam, qui était assise à côté de Craig, et j'ai essayé de ne pas être trop triste. Je dois dire que malgré mes efforts, ça marchait pas trop. Mais à un moment, Craig parlait d'un truc, et Sam s'est tournée vers moi et a souri. Un sourire au ralenti, comme dans les films, et là, tout s'est arrangé.

J'ai raconté ça à mon psychiatre, mais il a dit qu'il était encore trop tôt pour « en tirer des conclusions ». J'en sais rien. C'est juste que j'ai passé une journée géniale. J'espère que toi aussi.

Ton ami,
Charlie

Lettre du 2 février 1992

Sur la route est un super bon livre. Comme c'était une « récompense » (je l'ai déjà dit), Bill m'a pas demandé de faire de rédac'. Par contre, il m'a demandé de venir le voir dans son bureau après les cours pour en discuter. Il a fait du thé, et j'ai eu l'impression d'être un adulte. Il m'a même laissé fumer une cigarette, mais il m'a conseillé d'arrêter à cause des risques pour la santé. Il avait même une brochure là-dessus dans son tiroir, qu'il m'a donnée (depuis, je m'en sers de marque-pages).

Je croyais que Bill et moi, on allait parler du livre, mais en fin de compte, on a parlé de « trucs ». C'était génial d'avoir autant de discussions les unes à la suite des autres. Bill m'a posé des questions sur Sam et Patrick et mes parents, et je lui ai dit pour mon permis et pour la discussion au Big Boy. Je lui ai aussi parlé de mon psychiatre. Mais je lui ai pas parlé de la fête, ou de ma sœur et de son petit copain. Ils continuent à se voir en cachette et d'après ma sœur, ça fait « qu'ajouter du piment à leur passion ».

Quand j'ai fini de raconter ma vie à Bill, je lui ai posé des questions sur la sienne. Ça aussi, c'était sympa, parce qu'il a pas essayé de se la jouer cool et de faire semblant de bien s'entendre avec moi ou un truc du genre. Il est resté lui-même. Il a dit qu'il avait passé sa licence dans l'Ouest, dans une fac où les profs ne mettent pas de notes, et j'ai trouvé ça curieux, mais Bill a dit qu'il n'aurait pas pu recevoir de meilleure formation. Il a dit qu'il me donnerait une brochure le moment venu.

Après avoir continué ses études à l'université de Brown, Bill a voyagé en Europe pendant un certain temps et quand il est rentré chez lui, il s'est inscrit à *Teach for America*[28]. À la fin de l'année, il pense partir s'installer à New York pour écrire des pièces de théâtre. Ce qui m'a fait penser qu'il devait être plutôt jeune, mais je me suis dit que ça serait pas correct de lui demander. En revanche, je lui ai demandé s'il avait une petite amie, et il a dit que non. Il a eu l'air triste en disant ça, mais comme je me suis dit que c'était privé, j'ai pas voulu en demander plus. Ensuite, il m'a donné un autre livre à lire. Ça s'appelle *Le Festin nu*[29].

J'ai commencé à le lire dès que je suis rentré chez moi, et autant te l'avouer, je ne comprends rien à ce que ce type raconte. Je dirais jamais ça à Bill, surtout pas. Sam m'a dit que pendant qu'il écrivait ce livre, William S. Burroughs prenait de l'héroïne et que je devrais « me laisser porter par le texte ». C'est ce que j'ai fait. Comme j'avais toujours aucune idée de quoi ça parlait, je suis descendu regarder la télé avec ma sœur.

L'émission, c'était un sitcom, et ma sœur était de mauvais poil, super silencieuse. J'ai essayé de lui parler, mais elle m'a juste dit de la fermer et de la laisser tranquille. Du coup, j'ai

28. Association à but non lucratif qui recrute des étudiants diplômés d'universités prestigieuses ; ceux-ci consacrent deux ans de leur carrière à l'enseignement dans des écoles de quartiers défavorisés.

29. *The Naked Lunch* de William S. Burroughs, livre longtemps interdit qui relate une descente aux enfers liée à la prise de drogues.

regardé l'émission pendant quelques minutes, mais ça me semblait encore plus confus que le livre, alors j'ai décidé d'aller faire mes devoirs de maths mais en fait, j'aurais pas dû, vu que les maths, j'ai toujours trouvé ça confus.

Toute la journée, j'ai eu la tête embrouillée.

Alors j'ai essayé d'aller aider ma mère dans la cuisine, mais j'ai fait tomber la cocotte, alors elle m'a dit d'aller lire dans ma chambre en attendant que mon père rentre à la maison, alors que c'est justement la lecture qui fichait tout en l'air depuis le début. Heureusement, mon père est rentré avant que j'aie le temps de rouvrir le livre, mais comme il voulait regarder le match de hockey, il m'a dit de lui « lâcher les basques ». J'ai regardé le match de hockey avec lui pendant un moment, mais je pouvais pas m'empêcher de lui demander de quels pays venaient les joueurs, et lui, il « se reposait les yeux », ce qui veut dire en fait qu'il dormait, mais il a pas voulu que je change de chaîne. Alors il m'a dit d'aller regarder la télé avec ma sœur, et j'y suis allé, mais elle m'a dit d'aller aider ma mère à la cuisine, et j'y suis allé, mais là, elle m'a dit d'aller lire dans ma chambre. J'y suis allé.

J'en suis maintenant à peu près à un tiers du livre, et jusqu'ici, c'est plutôt pas mal.

Ton ami,
Charlie

Lettre du 8 février 1992

On m'a invité au « bal de Sadie Hawkins ». Au cas où t'aurais jamais participé à ce genre de truc, c'est un bal où la fille invite le garçon. Dans mon cas, la fille, c'est Mary Elizabeth, et le garçon, c'est moi. T'y crois, toi ? !

Je crois que ç'a commencé vendredi, quand j'ai aidé Mary Elizabeth à agrafer le dernier numéro de *Punk Rocky*, avant qu'on aille au *Rocky Horror Picture Show*. Mary Elizabeth a été trop sympa ce jour-là. Elle a dit que c'était le numéro le plus réussi de tous, pour deux raisons, et ces deux raisons, c'était grâce à moi. Premièrement, il était en couleur, et deuxièmement, il y avait le poème que j'ai offert à Patrick à l'intérieur.

C'était un numéro super, vraiment. Je crois que même quand je serai plus vieux, je penserai pareil. Craig y a mis certaines de ses photos couleurs, Sam y a mis des infos « *underground* » sur des groupes. Mary Elizabeth a écrit un article sur les candidats du parti démocrate. Bob y a mis une reproduction d'un tract pro-cannabis. Et Patrick a fabriqué un faux coupon de pub qui offre une « pipe » gratuite si on achète un *Smiley Cookie* au Big Boy. *Sous certaines réserves !*

Il y avait même une photo de nu de Patrick (pris de dos). T'y crois ? Sam a demandé à Craig de prendre la photo. Mary Elizabeth a dit à tout le monde de pas dévoiler que c'était Patrick sur la photo, et personne a rien dit… à part Patrick. Toute la soirée, il a pas arrêté de hurler : « Fais péter la photo ! Fais péter ! » (c'est sa réplique préférée de son film préféré, *Les Producteurs*[30]).

Mary Elizabeth pense que Patrick lui a demandé de mettre la photo dans le magazine pour que Brad puisse avoir une photo de lui sans que ça fasse louche. Mais il a pas vraiment voulu l'avouer. (Elle a peut-être raison, puisque Brad a acheté un exemplaire sans même y jeter un coup d'œil.)

Ce soir-là, quand je suis allé au *Rocky Horror Picture Show*, Mary Elizabeth était super énervée contre Craig, qui s'était

30. *The Producers* (1968), film de Mel Brooks.

pas pointé. Personne savait pourquoi. Même pas Sam. Le problème, c'est qu'y avait personne pour jouer Rocky, le robot musclé (je sais pas trop si c'est un robot ou quoi). Après avoir regardé tout le monde, Mary Elizabeth s'est tournée vers moi.

– Charlie, combien de fois t'as vu le spectacle ?

– Dix fois.

– Tu crois que tu peux jouer Rocky ?

– Je suis pas « bien gaulé ».

– On s'en fiche. Tu peux le jouer ?

– Je crois que oui.

– Tu crois ou t'es sûr ?

– Je crois.

– Ça ira.

Quelques minutes plus tard, je me suis retrouvé en pantoufles, juste vêtu d'un maillot de bain doré. À se demander comment des trucs comme ça peuvent m'arriver. J'étais super nerveux, surtout parce que pendant le spectacle, Rocky doit toucher Janet sur tout le corps, et c'était Sam qui jouait Janet. Patrick arrêtait pas de blaguer, comme quoi j'allais « avoir une érection ». J'espérais vraiment que ça ne m'arriverait pas. Un jour, j'ai eu une érection en classe alors que je devais aller au tableau. Un moment atroce. Et quand je me suis souvenu de cette expérience et que d'un coup, j'ai pensé aux projecteurs et au fait que je porterais rien d'autre qu'un maillot de bain, j'ai paniqué. J'ai failli ne pas faire le spectacle, mais Sam m'a dit qu'elle avait vraiment envie que je joue Rocky, et je crois que c'était ce que j'avais besoin d'entendre.

Je ne vais pas te raconter la représentation dans le détail, mais ç'a été le moment le plus génial de toute ma vie. Carrément. J'ai dû faire semblant de chanter, j'ai dû danser sur scène, j'ai dû porter un boa en plumes pour le grand final –

comme ça fait partie du spectacle, j'y aurais pas fait plus attention que ça, mais Patrick a pas arrêté de répéter :

– Charlie avec un boa en plumes ! Charlie avec un boa en plumes !

Il en pouvait plus de rire.

Mais le meilleur moment, ç'a été la scène avec Janet, celle où on devait se toucher. C'était pas parce que je devais toucher Sam et qu'elle devait me toucher que ç'a été le meilleur moment. En fait, c'est exactement l'inverse. Je sais que ç'a l'air débile, mais c'est vrai. Juste avant la scène, j'ai pensé à Sam et je me suis dit que si je la touchais de cette façon sur scène, et que je le faisais pour de vrai, ça serait minable. J'ai beau me dire que je pourrais avoir envie de la toucher comme ça un jour, je ne veux pas que ça soit minable. Je ne veux pas que ça soit « Rocky et Janet ». Je veux que ça soit Sam et moi. Et je veux qu'elle en ait envie, elle aussi. Alors on a juste joué la comédie, et c'est ça qui était super.

À la fin du spectacle, on a salué tous ensemble et il y a eu des tas d'applaudissements. Patrick m'a même poussé devant les autres comédiens pour que je salue tout seul. Je crois que c'est la tradition, quand on veut présenter les nouveaux comédiens. Je me disais que c'était super sympa que tout le monde m'applaudisse, et aussi que j'étais content que personne de ma famille soit là pour me voir jouer Rocky avec un boa en plumes. Mon père, surtout.

Par contre, j'ai eu une érection, mais beaucoup plus tard, dans le parking du Big Boy.

C'est arrivé quand Mary Elizabeth m'a invité à aller au bal de Sadie Hawkins, après m'avoir dit : « T'avais l'air super dans ton costume. »

J'aime bien les filles. Vraiment. Parce qu'elles peuvent penser qu'on a l'air super en maillot de bain, même si c'est pas le cas. Après coup, je me suis quand même senti un peu coupable pour l'érection, mais je crois que c'est un truc qui se contrôle pas.

J'ai dit à ma sœur qu'une fille m'avait invité au bal, mais elle avait trop la tête ailleurs. Alors, j'ai essayé de lui demander des conseils sur comment on fait avec une fille, vu que c'était mon premier rendez-vous, mais elle a pas voulu répondre. Pas par méchanceté. Seulement, elle avait « le regard vague ». Je lui ai demandé si ça allait, et elle a dit qu'elle avait besoin d'être seule, alors je suis monté dans ma chambre et j'ai terminé *Le Festin nu*.

Après l'avoir fini, je suis simplement resté étendu sur mon lit à regarder le plafond, et comme c'était un silence du genre sympa, j'ai souri.

Ton ami,
Charlie

Lettre du 9 février 1992

J'ai un truc à dire à propos de ma dernière lettre. Je sais que Sam aurait jamais eu l'idée de m'inviter au bal. Je sais qu'elle voudra y aller avec Craig, ou sinon avec Patrick, vu que la petite amie de Brad, Nancy, y va déjà avec lui. Je crois que Mary Elizabeth est une fille super futée et super mignonne, et je suis content qu'elle soit la première avec qui j'ai rendez-vous. Mais après avoir dit oui, et quand Mary Elizabeth l'a annoncé au groupe, je voulais que Sam soit jalouse. Je sais que c'est nul de souhaiter un truc comme ça, mais c'était ce que je voulais vraiment. Mais Sam n'a pas été jalouse. Pour être franc, je crois qu'elle n'aurait pas pu être plus heureuse. C'était dur pour moi.

Elle m'a même expliqué comment on s'y prend quand on a rendez-vous avec une fille. Elle a dit qu'une fille comme Mary Elizabeth, il faut pas lui dire qu'elle est jolie. Il faut lui dire qu'elle est bien habillée parce que c'est elle qui choisit ses vêtements (alors que c'est pas elle qui a choisi son visage). Elle a aussi dit qu'avec certaines filles, il faut faire des trucs comme ouvrir la portière de la voiture ou offrir des fleurs, mais qu'avec Mary Elizabeth, je devrais pas faire ça (surtout que c'est le bal de Sadie Hawkins). Du coup, je lui ai demandé ce qu'il fallait faire, et elle a dit que je devais poser des tas de questions et pas faire attention si Mary Elizabeth arrêtait pas de parler. J'ai dit que ça semblait pas très démocratique, mais Sam a dit qu'elle faisait tout le temps ça avec les garçons.

Elle a dit aussi qu'avec Mary Elizabeth, ça serait délicat côté sexe : elle est déjà sortie avec des garçons et elle a beaucoup plus d'expérience que moi. Elle a dit que le mieux, quand on sait pas s'y prendre côté sexe, c'est d'être attentif à la façon dont la personne embrasse, histoire de l'imiter. Elle dit que c'est la preuve qu'on est très sensible – et bien sûr, c'est comme ça que je veux être.

Alors j'ai dit : « Tu peux me montrer ? »

Et elle a dit : « Joue pas au plus malin. »

On se parle comme ça de temps en temps. Ça la fait toujours rigoler. Elle m'a montré un tour qu'on peut faire avec un Zippo, et ensuite je lui ai posé d'autres questions sur Mary Elizabeth.

– Et si j'ai pas envie de faire des trucs sexuels avec elle ?

– Dis simplement que tu te sens pas prêt.

– Ça marche ?

– Des fois.

J'avais envie de lui demander comment on fait les fois où ça marche pas, mais je voulais pas être trop indiscret, et au fond de moi, je n'avais pas envie de savoir. J'aimerais pouvoir arrêter d'être amoureux de Sam. Vraiment.

Ton ami,
Charlie

Lettre du 15 février 1992

Je me sens pas très bien, tout est embrouillé. Comme prévu, je suis allé au bal, et j'ai pas oublié de dire à Mary Elizabeth qu'elle était bien habillée, j'ai pas oublié de lui poser des questions et je l'ai laissée parler tout le reste du temps. J'ai appris des tas de trucs à propos de « l'objectivation », des Amérindiens et de la bourgeoisie.

Mais surtout, j'ai appris des trucs sur Mary Elizabeth.

Mary Elizabeth veut aller à l'université de Berkeley et passer deux diplômes. Un en sciences politiques. Un autre en sociologie avec option féminisme. Mary Elizabeth déteste le lycée et a envie d'étudier les relations lesbiennes. Je lui ai demandé si elle aimait les filles ; là, elle m'a regardé comme si j'étais débile et elle a dit : « Ça n'a rien à voir. »

Le film préféré de Mary Elizabeth, c'est *Reds*[31]. Son livre préféré, c'est l'autobiographie d'une femme qui était un des personnages de *Reds*. Je me souviens pas de son nom. La couleur préférée de Mary Elizabeth, c'est le vert. Sa saison préférée, c'est le printemps. Son parfum de glace préféré (elle refuse de man-

31. *Reds* (1981), film de Warren Beatty sur la révolution russe.

ger des glaces au yaourt allégé, question de principe), c'est la cerise. Son plat préféré, c'est la pizza (moitié champignons, moitié poivrons verts). Mary Elizabeth est végétarienne et déteste ses parents. Et elle parle espagnol couramment.

De toute la soirée, le seul truc qu'elle m'a demandé, c'est si j'avais envie de l'embrasser ou non pour lui dire au revoir. Quand je lui ai dit que je me sentais pas prêt, elle a dit qu'elle comprenait et qu'elle avait passé un super moment. Elle a dit que j'étais le garçon le plus sensible qu'elle avait jamais rencontré, et j'ai pas compris, vu que vraiment, tout ce que j'ai fait, c'est de pas lui couper la parole.

Ensuite, elle m'a demandé si je voulais ressortir avec elle un de ces jours, et comme Sam et moi, on n'en avait pas discuté, j'avais pas préparé de réponse. J'ai dit oui pour pas gaffer, mais je me sens pas capable de repasser toute une soirée à poser un tas de questions. Je ne sais pas quoi faire. À combien de rendez-vous on peut aller en se sentant pas prêt à embrasser la personne ? Je crois qu'avec Mary Elizabeth, je me sentirai jamais prêt. Il va falloir que je pose la question à Sam.

Au fait, c'est Patrick que Sam avait invité au bal – Craig avait « trop de trucs à faire ». Je crois qu'ils ont eu une super dispute à ce sujet. Craig a fini par expliquer que maintenant qu'il était étudiant, il avait pas envie d'aller à un truc débile genre bal du lycée. À un moment, pendant le bal, Patrick est sorti sur le parking pour se défoncer avec son conseiller d'orientation, et Mary Elizabeth est allée voir le DJ pour qu'il passe des groupes de filles, ce qui a fait que Sam et moi, on s'est retrouvés seuls.

– Tu t'amuses bien ?

Sam a pas répondu tout de suite. Elle avait juste l'air un peu triste.

– Pas vraiment. Et toi ?

– J'en sais rien. Comme c'est mon tout premier rendez-vous avec une fille, j'ai rien pour comparer.

– T'inquiète. Tu t'en sors bien.

– Vraiment ?

– Tu veux du punch ?

– D'accord.

Et Sam est partie. Elle avait vraiment l'air triste, et j'aurais aimé pouvoir l'aider à se sentir mieux, mais bon, des fois, je crois qu'on peut pas, c'est comme ça. Alors je suis resté tout seul, contre le mur, et j'ai regardé la piste de danse. Je pourrais te décrire ça, mais je crois que c'est le genre de truc où il faut être là, ou au moins connaître les gens, pour comprendre. Mais après tout, peut-être que tu connaissais les mêmes sortes de gens quand t'allais aux bals de ton lycée. Tu vois ce que je veux dire ?

Dans ce bal, le seul truc vraiment différent, c'était ma sœur. Elle était avec son petit copain. Et pendant un slow, on aurait dit qu'ils étaient en train d'avoir une super dispute : il a arrêté de la regarder et elle a quitté la piste à toute vitesse et s'est dirigée vers les toilettes. J'ai essayé de la suivre, mais elle était déjà trop loin. Elle est jamais revenue, et son copain a fini par partir.

Quand Mary Elizabeth m'a déposé chez moi, j'ai trouvé ma sœur qui pleurait au sous-sol. Elle pleurait de façon différente. Ça m'a un peu fait peur. J'ai parlé super lentement, doucement :

– Est-ce que ça va ?

– Fiche-moi la paix, Charlie.

– Allez, dis-moi. Qu'est-ce qui va pas ?

– Tu pourrais pas comprendre.

– Je pourrais essayer.

– Très drôle. Vraiment très drôle.

– Dans ce cas, tu veux que je réveille papa et maman ?

– Non.

– Mais peut-être qu'ils pourraient…

– CHARLIE ! FERME-LA ! PIGÉ ? ! FERME-LA, C'EST TOUT !

C'est là qu'elle s'est mise à pleurer pour de bon. Je ne voulais pas qu'elle se sente encore plus mal à cause de moi, alors je me suis retourné pour la laisser seule. Et c'est là qu'elle s'est mise à me serrer dans ses bras. Elle a rien dit du tout. Elle m'a juste serré très fort sans vouloir me lâcher. Alors moi aussi, je l'ai serrée. C'était quand même bizarre, vu que c'était la première fois que je serrais ma sœur dans mes bras (sauf les fois où elle était obligée de le faire). Au bout d'un moment, elle s'est un peu calmée et m'a relâché. Elle a pris une profonde inspiration et a enlevé les cheveux qui lui collaient au visage.

C'est là qu'elle m'a dit qu'elle était enceinte.

Je pourrais te raconter le reste de la nuit, mais franchement, je me souviens plus de grand-chose. C'est flou, et triste. Je sais quand même que son petit copain a dit que c'était pas son bébé (mais ma sœur savait que c'était le sien). Et je sais aussi qu'il l'a « larguée » en plein milieu du bal. Comme elle ne veut pas que ça se sache, elle en a parlé à personne d'autre. Les seuls qui savent, c'est moi, elle et lui. J'ai pas le droit d'en parler à quelqu'un qu'on connaît. À personne. Jamais.

J'ai dit à ma sœur qu'au bout d'un certain temps, elle pourrait sûrement plus le cacher, mais elle a dit qu'elle laisserait pas les choses aller si loin. Et puisqu'elle a dix-huit ans, elle a pas besoin de la permission de maman ou papa. Elle a juste besoin que quelqu'un l'accompagne samedi prochain à la clinique. Et ce quelqu'un, c'est moi.

– On a du bol, j'ai mon permis maintenant.
J'ai dit ça pour la faire rire. C'est tombé à plat.

Ton ami,
Charlie

Lettre du 23 février 1992

J'étais assis dans la salle d'attente de la clinique. Ça faisait à peu près une heure que j'étais là. Je me souviens plus combien de temps exactement. Bill m'avait donné un nouveau livre à lire, mais bon, pas moyen de me concentrer. Je crois que c'est facile de comprendre pourquoi.

Alors j'ai essayé de lire des magazines, mais là encore, j'arrivais pas, c'est tout. C'était pas tant qu'ils parlaient des trucs que mangeaient les gens. C'était ces couvertures... Sur chacune, y avait un visage souriant, et chaque fois que c'était une femme, elle avait un décolleté plongeant. Je me suis demandé si ces femmes faisaient ça pour avoir l'air mignonnes ou si ça faisait juste partie de leur travail. Je me suis demandé si elles avaient le choix ou non, pour devenir célèbres. J'arrivais pas à me sortir cette idée de la tête.

Je pouvais presque m'imaginer la séance photo, et l'actrice (ou le mannequin) qui allait ensuite « manger léger » avec son petit copain. Je le voyais en train de lui demander comment sa journée s'était passée ; elle n'en pensait rien de spécial, ou alors, si c'était sa première couverture pour un magazine, elle était tout excitée parce qu'elle commençait à devenir célèbre. J'imaginais le magazine dans les kiosques à journaux, et des tas de regards anonymes posés dessus, et je me disais que certaines personnes trouveraient ça super important. Et qu'ensuite, une fille comme Mary Elizabeth serait très en colère contre l'actrice (ou le mannequin) parce qu'elle montrait son décolleté, et contre toutes les autres actrices (ou mannequins) qui faisaient la même chose, tandis qu'un photographe comme Craig s'intéresserait seulement à la qualité de la photo. Ensuite, j'ai pensé qu'il y aurait des hommes qui achèteraient le magazine pour se masturber dessus.

Et je me suis demandé ce que l'actrice ou son petit copain en pensaient, en tout cas s'ils y pensaient. Et puis j'ai pensé qu'il était temps que j'arrête de penser – c'était pas ça qui allait aider ma sœur.

Et là, je me suis mis à penser à ma sœur. J'ai pensé à la fois où elle et ses copines m'avaient verni les ongles, et comme mon frère était pas là, c'était pas gênant. Et à la fois où elle m'avait laissé jouer avec ses poupées pour inventer des histoires. Ou qu'elle me laissait regarder ce que je voulais à la télé. Et à l'époque où elle a commencé à devenir une « jeune fille », et que personne avait le droit de la regarder parce qu'elle se trouvait grosse. Et qu'en fait elle était pas grosse du tout. Et qu'en fait elle était super jolie. Et que son visage a eu l'air de changer quand elle a réalisé que les garçons la trouvaient jolie. Et que son visage a eu l'air de changer la première fois qu'elle a beaucoup aimé un vrai garçon (et pas un qui était sur un poster). Et l'air qu'elle a eu quand elle a compris qu'elle était amoureuse du garçon. Et ensuite, je me suis demandé à quoi ressemblerait son visage quand elle ressortirait de cet endroit.

C'est ma sœur qui m'a expliqué d'où « venaient » les bébés. C'est aussi ma sœur qui a ri quand, juste après, je lui ai demandé où « allaient » les bébés.

Quand j'ai repensé à ça, je me suis mis à pleurer. Mais je savais qu'il fallait pas que quelqu'un me voie, sinon ils me laisseraient peut-être pas la ramener en voiture à la maison et ils appelleraient peut-être nos parents. Et il fallait que j'empêche ça, vu que ma sœur comptait sur moi, et que c'était la toute première fois que quelqu'un comptait sur moi pour quelque chose. Quand j'ai réalisé ça, j'ai pleuré – c'était quelque chose d'assez important pour que je le fasse, comme j'avais promis à ma tante Helen. Comme j'arrivais plus à cacher mes larmes, il a fallu que je sorte.

Je suis sûrement resté un long moment dans la voiture, parce que c'est là que ma sœur a fini par me trouver. Je fumais cigarette sur cigarette et je pleurais encore. Ma sœur a frappé à la vitre. Je l'ai baissée. Elle m'a regardé d'un air intrigué, et puis sa curiosité s'est transformée en colère.

– Charlie, tu fumes ? !

Elle était trop énervée. Je te dis même pas…

– J'arrive pas à croire que tu fumes !

Là, j'ai arrêté de pleurer. Et je me suis mis à rigoler. Elle sortait de cet endroit… et dans un moment pareil, elle aurait dû avoir des tas de trucs à me raconter… mais la seule remarque qu'elle trouvait à me faire, c'était que je fumais ! Et surtout, elle s'était mise en colère. Et je savais que si ma sœur était furieuse, son visage serait pas trop différent de d'habitude. Et que ça voudrait dire qu'elle allait pas si mal que ça.

– Je vais le dire aux parents, compris ?

– Non, tu vas rien dire.

Bon Dieu, qu'est-ce que je rigolais.

Ma sœur s'est mise à réfléchir pendant une seconde, et je crois qu'elle a pigé pourquoi elle dirait rien à papa et maman. C'est comme si elle s'était subitement rappelée où on était et ce qui venait de se passer, et à quel point notre conversation était dingue, vu les circonstances. Alors elle s'est mise à rigoler.

Mais très vite, ça lui a filé la nausée, et j'ai dû sortir de la voiture pour l'aider à s'installer sur la banquette arrière. J'avais déjà préparé un oreiller et une couverture – je m'étais dit qu'il valait peut-être mieux qu'elle se repose un peu de tout ça dans la voiture avant de rentrer à la maison.

Juste avant de s'endormir, elle a dit :

– Dans ce cas, si tu as l'intention de fumer, baisse au moins un peu ta vitre.

Ce qui m'a fait rigoler à nouveau.

– Charlie qui fume. C'est pas croyable.

Ce qui m'a fait rigoler encore plus fort. Et j'ai dit :

– Je t'aime.

Et ma sœur a dit :

– Moi aussi, je t'aime. Mais arrête de te marrer, ça suffit comme ça.

Au bout d'un moment, mon rire s'est transformé en petits gloussements, et puis ça s'est arrêté net. J'ai regardé à l'arrière et j'ai vu que ma sœur s'était endormie. J'ai mis le chauffage en route pour qu'elle ait pas froid. Et puis j'ai commencé à lire le livre que Bill m'avait donné. C'est *Walden* de Henry David Thoreau, et comme c'est le livre préféré de la petite amie de mon frère, j'étais super excité de le lire.

Quand le soleil s'est couché, j'ai glissé la brochure anti-tabac de Bill à la page où je m'étais arrêté, j'ai démarré et j'ai pris le chemin de la maison. Je me suis arrêté à quelques pâtés de maisons de chez nous pour réveiller ma sœur et ranger l'oreiller et la couverture dans le coffre. On s'est garés dans l'allée. On est descendus. On est entrés. Et on a entendu les voix de mon père et de ma mère en haut des escaliers.

– Où est-ce que vous étiez passés toute la journée, tous les deux ?

– Il était temps. Le repas est bientôt prêt.

Ma sœur m'a regardé. Je l'ai regardée. Elle a haussé les épaules. Alors je me suis mis à parler à toute vitesse, comme quoi on avait vu un film et que ma sœur m'avait appris à conduire sur l'autoroute et qu'on était allés au McDo.

– Au McDo ? ! Quand ça ? !

– Et votre mère qui a fait des côtelettes !!

Mon père lisait le journal. Pendant que je parlais, ma sœur est allée l'embrasser sur la joue. Il a pas levé les yeux de son journal.

– Je sais, mais ça fait un moment qu'on est allés au McDo, c'était avant le ciné.

Alors mon père a demandé d'un air détaché :

– Vous avez vu quel film ?

Je me suis figé, mais juste avant d'aller embrasser ma mère, ma sœur a sorti le nom d'un film. Jamais entendu parler.

– C'était bien ?

Je me suis figé à nouveau. Ma sœur était super calme.

– Pas mal. Ça sent bon, ces côtelettes.

– Ouais, j'ai dit.

Ensuite, j'ai pensé à un truc, histoire de changer de sujet.

– Eh, papa, c'est ce soir qu'il y a le match de hockey ?

– Ouais. Tu as le droit de le regarder, à condition de ne poser aucune de tes questions stupides.

– D'accord, mais je peux en poser une avant que ça commence ?

– Pardon ??

– … s'il te plaît ?

– Vas-y, il a grommelé.

– Comment est-ce que les joueurs de hockey appellent leur palet, déjà ?

– Un biscuit. Ils appellent ça un biscuit.

– Super. Merci.

À partir de ce moment et pendant tout le repas, mes parents ont plus posé une seule question sur notre journée, sauf que ma mère a dit qu'elle était très contente que ma sœur et moi on passe plus de temps ensemble.

Ce soir-là, une fois que mes parents se sont couchés, je suis descendu chercher l'oreiller et la couverture dans le coffre de la voiture. Je les ai apportés à ma sœur. Elle était plutôt fatiguée. Et elle parlait tout doucement. Elle m'a remercié pour cette journée. Elle a dit que je l'avais pas « laissée tomber ». Et elle a dit qu'elle voulait que ça soit notre secret, vu qu'elle avait décidé de dire à son ex-petit copain que sa grossesse était une fausse alerte. Je crois qu'elle lui faisait plus assez confiance pour lui dire la vérité.

J'ai éteint les lumières et ouvert la porte, et juste après, je l'ai entendue dire doucement :

– Je veux que t'arrêtes de fumer, t'as compris ?

– Compris.

– Parce que je t'aime vraiment très fort, Charlie.

– Moi aussi, je t'aime.

– C'est sincère.

– Moi aussi.

– OK. Allez, bonne nuit.

J'ai fermé la porte et je l'ai laissée s'endormir.

J'avais pas envie de lire ; du coup, je suis redescendu et j'ai regardé une pub d'une demi-heure qui parlait d'une machine de musculation. Sur l'écran, il y avait un numéro en 08 qu'arrêtait pas de clignoter, alors je l'ai appelé. La femme à l'autre bout du fil s'appelait Michelle. J'ai dit à Michelle que j'étais un jeune et que j'avais pas du tout besoin d'une machine de musculation, mais que j'espérais qu'elle passait une bonne nuit. Michelle m'a raccroché au nez. Mais j'en avais rien à faire du tout.

Ton ami,
Charlie

Lettre du 7 mars 1992

Les filles sont trop bizarres. C'est pas pour être blessant, mais bon, je vois pas comment le dire autrement.

Ça y est, j'ai été à un autre rendez-vous avec Mary Elizabeth. Globalement, c'était pareil qu'au bal, sauf qu'on était habillés de façon plus décontract'. C'est elle qui m'a proposé de sortir à nouveau, et je suppose que c'est pas grave, mais je me dis qu'il va falloir me mettre à inviter de temps en temps, je peux pas toujours attendre qu'on m'invite. Et puis, si c'est moi qui invite une fille, je serai sûr de sortir avec la fille de mon choix (si elle dit oui). C'est tellement compliqué, tout ça.

La bonne nouvelle, c'est que cette fois, c'est moi qui ai conduit. J'ai demandé à mon père s'il pouvait me prêter sa voiture. Ça s'est passé un soir, pendant le repas.

– Pour quoi faire ?

Mon père a tendance à la couver, sa voiture.

– Charlie a une petite copine, a dit ma sœur.

– C'est pas ma petite copine, j'ai dit.

– C'est qui, cette fille ? a demandé mon père.

– Qu'est-ce qui se passe ? a demandé ma mère depuis la cuisine.

– C'est ce que j'essaie de savoir ! a dit mon père en haussant la voix.

– Pas la peine de me parler sur ce ton, a dit ma mère.

– Désolé, a dit mon père sans vraiment le penser.

Ensuite, il s'est à nouveau tourné vers moi.

– Bien. Parle-moi de cette fille.

Alors je lui ai un peu parlé de Mary Elizabeth, en laissant de côté le tatouage et le piercing au nombril. Pendant un petit moment, il a eu comme un sourire, pour essayer de savoir si j'avais déjà fait des trucs avec elle. Ensuite, il a dit que oui, je pouvais lui emprunter sa voiture. Quand ma mère est revenue avec le café, mon père lui a tout raconté pendant que je mangeais mon dessert.

Un peu plus tard, j'étais en train de finir mon livre quand mon père est entré dans ma chambre et s'est assis au bord de mon lit. Il a allumé une cigarette et s'est mis à me parler de sexe. Il m'avait déjà fait ce speech quelques années plus tôt, mais à l'époque, c'était plus de la biologie qu'autre chose. Cette fois, il a dit des trucs genre :

« Je sais que je suis ton paternel, mais… »

« De nos jours, on n'est jamais trop prudent. »

« Sors couvert. »

« Si elle dit non, eh bien, il faut que tu partes du principe qu'elle le pense vraiment… »

« Parce que si tu la forces à faire un truc qu'elle n'a pas envie de faire, tu vas te retrouver dans de beaux draps, jeune homme… »

« Et même si elle dit non, et qu'en fait elle pense oui, eh bien très franchement, c'est qu'elle s'amuse avec toi et qu'elle ne vaut pas un clou. »

« Si tu as besoin de parler à quelqu'un, tu peux venir me trouver, mais si tu n'en as pas envie pour une raison ou une autre, parles-en avec ton frère. »

Et finalement :

« Je suis heureux qu'on ait eu cette discussion. »

Ensuite il m'a ébouriffé les cheveux, il a souri, et il est sorti de ma chambre. Vaut mieux que je te dise que mon père n'a rien à voir avec ceux qu'on voit à la télé. Des trucs comme le sexe, ça l'embarrasse pas. Et en fait, il est super malin sur ces trucs.

Je crois surtout qu'il était content parce que quand j'étais petit, j'avais souvent l'habitude d'embrasser un garçon du quartier, et même si le psychiatre avait dit que c'était normal que les petits garçons et les petites filles explorent ce genre de chose, je crois que mon père avait quand même peur. Je crois que ça aussi c'est normal, même si je ne sais pas trop pourquoi.

Bref, Mary Elizabeth et moi, on est allés voir un film en centre-ville. Un film « d'art et d'essai ». Mary Elizabeth a dit qu'il avait remporté un prix dans un super festival en Europe, et ça l'impressionnait vachement. Pendant qu'on attendait que le film commence, elle a dit que c'était dommage que tant de gens aillent voir des films hollywoodiens débiles, alors qu'il y avait si peu de spectateurs dans ce cinéma. Ensuite, elle a expliqué qu'elle avait qu'une envie, c'était de partir d'ici pour aller à la fac, où les gens savent « apprécier » ce genre de chose.

Ensuite, le film a commencé. C'était dans une langue étrangère, avec des sous-titres, et ça m'a amusé vu que c'était la première fois que je « lisais » un film. Le film lui-même était très intéressant, mais je crois pas qu'il était si bien que ça – je me suis pas senti différent quand ç'a été fini. Mais Mary Elizabeth, elle, se sentait différente. Elle arrêtait pas de dire que c'était un film « pertinent ». Tellement « pertinent ». Et je suppose que c'était le cas. Le problème, c'est que j'ai pas compris ce que ça racontait, même si tout était très bien raconté.

Plus tard, j'ai emmené Mary Elizabeth en voiture chez un disquaire *underground*, et elle m'a fait visiter. Elle adore ce magasin. Elle a dit que c'était vraiment l'endroit où elle se sentait « elle-même ». Elle a dit qu'avant, quand y avait pas autant de cafés-restaurants, les jeunes comme elle avaient aucun endroit où aller, sauf le Big Boy – et encore, depuis cette année seulement. Elle m'a montré le rayon cinéma et m'a parlé de tous les réalisateurs et de toutes personnalités qui sont « culte » en France. Ensuite, elle m'a emmené au rayon des imports et m'a parlé de la « vraie » musique alternative. Ensuite, elle m'a emmené au rayon folk et m'a parlé de groupes de filles comme les Slits[32].

Elle a dit qu'elle s'en voulait beaucoup de pas m'avoir fait de cadeau à Noël, et qu'elle avait envie de se rattraper. Du coup, elle m'a acheté un disque de Billie Holiday et m'a demandé si ça me disait d'aller l'écouter chez elle.

Je me suis retrouvé assis tout seul dans son sous-sol pendant qu'elle allait nous chercher un truc à boire à l'étage. J'ai regardé la pièce autour de moi, très propre, une odeur comme si personne habitait là. Y avait une cheminée et, dessus, des trophées de golf. Et y avait une télé, et une chaîne stéréo sympa. Mary Elizabeth est redescendue avec deux verres et une bouteille de brandy. Elle a dit qu'elle détestait tout ce que ses parents adoraient, sauf le brandy.

Elle m'a demandé de nous servir pendant qu'elle faisait un feu. Elle était super excitée et vu qu'elle est jamais comme ça, c'était bizarre. Elle arrêtait pas de parler, qu'elle adorait les feux de cheminée et qu'elle avait envie d'épouser un homme et d'aller vivre dans le Vermont un de ces jours, et comme Mary Elizabeth parle jamais de trucs comme ça, là encore c'était bizarre. Quand le feu a pris, elle a mis le disque et s'est

32. Les Slits (littéralement, « les fentes ») : groupe punk créé en 1976 (qui s'est reformé en 2006).

approchée vers moi en faisant une espèce de danse. Elle a dit qu'elle se sentait super « chaude », mais que ça avait rien à voir avec la température de la pièce.

La musique a commencé et elle a cogné son verre contre le mien, dit « à la tienne » et bu une gorgée de brandy. (Au fait, c'est vraiment bon le brandy, mais c'était meilleur à la fête de Noël.) On a fini le premier verre super vite.

Mon cœur battait très fort, et je commençais à me sentir nerveux. Elle m'a tendu un autre verre de brandy et m'a touché la main tout doucement. Elle a glissé une jambe par-dessus la mienne, et je l'ai juste regardée pendre. Et puis, sur ma nuque, j'ai senti sa main. Qui bougeait genre lentement. Et mon cœur s'est mis à battre comme un dingue.

– Est-ce que tu aimes le disque ? elle a demandé, toute tranquille.

– Beaucoup.

Je le pensais vraiment. C'était beau.

– Charlie ?

– Mmm ?

– Est-ce que tu m'aimes bien ?

– Mmm.

– Tu vois ce que je veux dire ?

– Mmm.

– T'es stressé ?

– Mmm.

– Faut pas stresser.

– OK.

C'est là que j'ai senti son autre main. D'abord sur mon genou, puis qui remontait sur le côté de ma jambe jusqu'à ma hanche et mon ventre. Elle a enlevé la jambe qui était par-dessus la mienne et elle s'est plus ou moins assise sur moi. Elle m'a regardé droit dans les yeux, sans cligner du tout les siens. Pas une seule fois. Son visage avait l'air chaud, différent. Elle s'est penchée et s'est mise à m'embrasser le cou et les oreilles. Et puis les joues. Et puis les lèvres. Et c'était comme si tout se mettait à fondre. Elle a pris ma main et l'a glissée sous son pull, et j'arrivais pas à croire à ce qui m'arrivait. Ou à ce que ça faisait de toucher des seins. Ou, plus tard, à quoi ils pouvaient ressembler. Ou que c'était si compliqué d'enlever un soutien-gorge.

Après avoir fait tout ce qu'on peut faire au-dessus de la ceinture, je me suis allongé par terre et Mary Elizabeth a posé sa tête sur ma poitrine. On respirait tous les deux très lentement et on écoutait la musique et le feu qui crépitait. Quand la dernière chanson s'est terminée, j'ai senti son souffle sur ma poitrine.

– Charlie ?

– Mmm ?

– Tu me trouves mignonne ?

– Je te trouve super mignonne.

– Vraiment ?

– Vraiment.

Elle m'a serré un peu plus fort, et pendant la demi-heure qui a suivi, elle a plus dit un seul mot. Tout ce que je pouvais faire, c'était rester allongé là et me dire à quel point sa voix avait changé quand elle m'avait demandé si elle était mignonne, et à quel point elle avait changé quand j'avais répondu, et au fait que Sam m'avait dit qu'elle aimait pas ce genre de truc, et au fait que je commençais à avoir super mal au bras.

Heureusement qu'on a entendu les portes automatiques du garage s'ouvrir. Il était temps.

Ton ami,
Charlie

Lettre du 28 mars 1992

Il commence enfin à faire un peu meilleur ici, et les gens sont plus sympas dans les couloirs. Pas forcément avec moi, juste en général. J'ai écrit une rédaction sur *Walden* pour Bill, mais cette fois, je l'ai faite autrement. Je n'ai pas fait une fiche de lecture, plutôt une rédac', en imaginant que j'étais seul au bord d'un lac pendant deux ans. J'ai imaginé que je vivais de mes récoltes et que j'avais des « révélations » comme l'auteur. Pour rien te cacher, c'est une idée qui me tenterait bien, là tout de suite.

Depuis la soirée avec Mary Elizabeth, plus rien n'est pareil. Ç'a commencé le lundi au lycée, quand Sam et Patrick m'ont regardé avec de grands sourires. Mary Elizabeth leur avait parlé de la soirée qu'on avait passée ensemble, alors que j'avais vraiment pas envie qu'elle en parle, mais Sam et Patrick ont trouvé ça génial, et ils étaient super contents pour nous deux. Sam arrêtait pas de dire :

– Pourquoi j'y ai pas pensé avant ! Vous allez trop bien ensemble, tous les deux.

Je crois que Mary Elizabeth pense pareil, parce qu'elle est plus du tout la même. Elle est tout le temps gentille, mais ça me semble pas normal. Je ne sais pas comment expliquer ça. Genre, on fume une cigarette dehors avec Sam et Patrick en fin de journée, et on discute d'un truc avant de rentrer chez nous. Ensuite, Mary Elizabeth m'appelle dès que j'arrive à la maison et me demande : « Quoi de neuf ? » Et je sais pas quoi dire, vu que le seul truc nouveau dans ma vie, c'est le trajet-retour à pied du lycée jusqu'à chez moi, rien d'extraordinaire. Mais je lui raconte quand même le trajet. Et ensuite, elle se met à parler et ça dure un long moment, elle s'arrête pas. Elle fait ça depuis le début de la semaine. Et quand je la vois, elle parle sans arrêt et elle gratte mes vêtements pour y enlever les peluches.

Au téléphone, il y a deux jours, elle parlait bouquins et elle a mentionné des tas de livres que j'avais lus. Et quand je lui ai dit que je les avais lus, elle m'a posé des questions super longues qui, en fait, étaient juste ses idées à elle avec un point d'interrogation à la fin. Le seul truc que je pouvais répondre, c'était « oui » ou « non ». Franchement, j'ai pas pu en placer une. Après ça, elle s'est mise à parler de ses projets pour la fac, et comme elle m'en avait déjà parlé, j'ai posé le téléphone, je suis allé aux toilettes, et quand je suis revenu, elle parlait toujours. Je sais que c'est pas un truc à faire, mais je me suis dit que si je faisais pas une pause, j'allais faire un truc encore pire. Comme hurler ou lui raccrocher au nez.

Même chose, elle arrête pas de parler du disque de Billie Holiday qu'elle m'a acheté. Et elle dit qu'elle veut me faire découvrir « des tas de trucs géniaux ». Et pour être franc, si ça veut dire qu'il va falloir écouter Mary Elizabeth passer son temps à parler des trucs géniaux qu'elle veut me faire découvrir, je n'ai vraiment pas envie de découvrir des tas de trucs géniaux. On dirait presque que de ces trois trucs, Mary Elizabeth, les trucs géniaux et moi, c'est seulement le premier qui compte vraiment pour Mary Elizabeth. Ça, ça me dépasse. (Quand j'offre un truc à quelqu'un, c'est pour lui faire plaisir, je vais pas passer mon temps à lui rappeler que c'est moi qui l'ai acheté.)

Ensuite, il y a eu le dîner. Vu que les vacances étaient passées, ma mère m'a demandé si j'avais envie d'inviter Sam et Patrick à manger, comme elle l'avait promis. J'étais trop content ! J'en ai parlé à Sam et à Patrick et on s'est décidés pour un dimanche soir. Environ deux heures plus tard, Mary Elizabeth est venue me trouver dans le couloir :

« À quelle heure, dimanche ? »

Je ne savais pas quoi faire. C'était juste pour Sam et Patrick. C'était ça l'idée, depuis le début. Et j'avais même pas invité Mary Elizabeth. Je crois comprendre pourquoi elle a cru qu'elle serait invitée, mais elle a même pas attendu, pour voir. Ou même fait une allusion. Rien de rien.

Pendant le dîner, ce dîner où je voulais que mon père et ma mère voient à quel point Sam et Patrick étaient sympas, Mary Elizabeth a parlé tout le temps. C'était pas entièrement sa faute : mon père et ma mère lui ont posé plus de questions qu'à Sam ou à Patrick. J'imagine que c'est parce que je sors avec Mary Elizabeth, et qu'elle les intrigue plus que mes amis. Je suppose que c'est logique. N'empêche. C'est comme s'ils avaient jamais vraiment fait connaissance avec Sam et Patrick. Alors que c'était ça, le but. Quand ils sont partis, tout ce que ma mère a dit, c'est que Mary Elizabeth était futée, et mon père a seulement dit que ma « petite amie » était mignonne. Rien sur Sam et Patrick. Alors que tout ce que je voulais, c'était leur faire connaître mes amis. C'était super important pour moi.

Côté sexe, là encore c'est bizarre. Depuis la première soirée, c'est comme si on avait un scénario établi, et en gros, on fait les mêmes gestes que le premier soir, mais sans le feu de cheminée ou le disque de Billie Holiday, vu qu'on fait ça dans une voiture et que tout est précipité. C'est peut-être comme ça que les choses sont censées se passer, mais ça semble pas normal.

Ma sœur a lu des tas de livres sur les femmes depuis qu'elle a dit à son ex-petit copain que la grossesse était une fausse alerte (il a voulu qu'ils se remettent ensemble, mais elle a dit non). Alors je lui ai demandé ce qu'elle pensait de Mary Elizabeth (en mettant de côté les trucs sexuels) ; je savais qu'elle pouvait être objective, surtout parce qu'elle s'était « tenue à l'écart » du dîner. Ma sœur a dit que Mary Elizabeth n'avait pas de fierté, mais je lui ai rappelé qu'elle avait dit la même chose à propos de Sam en novembre quand elle commençait à sortir avec Craig – et que Sam était complètement différente. On peut pas tout mettre sur le dos de la fierté, pas vrai ?

Du coup, elle a essayé d'éclaircir les choses. Elle a dit qu'en me faisant découvrir tous ces trucs géniaux, Mary Elizabeth se mettait en « position de force », ce qu'elle aurait pas besoin de faire si elle avait confiance en elle. Elle a aussi dit que les gens qui ont peur que rien ne marche comme ils veulent essayent tout le temps de contrôler la situation.

Je ne sais pas si c'est vrai ou pas, mais ça m'a rendu triste quand même. Pas pour Mary Elizabeth ou pour moi, juste en général. Parce que je me suis mis à penser qu'en fin de compte, je ne savais pas du tout qui était Mary Elizabeth. Je dis pas qu'elle m'a menti, mais elle était tellement différente quand je la connaissais pas !... Je me dis parfois que, finalement, si elle était pas comme elle avait l'air d'être au début, j'aurais aimé qu'elle le dise. Mais peut-être qu'elle était comme ça dès le début et que je m'en suis pas rendu compte. Le problème, c'est que j'ai pas envie d'être un de ces « trucs » que Mary Elizabeth essaye de contrôler.

J'ai demandé à ma sœur ce que je devais faire, et elle a dit que le mieux, c'était d'être franc et de dire ce que je ressentais. Mon psychiatre dit la même chose. Et ensuite, je me suis senti vraiment triste en pensant que peut-être, j'étais pas du tout comme Mary Elizabeth me voyait au début. Et que peut-être, je mentais en ne lui disant pas que c'était dur pour moi de tout le temps l'écouter sans jamais pouvoir répondre. Mais j'essayais seulement d'être gentil, comme Sam m'avait dit d'être. Je sais pas où j'ai pu me planter.

J'ai essayé d'appeler mon frère pour lui en parler, mais son coloc' m'a dit qu'il était débordé, et du coup, j'ai décidé de pas laisser de message. J'ai quand même fait un truc : je lui ai envoyé ma rédac' sur *Walden*, pour qu'il puisse la montrer à sa petite copine. Je me suis dit que s'ils avaient le temps, ils pourraient peut-être la lire, et qu'on pourrait en discuter ensemble et que je trouverais l'occasion de leur demander quoi faire avec Mary Elizabeth, vu que ça se passe bien entre eux (et qu'ils sauraient quoi faire pour que les choses marchent). Même si on parle pas de ça, je serais quand même super heureux de faire la connaissance de Kelly. Même au téléphone. J'ai pu la voir une fois sur la vidéo d'un match de foot de mon frère, mais c'est vraiment pas pareil. Même si elle avait l'air super belle (mais pas belle genre atypique). Pourquoi est-ce que je te raconte tout ça ? J'en sais rien.

J'aimerais seulement que Mary Elizabeth me pose d'autres questions que : « Quoi de neuf ? »

Ton ami,
Charlie

Lettre du 18 avril 1992

C'est terrible. J'ai tout gâché. Pour de bon. Je me sens super super mal. Patrick a dit que le mieux, c'était de « prendre mes distances pendant quelque temps ».

Ç'a commencé lundi dernier. Mary Elizabeth est arrivée au lycée avec le livre d'un poète célèbre qui s'appelle e.e. cummings[33]. Le pourquoi du livre, c'est qu'elle a vu un film qui

33. Poète et peintre américain (1894-1962), célèbre pour ses innovations syntaxiques et typographiques, et dont les initiales du nom s'écrivent généralement en minuscules. Le poème mentionné par Charlie s'intitule *somewhere i have never travelled.*

parlait d'un poème où les mains d'une femme étaient comparées aux fleurs et à la pluie. Elle a trouvé ça tellement beau qu'elle est tout de suite allée acheter le livre. Elle l'a lu des tas de fois et elle a dit qu'elle voulait que j'aie mon propre exemplaire. Pas l'exemplaire qu'elle a acheté, non : un neuf.

Toute la journée, elle m'a dit de montrer le livre à tout le monde.

Je sais que ç'aurait dû me faire plaisir, c'était vraiment super sympa de sa part et tout. Mais ça ne me faisait pas plaisir. Comprends-moi bien. J'ai fait comme si j'étais content, mais c'était pas le cas. Pour rien te cacher, je commençais à être en colère. Ç'aurait été différent si par exemple elle m'avait offert l'exemplaire qu'elle avait acheté pour elle. Ou si par exemple elle avait simplement recopié à la main sur une jolie feuille le poème sur la pluie qu'elle adore. Et surtout, si elle m'avait pas obligé à montrer le livre à tout le monde. J'aurais peut-être dû être franc, mais ça m'a pas semblé être le bon moment.

Ce jour-là, quand je suis parti du lycée, je suis pas rentré chez moi, parce que je me sentais incapable de lui parler au téléphone, et que ma mère est pas très douée pour ce genre de mensonge. Alors, au lieu de rentrer, je suis allé dans le quartier où il y a tous les magasins et les boutiques de vidéos. Je suis allé directement à la librairie. Et quand la dame derrière la caisse m'a demandé si j'avais besoin d'un renseignement, j'ai ouvert mon sac et j'ai rendu le livre que Mary Elizabeth m'avait acheté. Et l'argent qu'elle m'a rendu, je l'ai pas dépensé, il est resté au fond ma poche.

Sur le chemin du retour, j'avais qu'une chose en tête, que je venais de faire un truc horrible, et je me suis mis à pleurer. Quand je suis arrivé à la maison, je pleurais tellement que ma sœur a arrêté de regarder la télé pour me parler. Je lui ai raconté ce que j'avais fait, et elle m'a ramené en voiture à la librairie ; j'étais trop chamboulé pour conduire. J'ai racheté le livre, ce qui a fait que je me suis senti un peu mieux.

Le soir, au téléphone, quand Mary Elizabeth m'a demandé où j'étais passé tout l'après-midi, je lui ai dit que j'étais allé à la librairie avec ma sœur. Et quand elle a demandé si je lui avais acheté un truc sympa, j'ai dit que oui. J'ai même pas pensé qu'elle disait ça sérieusement, mais c'est quand même ce que j'ai répondu. Mais bon, je me sentais trop mal d'avoir failli rapporter le livre. J'ai passé l'heure suivante à l'écouter parler du livre au téléphone. Ensuite on s'est dit bonsoir et je suis descendu pour demander à ma sœur si elle pouvait de nouveau m'emmener à la librairie en voiture, pour que je puisse acheter un truc sympa à Mary Elizabeth. Elle m'a dit de me débrouiller. Et que je ferais mieux d'être un peu franc avec Mary Elizabeth et de lui dire ce que je ressentais. Peut-être que là, j'aurais dû, mais ça m'a pas semblé être le bon moment.

Le lendemain, au lycée, j'ai donné à Mary Elizabeth le cadeau que j'étais allé lui acheter tout seul. C'était un exemplaire neuf de *Ne tirez pas sur l'oiseau moqueur*. La première chose que Mary Elizabeth a dite c'est :

– Original.

Bon, j'ai pas pensé qu'elle disait ça méchamment. Ou qu'elle se moquait de moi. Ou qu'elle faisait une comparaison, ou une critique. C'était pas ça, c'est sûr. Faut me croire. Bref, je lui ai seulement expliqué que Bill me donnait des livres à lire en dehors des cours et que *Ne tirez pas sur l'oiseau moqueur* avait été le premier de la liste. Et qu'il comptait beaucoup pour moi. Alors elle a dit :

– Merci. C'est trop gentil.

Mais ensuite, elle a continué en expliquant qu'elle l'avait lu trois ans plus tôt et qu'elle le trouvait pas aussi formidable qu'on le dit, et qu'ils en avaient fait un film en noir et blanc avec des acteurs célèbres comme Gregory Peck et Robert Duvall et qu'il avait eu l'Oscar du meilleur scénario. Après ça, j'ai préféré mettre mes sentiments de côté.

Je suis parti du lycée, je me suis baladé, et je ne suis pas rentré à la maison avant une heure du matin. Quand j'ai expliqué pourquoi à mon père, il m'a dit de me comporter « comme un homme ».

Le lendemain, au lycée, quand Mary Elizabeth m'a demandé où j'étais passé la veille, je lui ai raconté que j'avais acheté un paquet de cigarettes, que j'étais allé au Big Boy et que j'avais passé toute la soirée à lire le livre d'e.e. cummings en mangeant des sandwichs. Je savais qu'en disant ça, je risquais rien : elle me poserait jamais une seule question à propos du livre. Et je m'étais pas trompé. Elle m'en a tellement parlé, ce jour-là, que je me suis dit que j'aurais jamais besoin de le lire. Même si j'en avais envie.

Je crois qu'à ce moment-là, j'aurais dû être franc, c'est sûr. Mais pour rien te cacher, je me sentais de plus en plus énervé, comme quand je faisais du sport, et ça commençait à me faire peur.

Heureusement, on allait être en vacances de Pâques le vendredi, et ç'a un peu détourné l'attention sur autre chose. Pour les vacances, Bill m'a donné *Hamlet* à lire. (Pas la peine de te dire qui l'a écrit, j'imagine.) Il a dit que j'aurais besoin de temps libre pour bien me concentrer sur la pièce. Le seul conseil qu'il m'a donné, c'est de penser au personnage principal en ayant en tête les personnages principaux des autres livres qu'il m'avait donnés à lire. Il a dit de ne pas me laisser entraîner à croire que la pièce était « trop raffinée ».

Hier, vendredi saint, on a été à une représentation « exceptionnelle » du *Rocky Horror Picture Show*. « Exceptionnelle », au sens où tout le monde savait que c'était le début des vacances de Pâques et que des tas de jeunes portaient encore le costard ou la robe qu'ils avaient mis pour aller à la messe. Ça m'a rappelé le mercredi des Cendres à l'école, quand les enfants arrivent avec des marques de pouce sur le front. Ça met toujours de l'animation.

Après le spectacle, Craig nous a tous invités dans son appartement pour boire du vin et écouter le *White Album* des Beatles. Et après, Patrick a proposé de jouer à « Action ou Vérité », un jeu de mômes qu'il adore quand il « en tient une bonne ».

Devine qui a choisi des actions plutôt que des vérités toute la soirée ? Moi. Mais bon, je ne voulais pas avoir à dire la vérité à Mary Elizabeth à cause d'un jeu. Pendant une bonne partie de la soirée, ç'a plutôt bien marché. Les actions, c'étaient des trucs du genre « Descends une bière ». Mais ensuite, Patrick m'a donné une autre action à faire. Je crois pas qu'il savait ce qu'il faisait, mais en tout cas il a dit :

« Embrasse sur la bouche la fille la plus mignonne de la pièce. »

C'est là que j'ai décidé d'être franc. Après coup, je me dis que j'aurais pas pu choisir un pire moment.

Le silence a commencé dès que je me suis levé (Mary Elizabeth était assise juste à côté de moi). Et quand je me suis agenouillé devant Sam et que je l'ai embrassée, le silence était carrément insupportable. C'était pas un baiser romantique, non : seulement amical, comme quand j'ai joué Rocky et qu'elle a joué Janet. Mais ça changeait rien au baiser.

Je pourrais dire que c'était la faute du vin et de la bière que j'avais descendus. Je pourrais aussi dire j'avais oublié la fois où Mary Elizabeth m'avait demandé si je la trouvais mignonne. Mais ça serait mentir. La vérité, c'est que quand Patrick m'a demandé de faire cette action, je savais que si j'embrassais Mary Elizabeth, je mentirais à tout le monde. Y compris à Sam. Y compris à Patrick. Y compris à Mary Elizabeth. Et c'est juste que je pouvais plus faire ça. Même si ça faisait partie d'un jeu.

Après le silence, Patrick a fait de son mieux pour sauver la situation.

– Bon-bon-bon…

C'est le premier truc qu'il a dit. Mais ça n'a pas marché. Mary Elizabeth a quitté la pièce super vite et elle a foncé aux toilettes. Plus tard, Patrick m'a dit qu'elle voulait pas qu'on la voie pleurer. Sam l'a suivie, mais avant de sortir de la pièce, elle s'est tournée vers moi et elle a dit, toute sérieuse et sombre :

– Putain, qu'est-ce qui tourne pas rond chez toi ?

C'est l'expression qu'elle avait sur le visage, quand elle a dit ça. Et à quel point elle le pensait. C'est ce qui a fait que d'un coup, tout est apparu comme c'était vraiment. Je me suis senti mal. Super mal. Patrick s'est tout de suite levé et m'a fait sortir de l'appart de Craig. On est allés dans la rue, et le seul truc dont je me rendais compte, c'était le froid. J'ai dit que je devais retourner à l'intérieur pour m'excuser. Patrick a dit :

– Non. Je vais récupérer nos manteaux. Bouge pas de là.

Patrick m'a laissé dehors et je me suis mis à pleurer. Pour de vrai, du genre paniqué, pas moyen d'arrêter. Quand Patrick est revenu, je pleurais pour de bon, et j'ai dit :

– Je crois vraiment que je devrais aller m'excuser.

Patrick a secoué la tête.

– Fais-moi confiance. Vaut mieux pas que tu retournes là-dedans.

Ensuite, il a agité les clefs de la voiture devant mes yeux et il a dit :

– Allez, viens. Je te ramène chez toi.

Dans la voiture, je lui ai raconté tout ce qui s'était passé. L'histoire du disque. Et du livre. Et de *Ne tirez pas sur l'oiseau moqueur*. Et comment Mary Elizabeth posait jamais de questions. Et tout ce que Patrick a dit, c'est :

– Dommage que tu sois pas gay.

Ç'a un petit peu arrêté mes larmes.

– De toute façon, même si t'étais gay, je voudrais pas sortir avec toi. T'es trop déglingue.

Ça m'a fait rire un petit peu.

– Et moi qui croyais que Brad était niqué de la tête ! Putain.

Ça m'a fait rire un peu plus fort. Ensuite, il a allumé la radio et on est rentrés chez moi en passant par les tunnels. Quand il m'a déposé, il m'a dit que le mieux, c'était de garder un peu mes distances pendant un moment. (Je crois que je t'ai déjà dit ça.) Il a dit qu'il me passerait un coup de fil quand il aurait du neuf.

– Merci, Patrick.

– Pas de quoi.

Et là, j'ai dit :

– Tu sais quoi, Patrick ? Si j'étais gay, j'aurais envie de sortir avec toi.

Je ne sais pas pourquoi j'ai dit ça, mais ça semblait le bon truc à dire. Patrick a juste souri genre sûr de lui.

– Ben tiens, tu m'étonnes !

Ensuite, il a décollé.

Ce soir-là, j'ai mis le disque de Billie Holiday, je me suis allongé sur mon lit et j'ai lu les poèmes d'e.e. cummings. Après avoir lu le poème qui compare les mains d'une femme à des fleurs et à la pluie, j'ai posé le livre et je suis allé à la fenêtre. Pendant un long moment, j'ai fixé mon reflet et les arbres. Sans penser à rien. Sans rien ressentir. Sans entendre le disque. Pendant des heures.

Y a vraiment un truc qui tourne pas rond chez moi. Je sais pas ce que c'est.

Ton ami,
Charlie

Lettre du 26 avril 1992

Personne m'a appelé depuis la fameuse soirée. Je ne leur en veux pas. J'ai passé toutes les vacances à lire *Hamlet*. Bill avait raison, c'était vraiment plus facile de penser au héros de la pièce en ayant en tête les personnages des autres livres que j'ai lus jusqu'ici. Et comme j'essaye de comprendre ce qui ne tourne pas rond chez moi, ça m'a aidé. Ça m'a pas forcément donné de réponses, mais c'est toujours utile de savoir que quelqu'un d'autre est « passé par là ». Surtout quelqu'un qui a vécu il y a si longtemps.

N'empêche que j'ai appelé Mary Elizabeth, et je lui ai dit que j'écoutais le disque tous les soirs et que je lisais le livre d'e.e. cummings. Elle a seulement dit : « C'est trop tard, Charlie. »

J'aurais voulu expliquer que j'avais pas envie de recommencer à sortir avec elle et que je faisais ça juste par amitié, mais je savais que ça ferait qu'aggraver les choses, alors j'ai rien dit. Seulement : « Je suis désolé. »

Et j'étais vraiment désolé. Et je sais qu'elle m'a cru. Mais quand j'ai vu que ça changeait rien à la situation, et qu'il y avait rien d'autre qu'un affreux silence à l'autre bout du fil, j'ai compris que c'était vraiment trop tard.

Patrick, lui, il m'a appelé, mais tout ce qu'il a dit c'est que Craig était super en colère contre Sam à cause de moi, et que je ferais mieux de continuer à garder mes distances jusqu'à ce que les choses « se tassent ». Je lui ai demandé s'il avait envie de sortir, juste lui et moi. Il a dit qu'il allait être occupé avec Brad et des trucs de famille, mais qu'il essayerait de me rappeler s'il trouvait le temps. Pour l'instant, ça n'a pas encore été le cas.

Je pourrais te raconter le dimanche de Pâques avec ma famille, mais je t'ai déjà raconté Thanksgiving et Noël et franchement, c'était quasi la même chose, sauf que mon père a eu une augmentation, et pas ma mère, vu qu'elle est « pas payée pour s'occuper de la maison », et que ma sœur a arrêté de lire des livres sur la « fierté » depuis qu'elle a rencontré un autre garçon.

Mon frère, lui, est rentré à la maison, mais quand je lui ai demandé si sa petite amie avait lu ma rédac' sur *Walden*, il a dit que non parce qu'elle l'avait largué quand elle avait découvert qu'il la trompait. C'est arrivé y a un bon bout de temps. Alors je lui ai demandé si lui, il l'avait lue, mais il a dit que non, qu'il était trop occupé. Il a dit qu'il essayerait de la lire pendant les vacances. Pour l'instant, ça n'a pas encore été le cas.

Alors je suis allé rendre visite à ma tante Helen, et pour la première fois de ma vie, ça m'a pas aidé. J'ai même essayé de suivre mon plan en me rappelant tous les détails de la dernière fois où j'ai passé une super semaine, mais ça non plus, ça m'a pas aidé.

Je sais que je l'ai bien cherché. Je sais que je mérite tout ça. Je serais prêt à faire n'importe quoi pour pas être comme ça et pour me réconcilier avec tout le monde. Et pour ne pas avoir à aller chez un psy qui m'explique ce que c'est que d'être « passif-aggressif ». Et pour ne pas être obligé de prendre tous les cachets qu'il me donne et qui coûtent trop cher à mon père.

Et pour ne pas avoir à parler de mes mauvais souvenirs avec lui. Ou pour ne plus avoir la nostalgie de trucs affreux.

Tout ce que j'aimerais, c'est que Dieu ou mes parents ou Sam ou ma sœur ou n'importe qui d'autre me disent simplement pourquoi je suis pas « raccord ». Qu'ils m'expliquent ce qui tourne pas rond chez moi. Qu'on me dise juste comment être différent d'une façon qui soit logique. Comment faire partir tout ça. Le faire disparaître. Je sais que c'est pas une bonne idée : c'est mon problème à *moi* et je sais qu'avant d'aller mieux, les choses sont toujours pires (comme dit mon psy), mais là c'est trop de pire à supporter.

Au bout d'une semaine à plus parler à personne, j'ai fini par appeler Bob. Je sais que c'est pas une bonne idée, mais je ne savais pas quoi faire d'autre. Je lui ai demandé s'il avait pas un truc à me vendre. Il a dit qu'il lui restait un sachet de quelques grammes d'herbe. Alors j'ai pris une partie de l'argent que j'avais eu à Pâques et je l'ai acheté.

Depuis, j'ai fait que fumer.

Ton ami,
Charlie

QUATRIÈME PARTIE

Lettre du 29 avril 1992

J'aimerais pouvoir t'annoncer qu'il y a du mieux, mais malheureusement c'est pas le cas. Le plus dur, c'est qu'on a repris les cours et que je peux plus aller dans les endroits où j'allais d'habitude. Et que ça peut plus être comme avant. Et que j'étais pas encore prêt à dire adieu à tout ça. Pour rien te cacher, je passe mon temps à tout éviter.

Je me balade dans les couloirs du lycée et je regarde les gens. Je regarde les profs et je me demande pourquoi ils sont là. S'ils aiment bien leur boulot. Ou si nous, ils nous aiment bien. Et je me demande s'ils étaient intelligents quand ils avaient quinze ans. Pas par méchanceté, juste par curiosité. Même chose quand je regarde tous les élèves en me demandant lesquels ont eu un chagrin d'amour ce jour-là, et comment ils font pour s'en sortir avec trois interros et une fiche de lecture à rendre, par-dessus le marché. Et je me demande à qui la faute s'ils ont un chagrin d'amour. Et je me demande pourquoi. Et je me dis que si celui qui a un chagrin d'amour était dans un autre lycée, ce serait à cause de quelqu'un d'autre qu'il aurait ce chagrin d'amour – dans ce cas, pourquoi en faire une affaire perso ? Si j'étais dans un autre lycée, j'aurais jamais connu Sam ou Patrick ou Mary Elizabeth ou n'importe qui d'autre (à part ma famille).

Je peux te raconter un truc qui s'est passé. J'étais au centre commercial, c'est là que je vais ces derniers temps. Depuis environ deux semaines, j'y vais tous les jours et j'essaie de comprendre pourquoi les gens y vont. Un genre d'étude personnelle.

Il y avait un petit garçon, il devait avoir dans les quatre ans. J'en suis pas sûr. Il pleurait vraiment fort et il n'arrêtait pas de crier qu'il voulait sa mère. Il devait sûrement être perdu.

Et puis j'ai vu un type plus vieux, dans les dix-sept ans, peut-être. Comme c'était la première fois que je le voyais, je suppose qu'il doit aller dans un autre lycée. Bref, ce type, qui avait vraiment l'air d'un gros dur avec son blouson en cuir, ses cheveux longs et tout le reste, il est allé trouver le petit garçon et lui a demandé son nom. Le petit garçon s'est arrêté de pleurer. Ensuite, le type s'est éloigné avec le petit garçon.

Une minute plus tard, j'ai entendu les haut-parleurs avertir la mère que son petit garçon était au point accueil. Alors j'y suis allé pour voir ce qui allait se passer.

La mère avait dû chercher le petit garçon pendant un bon moment, parce qu'elle est arrivée en courant, et quand elle a vu son fils, elle s'est mise à pleurer. Elle l'a serré fort et lui a dit de plus jamais s'enfuir. Ensuite, elle a remercié le jeune type pour son aide et tout ce qu'il a dit, c'est : « La prochaine fois, démerdez-vous pour le surveiller d'un peu plus près. »

Et puis il est parti.

L'homme à moustaches qui était derrière le bureau est resté bouche bée. La mère aussi. Le petit garçon s'est juste essuyé le nez, il a levé les yeux vers sa mère et il a dit : « Des frites ».

La mère a baissé les yeux vers le petit garçon, elle a hoché la tête et ils sont partis. Alors je les ai suivis. Ils sont allés vers les stands où on peut acheter à manger et ils ont pris des frites. Le petit garçon souriait, il était tout barbouillé de ketchup. Et entre deux bouffées de cigarette, la mère arrêtait pas de lui essuyer la figure.

J'ai continué à regarder la mère, en essayant d'imaginer à quoi elle avait dû ressembler quand elle était jeune. Si elle était mariée. Si son petit garçon était un « accident » ou pas. Et si ça revenait au même ou pas.

Là-bas, j'ai vu d'autres gens. Des vieux assis tout seuls. Des jeunes filles avec du fard à paupières bleu et la mâchoire de traviole. Des petits gamins qui avaient l'air crevés. Des pères qui portaient de beaux manteaux, et qui avaient l'air encore plus crevés que leurs gosses. Des jeunes qui travaillaient depuis des heures derrière les stands et qui avaient l'air dégoûtés de la vie. Les caisses arrêtaient pas de s'ouvrir et de se fermer. Les gens arrêtaient pas de donner de l'argent et de récupérer leur monnaie. Et tout ça me mettait super mal à l'aise.

Du coup, j'ai décidé de trouver un autre endroit pour aller me balader et pour essayer de comprendre pourquoi les gens y vont. Malheureusement, y a pas beaucoup d'endroits de ce genre. Je ne sais pas si je vais encore tenir longtemps sans ami. Avant, ça me dérangeait pas, c'était super facile, mais je ne savais pas encore ce que c'était, d'avoir des amis. Des fois, c'est beaucoup plus facile de ne pas savoir du tout. Et de se contenter d'aller manger des frites avec sa mère.

La seule personne avec qui j'ai vraiment parlé ces deux dernières semaines, c'est Susan, la fille qui « sortait » avec Michael quand on était au collège, à l'époque où elle avait encore un appareil dentaire. Je l'ai vue dans le hall d'entrée du lycée, entourée d'un groupe de garçons que je connaissais pas. Ils rigolaient et se racontaient des blagues sexuelles, et Susan faisait de son mieux pour rire avec eux. Quand elle a vu que je m'approchais, son visage est devenu « blafard ». Comme si elle avait pas envie de se rappeler à quoi elle ressemblait douze mois plus tôt, et je suis sûr qu'elle voulait pas que les garçons sachent qu'elle me connaissait, et qu'avant, on était copains. Ils ont tous arrêté de parler et m'ont regardé fixement, mais j'ai même pas fait attention à eux. J'ai seulement regardé Susan et tout ce que je lui ai dit, c'est :

– Jamais il te manque ?

Je l'ai pas dit sur un ton mesquin ou accusateur. Je voulais juste savoir si quelqu'un d'autre se souvenait de Michael. Pour rien te cacher, j'étais méchamment défoncé et j'arrivais pas à me sortir cette question de la tête.

Susan savait pas quoi dire. Ou quoi faire. C'étaient les premiers mots qu'on échangeait depuis la fin de l'année dernière. J'imagine que c'était injuste de ma part de lui poser cette question avec les autres autour, mais je la vois plus jamais toute seule et j'avais vraiment besoin de savoir.

D'abord, j'ai cru qu'elle était « blafarde » de surprise, mais comme ça durait, j'ai compris que c'était pas ça. D'un coup, je me suis rendu compte que si Michael était encore dans le coin, Susan « sortirait » sûrement plus avec lui. Pas parce qu'elle a mauvais fond ou qu'elle est vache ou superficielle. Mais parce que les choses changent. Que les amis s'en vont. Et que la vie continue, c'est pour tout le monde pareil.

– Désolé de t'avoir dérangée, Susan. Mais bon, je suis dans une mauvaise passe. C'est tout. Éclate-toi bien, j'ai dit, et je me suis éloigné.

J'avais déjà traversé la moitié du hall quand j'ai entendu un des garçons chuchoter : « J'y crois pas… quel putain de dégénéré, ce mec ». C'était plus un constat que de la méchanceté, et Susan l'a pas contredit. Et vu comme je suis en ce moment, je ne sais pas si moi-même je l'aurais contredit.

Ton ami,
Charlie

Lettre du 2 mai 1992

Il y a quelques jours, je suis allé voir Bob pour racheter de l'herbe. À chaque fois, j'oublie que Bob va plus au lycée. Sûrement parce que j'ai jamais rencontré quelqu'un qui regarde autant la télé, et qui connaît autant d'anecdotes. Tu devrais l'entendre parler de Mary Tyler Moore, l'actrice de séries télévisées... Y a de quoi flipper.

Bob a une façon de vivre très originale. Il dit qu'il prend une douche un jour sur deux. Il pèse sa « came » tous les jours. Il dit que quand tu fumes une cigarette avec quelqu'un, et que t'as un briquet, il faut d'abord allumer la cigarette de l'autre. Mais si t'as des allumettes, il faut d'abord allumer ta cigarette, comme ça c'est toi qui inspires le « soufre nocif » à la place de l'autre. Il dit que c'est plus poli. Il dit aussi que ça porte la poisse d'allumer « trois clopes avec une seule allumette ». C'est un truc qu'il a appris de son oncle qui a fait le Vietnam : comme quoi le temps d'allumer trois cigarettes, ça suffisait pour te faire repérer par l'ennemi.

Bob dit que quand on est tout seul et qu'on allume une cigarette et que le bout de la cigarette s'allume à moitié, ça veut dire que quelqu'un est en train de penser à toi. Il dit aussi que si on trouve une pièce de monnaie, ça porte chance seulement si elle est côté « face ». Il dit que le mieux, c'est de trouver une pièce quand on est avec quelqu'un et de faire cadeau de sa chance à cette personne. Il croit au karma. Il adore aussi jouer aux cartes.

Bob suit les cours à temps partiel au centre universitaire du quartier. Il veut devenir cuisinier. Il est fils unique et ses parents sont jamais à la maison. Il dit que quand il était plus jeune, ça le dérangeait pas mal, mais plus trop maintenant.

Le problème, avec Bob, c'est que quand tu le rencontres pour la première fois, tu le trouves super intéressant, vu qu'il sait des tas de choses sur les cigarettes, les pièces de monnaie et Mary Tyler Moore. Mais quand tu commences à bien le connaître, tu comprends qu'en fait, il répète toujours les mêmes trucs. Ces dernières semaines, il a pas dit un seul truc que j'avais pas déjà entendu avant. C'est pour ça que j'ai eu un vrai choc quand il m'a raconté ce qui s'était passé. En gros, le père de Brad a surpris Brad et Patrick ensemble.

J'imagine que le père savait pas pour son fils, parce que quand il les a surpris, il s'est mis à frapper Brad. Pas des coups genre baffes. Des coups genre ceinture. Une vraie rouste. Patrick a dit à Sam (qui l'a répété à Bob) qu'il avait jamais vu un truc pareil. Je te raconte pas comme ç'a dû être grave. Il voulait lui dire : « Arrêtez », « Vous allez le tuer ». Il a même failli retenir le bras du père. Mais il est juste resté cloué sur place. Et Brad arrêtait pas de hurler : « Casse-toi ! » à Patrick. C'est ce qu'il a fini par faire.

C'était la semaine dernière. Brad n'est toujours pas revenu au lycée. Tout le monde pense qu'il a été envoyé dans une école militaire ou un truc du genre. Personne en sait trop rien. Patrick a essayé de l'appeler, mais quand le père de Brad a répondu, il a simplement raccroché.

Bob a dit que Patrick était « dans un sale état ». Quand il m'a raconté ça, j'ai été vraiment triste – j'avais envie d'appeler Patrick, d'être son ami et de l'aider, mais je savais pas si je pouvais, à cause de ce qu'il avait dit (comme quoi je devais attendre que les choses se tassent). Le problème, c'est que j'arrivais pas à penser à autre chose.

Alors vendredi, je suis allé au *Rocky Horror Picture Show*. J'ai attendu que le film commence avant d'entrer dans le cinéma. J'avais pas envie de leur gâcher le spectacle. Je voulais juste voir Patrick jouer Frank'N Furter, comme d'habitude : je me disais que si je le voyais sur scène, ça voudrait dire que ça allait pour lui. Pareil que la fois où ma sœur était en colère contre moi parce que je fumais une cigarette.

Je me suis assis au fond de la salle et j'ai regardé le spectacle. Il y avait encore deux scènes avant l'entrée de Frank'N

Furter. C'est là que j'ai vu Sam, qui jouait Janet. Elle me manquait tellement. J'étais trop désolé d'avoir tout fichu en l'air. Surtout quand j'ai vu Mary Elizabeth jouer Magenta. C'était super dur à regarder, tout ça. Mais Patrick a fini par arriver sur scène dans le rôle de Frank'N Furter, et il était génial. En fait, pour plein de raisons, il était encore meilleur que d'habitude. C'était tellement sympa de les revoir tous… Je suis parti avant la fin du film.

Je suis rentré à la maison et dans la voiture, j'ai mis quelques-unes des chansons qu'on écoutait les fois où on avait eu l'impression d'être éternels. Et j'ai fait comme s'ils étaient dans la voiture avec moi. J'ai même parlé à voix haute. J'ai dit à Patrick que je l'avais trouvé génial. J'ai demandé des nouvelles de Craig à Sam. J'ai dit à Mary Elizabeth que j'étais désolé et que j'aimais vraiment beaucoup le livre de e.e. cummings et que je voulais lui poser des questions dessus. Mais ensuite, j'ai arrêté, ça me rendait trop triste. Je me suis aussi dit que si des gens me voyaient parler tout seul, rien qu'à leurs regards, ils pourraient me convaincre que ce qui tournait pas rond chez moi était peut-être encore pire que ce que je croyais.

Quand je suis arrivé à la maison, ma sœur regardait un film avec son nouveau petit copain. Y a pas grand-chose à en dire, à part qu'il s'appelle Erik, qu'il a les cheveux courts et qu'il est en seconde. C'est Erik qui avait loué la vidéo. Je lui ai serré la main et je leur ai demandé ce qu'ils regardaient parce que je reconnaissais pas le film, à part un acteur (pas moyen de me rappeler son nom) que j'avais déjà vu dans une émission de télé.

Ma sœur a dit : « C'est débile. Ça te plairait pas. »

J'ai dit : « De quoi ça parle ? »

Elle a dit : « Arrête, Charlie, c'est bientôt la fin. »

J'ai dit : « Ça vous dérange si je regarde la fin ? »

Elle a dit : « Tu pourras le regarder quand on aura fini. »

J'ai dit : « Dans ce cas, je peux regarder la fin avec vous, et ensuite je peux le rembobiner et le regarder jusqu'à l'endroit où j'ai commencé à le regarder avec vous, qu'est-ce que t'en dis ? »

Là, elle a mis la cassette sur pause.

– T'es pas un peu long à la comprenette ?

– Je crois pas, non.

– On a envie d'être seuls, Charlie.

– Oh, je m'excuse.

Pour rien te cacher, je savais bien qu'elle avait envie d'être seule avec Erik, mais moi, j'avais vraiment envie d'avoir de la compagnie. Bon, je savais que c'était pas sympa de lui pourrir sa soirée juste parce que tout le monde me manquait, alors j'ai simplement dit bonne nuit.

Je suis monté dans ma chambre et j'ai commencé à lire le nouveau livre que Bill m'a donné. Ça s'appelle *L'Étranger*[34]. Bill a dit que c'était « très facile à lire, mais très difficile à "bien lire" ». J'ai pas la moindre idée de ce qu'il a voulu dire par là, mais pour l'instant, le livre me plaît.

Ton ami,
Charlie

Lettre du 8 mai 1992

C'est bizarre comme les choses peuvent redevenir comme avant aussi subitement qu'elles avaient changé au départ. Un truc se passe et, d'un coup, les choses reviennent à la normale.

34. Roman d'Albert Camus (1942).

Lundi, Brad est revenu au lycée. Il avait l'air vraiment différent. C'est pas qu'il avait des bleus ou des trucs comme ça. En fait, il avait pas de marques au visage. Mais avant, Brad, c'était toujours le mec qui marchait dans les couloirs d'un pas « énergique ». Je sais pas trop comment expliquer ça autrement. Je veux dire qu'il y a des gens, on sait pas trop pourquoi, qui marchent la tête baissée et qui aiment pas regarder les autres dans les yeux. C'était pas le genre de Brad. Alors que maintenant, il est comme ça. Surtout quand Patrick est dans le coin.

Dans le couloir, je les ai vus qui se parlaient, doucement. J'étais trop loin pour entendre ce qu'ils disaient, mais je voyais bien que Brad faisait semblant de pas voir Patrick. Et quand Patrick a commencé à s'énerver, Brad a simplement fermé son casier et il s'est éloigné. C'était pas si bizarre que ça, vu qu'avant, Brad et Patrick se parlaient jamais au lycée, Brad voulait que les choses restent secrètes. Le truc bizarre, c'est que Patrick soit allé trouver Brad le premier. Du coup, je me suis dit qu'ils devaient plus se donner rendez-vous sur le terrain de golf. Ou qu'ils devaient même plus se parler au téléphone.

Plus tard dans l'après-midi, j'étais dans la cour, tout seul, je fumais une cigarette, et j'ai aperçu Patrick, tout aussi seul, qui fumait une cigarette. J'étais trop loin pour bien le voir, mais j'ai pas voulu le déranger dans un moment rien qu'à lui, et je suis pas allé le rejoindre. Et pourtant, Patrick pleurait. Il pleurait plutôt fort. Après ça, chaque fois que je l'ai revu au lycée ou dans les parages, on aurait dit qu'il était pas là. Qu'il était « ailleurs ». C'est ce que les gens disaient de moi avant, et je crois que c'est pour ça que j'ai pu m'en rendre compte. Peut-être qu'ils continuent à le dire. J'en sais trop rien.

Jeudi, il s'est passé un truc vraiment atroce. J'étais assis tout seul à la cafète, en train de manger un steak haché, quand j'ai vu Patrick se diriger vers Brad, qui était installé avec ses potes footballeurs. Et j'ai vu Brad qui faisait semblant de pas le voir, comme la fois devant les casiers. Et j'ai vu que Patrick commençait à vraiment s'énerver, mais Brad continuait de l'ignorer. Et j'ai vu Patrick dire quelque chose, et quand il s'est tourné pour s'éloigner, il avait l'air plutôt furieux. Brad est resté immobile une seconde, et puis il s'est retourné. Et là, je l'ai entendu. Le truc que Brad a hurlé à Patrick. Juste assez fort pour que les tables autour d'eux l'entendent :

– Sale pédale !

Les potes footballeurs se sont mis à rigoler. Quand Patrick s'est retourné, le silence s'est fait autour des tables. Il était fou de rage. Sans rire. Il est reparti en trombe vers la table de Brad.

– De quoi tu m'as traité ?

Bon sang, il était dingue. J'avais jamais vu Patrick dans cet état. Pendant une seconde, Brad a rien dit, mais ses potes arrêtaient pas de lui donner des petits coups sur l'épaule pour le pousser à répondre. Alors, il a levé les yeux vers Patrick et a dit, plus doucement et plus méchamment que la première fois :

– Je t'ai traité de sale pédale.

Les potes de Brad se sont mis à rigoler encore plus fort. Du moins, jusqu'à ce que Patrick balance le premier coup de poing. Quand une salle tout entière fait subitement silence, et qu'ensuite le vrai bruit commence, y a comme un frisson dans l'air.

La bagarre a été rude. Beaucoup plus rude que quand je m'étais battu avec Sean. Ils se sont pas donné des coups de poing dans les règles, comme on voit au cinéma. C'était un combat au corps à corps, et ils frappaient. Et c'était le plus énervé des deux qui donnait le plus de coups. Dans ce cas précis, ils étaient à peu près à égalité, jusqu'à ce que les potes de Brad s'en mêlent, et que ça soit cinq contre un.

C'est là que je m'en suis mêlé. Les choses s'étaient pas encore « tassées », mais je pouvais quand même pas rester à les regarder faire du mal à Patrick.

Je crois que tous ceux qui me connaissent auraient été effrayés ou chamboulés de me voir faire. Sauf peut-être mon frère. C'est lui qui m'a appris comment « gérer » ce genre de situation. J'ai pas envie de rentrer dans le détail, sauf que quand ç'a été fini, Brad et deux de ses potes ont arrêté de se battre et m'ont juste regardé fixement. Leurs deux autres copains étaient allongés par terre. Y en avait un qui serrait très fort le genou que j'avais cogné avec une des chaises (en métal). L'autre se tenait le visage. J'avais plus ou moins visé ses yeux, mais pas trop méchamment. J'avais pas voulu être trop méchant.

J'ai baissé le regard et j'ai vu Patrick, par terre. Il avait le visage bousillé et il pleurait super fort. Je l'ai aidé à se relever et ensuite j'ai fixé Brad. Je crois qu'on avait jamais vraiment échangé deux phrases avant ça, mais il était temps de s'y mettre. Je lui ai juste dit :

« Si tu refais ça encore une fois, je raconte tout à tout le monde. Et si ça marche pas, je t'arrache les yeux. »

J'ai montré du doigt son copain qui se tenait le visage, et j'ai su que Brad avait écouté et compris que j'étais sérieux. Mais il a rien répondu, vu que les types de la sécu du lycée sont arrivés pour nous faire tous sortir de la cafète. Ils nous ont d'abord emmenés voir l'infirmière, et ensuite monsieur Small. Comme c'était Patrick qui avait commencé la bagarre, il a été renvoyé une semaine. Les potes de Brad ont eu trois jours d'exclusion chacun, pour être intervenus dans la bagarre et s'être mis à plusieurs contre Patrick. Comme c'était de la légitime défense, Brad a pas été exclu. Moi non plus, j'ai pas été exclu – j'avais juste aidé un ami qui était seul contre cinq.

Brad et moi, à compter de ce jour-là, on a été collés pendant un mois.

En retenue, monsieur Harris nous oblige pas à faire quoi que ce soit. Il nous laisse simplement lire, faire notre travail ou discuter. En fait, ç'a pas grand-chose à voir avec une punition, sauf si on veut pas rater les émissions de télé qui passent juste après les cours ou si on a peur pour son dossier scolaire. Je me demande si tout ça, c'est pas du pipeau (je veux parler de cette histoire de dossier scolaire censé nous suivre jusqu'à la fac).

Le premier jour de colle, Brad est venu s'asseoir à côté de moi. Il avait l'air triste, vraiment. Je crois que tout ça l'avait un peu secoué, même s'il avait d'abord été sous le coup de la bagarre.

– Charlie ?

– Ouais ?

– Merci. Merci de les avoir arrêtés.

– Pas de quoi.

Point final. Et je lui ai plus reparlé. Et aujourd'hui, il est pas venu s'asseoir à côté de moi. Au début, quand il m'a dit ça, j'étais un peu embrouillé. Mais ensuite, je crois que j'ai pigé. Moi non plus, ça me plairait pas qu'une bande de copains tabassent Sam, même si j'avais plus le droit de l'aimer.

Quand je suis sorti de colle, y avait Sam qui m'attendait. Dès que je l'ai vue, elle a souri. J'étais tout ahuri. Le truc, c'est que j'arrivais pas à croire qu'elle soit là. Ensuite, je l'ai vue se tourner et lancer un regard très noir à Brad.

Brad a dit : « Dis-lui que je m'excuse. »

Sam a répliqué : « Dis-lui toi-même. »

Brad a détourné les yeux et il est parti vers sa voiture. Ensuite, Sam est venue vers moi et m'a ébouriffé les cheveux.

– Alors, il paraît que t'es un genre de ninja, maintenant ?

Je crois que j'ai hoché la tête.

Sam m'a ramené à la maison dans son pick-up. Sur le trajet, elle m'a dit qu'elle était super en colère contre moi à cause de ce que j'avais fait à Mary Elizabeth. Elle m'a expliqué que ça faisait vraiment longtemps qu'elle était amie avec Mary Elizabeth. Elle m'a même rappelé que Mary Elizabeth avait été là pour elle, à l'époque où elle avait eu la mauvaise passe qu'elle m'avait racontée (la fois où elle m'avait offert la machine à écrire) – mais j'ai pas trop envie de reparler de ça.

Ensuite, elle a dit qu'à cause de moi, quand je l'ai embrassée elle au lieu de Mary Elizabeth, leur amitié en avait pris un sacré coup, et pour un bon bout de temps. Je crois que Mary Elizabeth m'aimait vraiment beaucoup. Ça m'a rendu triste, je ne savais pas qu'elle m'aimait autant. Je croyais juste qu'elle voulait me faire découvrir des tas de trucs géniaux. C'est là que Sam a dit :

– Charlie, t'es vraiment trop con, des fois. Tu t'en rends compte ?

– Ouais, je le sais. Je sais bien. Juré.

Ensuite, elle a dit que toutes les deux, elles avaient surmonté ça, et elle m'a remercié d'avoir suivi le conseil de Patrick et d'avoir pris mes distances aussi longtemps – ç'avait facilité les choses.

– On peut de nouveau être amis, maintenant ? j'ai dit.

– Bien sûr.

– Avec Patrick aussi ?

– Avec Patrick aussi.

– Et avec tout le monde ?

– Avec tout le monde.

Là, je me suis mis à pleurer. Mais Sam m'a dit « chut ».

– Tu te rappelles ce que j'ai dit à Brad ?

– Ouais. Tu lui as dit qu'il ferait mieux d'aller dire lui-même à Patrick qu'il s'excuse.

– C'est valable aussi pour Mary Elizabeth.

– J'ai essayé, mais elle m'a dit…

– Je sais que t'as essayé. Mais moi, je te conseille de réessayer.

– D'accord.

Sam m'a déposé chez moi. J'ai attendu qu'elle soit trop loin pour me voir, et je me suis remis à pleurer. Parce qu'elle était de nouveau mon amie, et que ça me suffisait. Je me suis juré de ne plus jamais gâcher les choses comme ça. Je le referai plus jamais. Je t'assure.

Ce soir, quand je suis allé au *Rocky Horror Picture Show*, c'était super tendu. Pas à cause de Mary Elizabeth. En fait, de ce côté, ça s'est bien passé. J'ai dit que je m'excusais et ensuite, je lui ai demandé si elle avait quelque chose à me dire. Et comme avant, j'ai eu droit à une réponse super longue. Quand elle a arrêté de parler (et je l'ai vraiment écoutée, cette fois), j'ai redit que j'étais désolé. Alors elle m'a remercié de ne pas avoir donné des tas d'excuses bidons pour faire croire que ce que j'avais fait était sans importance. Et les choses sont revenues à la normale, sauf que maintenant, on est juste amis.

Pour rien te cacher, je crois que si tout s'est bien passé, c'est surtout parce que Mary Elizabeth sort avec un des copains de Craig, ça fait pas longtemps. Il s'appelle Peter et il va à la fac, et du coup, Mary Elizabeth est heureuse. Pendant la fête, dans l'appartement de Craig, j'ai entendu Mary Elizabeth qui disait à Alice qu'elle était vraiment plus heureuse avec Peter car il avait des « opinions très tranchées » et qu'ils avaient de « vraies » discussions. Elle a dit que j'étais vraiment gentil et compréhensif, mais que notre relation était trop « déséquilibrée ». Elle préférait être avec quelqu'un qui soit plus ouvert au débat, quelqu'un qui avait « pas besoin de demander la permission pour prendre la parole ».

Ça m'a donné envie de rire. Ou peut-être de me mettre en colère. Ou peut-être de simplement m'en moquer, vu que de toute façon, tout le monde est trop bizarre, surtout moi. Mais j'étais à une fête, avec mes amis, et du coup, ça n'avait pas plus d'importance que ça. J'ai seulement bu (je me suis dit qu'il était peut-être temps que j'arrête de fumer autant d'herbe).

Non, le truc qui a fait que la soirée était tendue, c'est que Patrick a officiellement laissé tomber le rôle de Frank'N Furter dans le spectacle. Il a dit qu'il voulait plus le faire… plus jamais. Bref, il s'est assis dans le public pour regarder le spectacle avec moi, et il a dit des trucs pas faciles à entendre, alors que d'habitude, Patrick, c'est pas quelqu'un de malheureux :

– Charlie, tu t'es jamais dit que notre groupe ressemble à n'importe quel autre groupe, comme une équipe de foot par exemple ? Et que la seule vraie différence entre nous, c'est les vêtements qu'on porte et la raison pour laquelle on les porte ?

– Ouais ?

Il y a eu une pause.

– Eh bien, je crois que tout ça, c'est de la foutaise.

Et il le pensait vraiment. C'était dur de voir qu'il le pensait aussi fort.

C'est un type que j'avais jamais vu ailleurs qu'ici qui a joué le rôle de Frank'N Furter. Pendant longtemps, il a été la doublure de Patrick et maintenant, son tour est venu. Lui aussi, il est plutôt bon. Pas aussi bon que Patrick, mais pas mal quand même.

Ton ami,
Charlie

Lettre du 11 mai 1992

En ce moment, je suis souvent avec Patrick. En fait, je dis pas grand-chose. Comme Patrick a besoin de parler, je l'écoute et je hoche la tête, c'est à peu près tout. Mais c'est pas comme avec Mary Elizabeth. C'est pas pareil.

Tout a commencé le lendemain du spectacle, le samedi matin. J'étais dans mon lit, en train de me demander pourquoi des fois on peut se réveiller et se rendormir juste après, et pourquoi des fois on n'y arrive pas. Et là, ma mère a frappé à la porte.

– Ton ami Patrick, au téléphone.

Du coup, je me suis levé et je me suis frotté les yeux pour chasser le sommeil.

– Salut.

– Habille-toi. J'arrive.

Clic. Et voilà. En fait, j'avais une tonne de travail (c'est bientôt les exams de fin d'année), mais comme j'avais l'impression qu'on allait peut-être vivre une sorte d'aventure, je me suis habillé.

Patrick a débarqué environ dix minutes plus tard. Il portait les mêmes vêtements que la veille. Il s'était pas douché ni rien. Je crois même qu'il avait pas dormi. Mais il était super bien réveillé, grâce au café, aux cigarettes et aux *Mini Thins* (ces petites pilules qu'on peut acheter en vente libre dans les stations essence ou dans les routiers. Ça t'empêche de dormir ! Mais ça donne soif).

Bref, je suis monté dans la voiture de Patrick, qui était envahie par la fumée de cigarette. Il m'en a offert une, mais comme j'étais encore devant chez moi, j'ai dit non.

– Tes parents savent pas que tu fumes ?

– Non. Ils devraient ?

– Ben non, je crois pas.

Ensuite on a roulé… vite. Au début, Patrick a pas dit grand-chose. Il écoutait simplement la musique sur l'autoradio. Quand la deuxième chanson a commencé, je lui ai demandé si c'était la compile que je lui avais faite pour Noël.

– Oui, je l'ai écoutée toute la nuit.

Il avait un sourire sur tout le visage. Un sourire glauque. Terne et figé. Il a juste monté le son et il a roulé plus vite.

– Je vais te dire un truc, Charlie. Je me sens bien. Tu vois ce que je veux dire ? Super bien. Genre, libre et tout. Genre, plus à faire semblant. Tu sais que je vais partir à la fac. Là-bas, ça sera pas pareil. Tu vois ce que je veux dire ?

– Bien sûr, j'ai dit.

– Toute la nuit, j'ai réfléchi au style de posters que j'ai envie de mettre aux murs de ma chambre, à la fac. Et je me suis demandé si j'aurais un mur nu, en briques. J'ai toujours eu envie d'avoir un mur de briques, pour pouvoir le peindre. Tu piges ?

Cette fois, j'ai juste hoché la tête, vu qu'il attendait pas vraiment un « bien sûr ».

– Là-bas, ça sera plus pareil. C'est forcé.

– C'est sûr, j'ai dit.

– Tu le penses vraiment ?

– Mais oui.

– Merci, Charlie.

Toute la journée, c'est à peu près comme ça que ça s'est passé. On est allés au ciné. Et on a mangé de la pizza. Et chaque fois que Patrick commençait à fatiguer, on buvait un café et il reprenait une ou deux *Mini Thins*. Quand dehors il s'est mis à faire sombre, il m'a montré tous les endroits où Brad et lui avaient pris l'habitude de se retrouver. Il a pas fait trop de commentaires. Il a regardé, c'est tout.

On a fini par le terrain de golf. On s'est assis près du dix-huitième trou, sur une colline plutôt en hauteur, et on a regardé le soleil disparaître. Avant ça, Patrick avait acheté du vin rouge avec sa fausse carte d'identité. On se passait la bouteille. Et on a parlé, rien d'autre.

– T'es au courant du truc qui est arrivé à Lily ? il a demandé.

– Qui ça ?

– Lily Miller. Je sais pas son vrai nom, mais tout le monde l'appelait Lily. Elle était en terminale quand j'étais en première.

– Ça me dit rien.

– Je pensais que ton frère t'aurait raconté ce truc. C'est un classique.

– Peut-être.

– OK. Arrête-moi si tu t'en souviens.

– OK.

– Bref. Lily s'est ramenée ici avec son mec, celui qui était le meneur dans tous les matchs.

– Parker ?

– C'est ça. Parker. Comment tu le sais ?

– Ma sœur le trouvait craquant.

– Génial ! (On commençait à être plutôt soûls). Bref, Parker et Lily viennent ici un soir, tu vois. Et ils sont trop amoureux ! Il lui avait donné sa médaille, ou un truc de ce genre.

Patrick rigolait tellement fort qu'il arrêtait pas de crachoter du vin entre deux phrases.

– Ils avaient même une chanson à eux. Un truc comme *Broken Wings*, tu sais, du groupe Mr. Mister. En fait, je sais même pas ce que c'était, mais j'espère que c'était *Broken Wings*, comme ça, l'histoire serait parfaite.

– Continue, j'ai dit pour le relancer.

– OK, j'y vais. (Il a avalé sa salive.) Bref. Ils sortent ensemble depuis super longtemps, et je crois qu'ils ont même déjà couché ensemble, mais cette soirée-là devait être exceptionnelle. Elle avait emballé un petit pique-nique, et il avait apporté un radiocassette pour écouter *Broken Wings*.

Cette chanson, Patrick arrivait toujours pas à s'en remettre. Il a rigolé pendant dix minutes.

– OK, OK, désolé. Bref, ils mangent leur pique-nique, des sandwichs et tout. Ils commencent à se toucher et à faire des trucs. La musique est en marche et ils sont sur le point de « le faire », quand Parker réalise qu'il a oublié les capotes. Ils sont à poil sur ce green. Ils ont tous les deux envie de l'autre. Mais y a pas de capotes. À ton avis, comment ils ont fait ?

– J'en sais rien.

– Ils l'ont fait en levrette avec un emballage de sandwich !

– NON !

C'est tout ce que j'ai été capable de dire.

– SI !

– MERDE !

– EH OUI !

On a eu un super fou rire et on a tellement postillonné qu'on a gâché quasiment tout ce qui restait de vin. Ensuite, il s'est tourné vers moi.

– Et tu sais pas la meilleure ?

– Quoi ?

– Elle était major de sa promo. Et à la cérémonie de remise des diplômes, quand elle est allée prononcer son discours, tout le monde était au courant de cette histoire !

Quand on rigole autant, après, y a rien de mieux que le moment où on respire profondément. Rien de mieux qu'un ventre qui fait mal pour une raison valable. C'était génial, je te dis même pas.

Alors, Patrick et moi, on s'est raconté toutes les histoires qui nous sont revenues en tête.

Il y avait un gamin qui s'appelait Barry, il fabriquait tout le temps des cerfs-volants en cours d'arts plastiques. Ensuite, après l'école, il accrochait des pétards au cerf-volant, et il le faisait exploser. Maintenant, il fait des études pour devenir contrôleur aérien.
(Histoire de Sam racontée par Patrick)

Il y avait un autre gamin qui s'appelait Chip et qui dépensait tout son argent de poche, et l'argent qu'il avait à Noël et à ses anniversaires, pour acheter du matériel pour exterminer les insectes, et il faisait du porte-à-porte en demandant aux gens s'il pouvait tuer les insectes gratuitement.
(Histoire de ma sœur racontée par moi)

Il y avait un mec, Carl Burns, que tout le monde appelait C.B. Un jour, à une fête, C.B. était tellement bourré qu'il avait essayé de « baiser » le chien de celui qui invitait.
(Histoire de Patrick)

Et il y avait aussi ce type qu'on appelait « Jack Pignole » : à ce qu'il paraît, on l'avait surpris en train de se masturber à une fête où il était bourré. Et avant chaque compète sportive, les élèves tapaient dans leurs mains et l'appelaient : Jack Pignole… clap-clap-clap… Jack Pignole !
(Histoire de mon frère racontée par moi)

Il y avait d'autres histoires et d'autres gens. Comme le coureur de l'équipe de base-ball, Stace, qui avait des seins quand il était en quatrième et qui laissait certains garçons les toucher. Et Vincent, qui avait essayé de faire passer un canapé par la cuvette des toilettes un jour où il avait pris des acides. Et Sheila qui, à ce qu'il paraît, s'était masturbée avec un hot-dog et avait fini aux urgences. La liste était encore longue.

Quand on a arrêté, je pensais plus qu'à ces gens. À ce qu'ils peuvent bien ressentir quand ils vont aux réunions de classe. Je me demande s'ils sont gênés, et je me dis que c'est peut-être le prix à payer si on veut devenir une légende.

On a un peu dessoûlé avec du café et des *Mini Thins* et puis Patrick m'a reconduit chez moi. La cassette que je lui avais faite est arrivée à l'endroit où il y a des chansons sur l'hiver. Et Patrick s'est tourné vers moi.

– Merci, Charlie.

– Pas de quoi.

– Non, je veux dire pour ce qui s'est passé à la cafète.

– Pas de quoi.

Après, on n'a plus rien dit. Il m'a ramené jusqu'à chez moi et il s'est arrêté dans l'allée, devant la maison. On s'est serrés dans les bras pour se dire bonne nuit et au moment où j'allais me dégager, il m'a serré un peu plus fort. Et il a tourné son visage vers le mien. Et il m'a embrassé. Un vrai baiser. Ensuite, il s'est reculé super lentement.

– Désolé.

– Non. C'est pas grave.

– Je t'assure, je suis désolé.

– Non, vraiment. Y a pas de mal.

Il a dit « Merci » et m'a serré à nouveau dans ses bras. Et il s'est remis à m'embrasser. Et je l'ai laissé faire. Je ne sais pas pourquoi. On est restés un bon moment dans sa voiture.

On n'a rien fait d'autre que s'embrasser. Et on n'a même pas fait ça trop longtemps. Au bout d'un moment, ses yeux ont perdu l'air terne et figé qu'ils avaient à cause du vin ou du café ou parce qu'il avait pas dormi la nuit d'avant. Et puis il s'est mis à pleurer. Et à parler de Brad.

Et je l'ai laissé faire. Vu que les amis, c'est à ça que ça sert.

Ton ami,
Charlie

Lettre du 17 mai 1992

Depuis cette première nuit, on dirait que tous les matins, je me réveille au ralenti, j'ai mal à la tête et je n'arrive pas à respirer. Patrick et moi, on passe pas mal de temps ensemble. On boit beaucoup. En fait, c'est plutôt Patrick qui se soûle, moi je bois seulement des petites gorgées.

C'est quand même dur de voir un ami souffrir à ce point. Surtout quand on peut rien y faire, à part « être là ». J'ai envie de l'aider à plus souffrir, mais je ne peux pas. Alors je me contente de le suivre chaque fois qu'il a envie de me montrer son « univers ».

Une nuit, Patrick m'a emmené dans un parc où les hommes vont pour se retrouver. Il m'a dit que si je voulais pas me faire embêter par un type, je devais juste éviter de croiser son regard. Il a dit que quand on croise le regard de quelqu'un, ça veut dire qu'on accepte de faire des trucs avec lui, en gardant l'anonymat. Ils se parlent pas. Ils cherchent juste un coin où aller. Au bout d'un moment, Patrick a vu quelqu'un qui lui a plu. Il m'a demandé si j'avais besoin de cigarettes, et quand j'ai répondu non, il m'a tapoté l'épaule et s'est éloigné avec le garçon.

Je suis juste resté assis sur un banc et j'ai regardé autour de moi. Tout ce que j'ai vu, c'étaient des ombres. Des gens par terre. D'autres sous un arbre. D'autres qui se baladaient, tout simplement. Tout était super silencieux. Au bout de quelques minutes, j'ai allumé une cigarette et j'ai entendu quelqu'un chuchoter :

– T'as pas une cigarette en rabe ?

Je me suis retourné. Y avait un homme, dans l'ombre.

– Pas de problème, j'ai dit.

Je lui ai tendu une cigarette. Il l'a prise.

– T'as du feu ?

– Pas de problème, j'ai dit, et j'ai gratté une allumette.

Au lieu de simplement se pencher vers moi pour allumer sa cigarette, il a entouré mes mains avec les siennes – un truc qu'on fait tous quand il y a du vent (sauf que là, y avait pas de vent). Il est resté comme ça plus de temps que nécessaire pour allumer la cigarette, et je crois qu'il avait juste envie de toucher mes mains. Il voulait peut-être que je voie son visage à la lueur de l'allumette. Pour me montrer à quel point il était beau. J'en sais rien. Son visage me disait vraiment quelque chose. Mais pas moyen de me rappeler où je l'avais vu.

Il a soufflé sur l'allumette. « Merci. » Et il a expiré.

– Ça te dérange si je m'assois ?

– Non, ça va.

Il s'est assis. Et il a dit quelques trucs. Et ç'a été sa voix. C'est sa voix que j'ai reconnue. Alors j'ai allumé une autre cigarette, j'ai regardé à nouveau son visage, je me suis concentré, et là, j'ai trouvé ! C'était le type qui présente le sport aux infos !

– Chouette nuit, il a dit.

J'en revenais pas ! Je crois que j'ai réussi à hocher la tête, vu qu'il a continué à parler… de sport ! Il s'est mis à raconter des trucs, comme quoi le frappeur qui avait été choisi dans l'équipe de base-ball était nul, et pourquoi le basket était une réussite commerciale et quelles équipes universitaires de foot avaient l'air prometteuses. Il a même cité le nom de mon frère ! Je le jure !

Tout ce que je lui ai dit, c'est : « Alors, qu'est-ce que ça fait de passer à la télé ? »

Ça ne devait pas être le bon truc à dire, parce qu'il s'est simplement levé et qu'il est parti. C'était trop dommage, je voulais lui demander si d'après lui, mon frère allait réussir à intégrer une équipe de pros.

Un autre soir, Patrick m'a emmené dans un endroit où on achète du poppers, la drogue qui se « sniffe ». Ils avaient pas de poppers, mais le type derrière le comptoir a dit qu'il avait un truc qui marchait aussi bien. Alors Patrick en a acheté. C'était dans une bombe aérosol. On en a tous les deux sniffé un peu et là, on a vraiment cru qu'on allait mourir d'une crise cardiaque, je te raconte pas.

Au bout du compte, je crois que Patrick m'a emmené dans presque tous les endroits où on peut aller, des endroits que j'aurais jamais connus, autrement. Un bar karaoké, dans une des rues principales du centre-ville. Et une boîte de nuit. Et une salle de bains dans un club de gym. Des tas d'endroits. Des fois, Patrick levait des types. Des fois non. Il a dit que c'était dur quand on voulait pas « prendre de risques ». Et qu'on savait jamais.

Les nuits où il levait quelqu'un, ça le rendait toujours triste. Là aussi, c'était dur : Patrick était toujours super excité au début de la soirée. Il disait toujours qu'il se sentait libre. Que cette soirée était sa « destinée ». Des trucs comme ça. Mais à la fin de la nuit, il avait juste l'air triste. Des fois, il parlait de Brad. Des fois non. Mais au bout d'un certain temps, tout ça l'a plus intéressé du tout et du coup, il a été à court de trucs à faire pour s'engourdir l'esprit.

Ce soir, il m'a déposé chez moi. On revenait du parc où les hommes font des rencontres. C'est ce soir qu'il a vu Brad avec un type. Brad était trop concentré sur ce qu'il faisait pour nous remarquer. Patrick a rien dit. Il a rien fait. Il est juste retourné à la voiture. Et on a roulé en silence. Sur le trajet, il a jeté une bouteille de vin par la fenêtre. Et elle a atterri en faisant un bruit terrible. Et cette fois, il a pas essayé de m'embrasser comme il l'a fait tous les autres soirs. Il m'a juste remercié d'être son ami. Et il est parti.

Ton ami,
Charlie

Lettre du 21 mai 1992

L'année scolaire est presque terminée. Encore environ un mois à tirer. Mais les terminales, comme ma sœur, Sam et Patrick, ils ont plus que deux semaines. Ensuite, y aura le bal de fin d'année et la cérémonie de remise des diplômes. Ils sont tous très occupés à organiser ça.

Mary Elizabeth y va avec son nouveau petit copain, Peter. Ma sœur y va avec Erik. Patrick avec Alice. Et cette fois, Craig a accepté d'y aller avec Sam. Ils ont même loué une limousine et tout. Mais pas ma sœur. C'est son nouveau petit copain qui l'emmène en voiture (une *Buick*).

Ces derniers temps, comme il sent que sa première année d'enseignement touche à sa fin, Bill est très « nostalgique ». C'est du moins ce qu'il m'a dit. Il avait prévu de s'installer à New York pour écrire des pièces de théâtre, mais il ne sait plus trop s'il en a envie. Il aime vraiment enseigner la littérature au lycée et il pense qu'il pourra peut-être prendre en charge le groupe théâtre, l'année prochaine.

Je crois que ça doit pas mal le travailler, tout ça, vu qu'il m'a pas redonné d'autre livre à lire depuis *L'Étranger*. Il m'a quand même demandé de regarder des tas de films et de faire une rédac' pour dire ce que j'en pensais. Les films, c'étaient *Le Lauréat, Harold et Maude, Ma vie de chien* (avec des sous-titres !), *Le Cercle des poètes disparus*, et un film qui s'appelle *L'Incroyable Vérité*[35], que j'ai eu un mal fou à trouver.

Je les ai tous regardés en une seule journée. C'était vraiment génial.

La rédac'que j'ai faite ressemblait pas mal à celles que j'avais déjà faites, parce que tout ce que Bill me dit de lire ou de voir se ressemble. À part la fois où il m'a fait lire *Le Festin nu*.

Au fait, il m'a expliqué qu'il m'avait donné ce livre à l'époque où il venait juste de rompre avec sa copine et qu'il se sentait « philosophe ». J'imagine que c'est pour ça qu'il avait l'air triste l'après-midi où on a parlé de *Sur la route*. Il s'est excusé d'avoir laissé ses problèmes personnels « empiéter sur son enseignement », et j'ai accepté ses excuses (je voyais pas ce que je pouvais faire d'autre). C'est bizarre de penser que tes profs (même si c'est Bill) sont comme les autres gens. J'imagine que depuis, il s'est réconcilié avec sa copine. Ils vivent ensemble maintenant. En tout cas, c'est ce qu'il a dit. Du coup, au lycée, il m'a donné le tout dernier livre à lire cette année. Ça s'appelle *La Source vive*[36], et c'est super long.

Quand il m'a donné ce livre, il a dit : « Reste sur tes gardes avec celui-ci. C'est un grand roman. Mais essaye de faire la part des choses, d'être comme un tamis, pas comme une

35. *The Graduate* (Mike Nichols, 1968), *Harold & Maude* (Hal Ashby, 1971), *My Life as a Dog* (Lasse Hallström, 1988), *Dead Poets Society* (Peter Weir, 1989), *The Unbelievable Truth* (Hal Hartley, 1992).

36. *The Fountainhead* de Ayn rand (1943)

éponge. » Des fois, je me dis que Bill oublie que j'ai que seize ans – même si je suis super content qu'il l'oublie.

J'ai pas encore commencé à le lire – j'ai plein de retard dans les autres cours, à cause de tout le temps que j'ai passé avec Patrick. Mais si j'arrive à me rattraper dans mon travail, je terminerai ma première année de lycée qu'avec des A, et ça, c'est plutôt sympa. En maths, j'ai failli avoir C, mais monsieur Carlo m'a dit d'arrêter de tout le temps demander « pourquoi ? » et de simplement appliquer les formules, alors j'ai suivi son conseil et maintenant, j'ai des super notes à toutes les interros (mais bon, j'aimerais quand même comprendre ce qui fait que les formules marchent, et franchement, j'en ai pas la moindre idée).

Je viens juste de repenser que la première fois que je me suis mis à t'écrire, c'était parce que j'avais peur d'aller au lycée. Aujourd'hui, je me sens bien, et du coup, c'est plutôt marrant d'y repenser.

Au fait, Patrick a arrêté de boire depuis la nuit où il a vu Brad dans le parc. J'imagine qu'il se sent mieux. Maintenant, il a simplement envie de bien finir son année et d'aller à la fac. J'ai vu Brad en retenue, le lundi après l'épisode du parc. Il avait le même air que d'habitude.

Ton ami,
Charlie

Lettre du 27 mai 1992

Ça fait déjà quelques jours que je lis *La Source vive*. Excellent. Au dos de la couverture, j'ai lu que l'auteure était née en Russie et qu'elle était arrivée en Amérique quand elle était jeune. Elle parlait à peine l'anglais, mais elle voulait devenir « un grand écrivain ». Je me suis dit que c'était vraiment étonnant, alors je me suis assis et j'ai essayé d'écrire une histoire.

« Ian MacArthur, un gars merveilleux et adorable, porte des lunettes derrière lesquelles il observe le monde avec plaisir. »

Ç'a été la première phrase. Le problème, c'est que je suis pas arrivé à trouver la suivante. Après avoir rangé ma chambre trois fois, j'ai décidé de laisser Ian tranquille pendant un moment, vu qu'il commençait sérieusement à me taper sur les nerfs.

Cette semaine, j'ai eu pas mal de temps pour écrire, lire et penser à des trucs, parce que tout le monde est occupé à organiser le bal, la cérémonie et les horaires. Leur dernier jour de lycée, c'est vendredi prochain. Le bal, c'est le mardi, et j'ai trouvé ça bizarre : je pensais que ça serait pendant un week-end, mais Sam m'a dit que tous les lycées peuvent pas organiser leur bal le même soir, sinon y aurait pas assez de smokings pour tout le monde et plus de place dans les restaurants. J'ai dit que ça avait l'air bien organisé, leur truc. Ensuite, la cérémonie, c'est le dimanche. C'est super excitant, tout ça. Si seulement ça pouvait m'arriver à moi !

Je me demande comment ça sera quand je partirai d'ici. Quand il faudra que je vive avec un colocataire et que j'achète du shampooing tout seul. Je me suis dit que quand je serai en terminale, dans deux ans, ça serait génial de pouvoir aller à mon bal de fin d'année avec Sam. J'espère que ça sera un vendredi. Et j'espère que je serai major de ma promotion. Et si c'est le cas, je me demande à quoi pourra ressembler mon discours. Et si Bill m'aidera (s'il va pas à New York pour écrire des pièces). Ou peut-être qu'il le fera, même s'il est à New York en train d'écrire des pièces ? Ça serait vraiment sympa de sa part.

J'en sais rien. *La Source vive* est un super bon livre. J'espère que je suis comme un tamis.

Ton ami,
Charlie

Lettre du 2 juin 1992

Est-ce que t'as déjà fait un « monôme » quand t'étais en terminale ? J'imagine que oui, sûrement (ma sœur a dit que c'était une tradition dans des tas de lycées). Cette année, des terminale ont versé environ six mille paquets de poudre de *Kool-Aid*[37] au raisin dans la piscine. J'ai pas la moindre idée de qui peut imaginer des plans pareils et pourquoi ils font ça, je sais seulement que pour eux, c'est censé fêter la fin du lycée. Je vois vraiment pas le rapport avec une piscine au jus de raisin, mais j'étais super content que le cours de gym soit annulé.

En fait, la fin de l'année, c'est une période très excitante parce qu'on a tous des tas de trucs à faire. Vendredi, c'est le dernier jour de cours pour tous mes amis et pour ma sœur. Ils font que parler de leur bal, sans arrêt. Même les gens qui pensent que c'est « ringard » (comme Mary Elizabeth) peuvent pas s'empêcher de le dire sans arrêt, que c'est « ringard ». C'est vraiment marrant.

Ça y est, ils ont tous fini par trouver la fac où ils iront l'année prochaine. Patrick va à l'université de Washington, comme

37. Boisson déshydratée vendue sous forme de poudre, contenant colorants et arômes chimiques.

ça, là-bas, il pourra être « proche de la scène musicale ». Il dit qu'un de ces jours, il aura sûrement envie de travailler pour une maison de disques. Peut-être comme attaché de presse, ou bien pour découvrir de nouveaux groupes. Sam a finalement décidé de partir plus tôt pour suivre les cours d'été de l'université de son choix. J'adore cette expression, « L'université de mon choix ». Une autre que j'adore, c'est « université de secours ».

Le truc, c'est que Sam a été admise dans deux facs. « L'université de son choix » et une « université de secours ». Elle aurait pu commencer à l'université de secours à l'automne, mais pour pouvoir aller à l'université de son choix, elle a dû s'inscrire à un programme spécial, exactement comme mon frère. Eh oui ! Sa fac, c'est Penn State, et c'est trop génial : maintenant, je pourrai aller voir mon frère et Sam en même temps. Pour l'instant, je n'ai pas envie de penser au départ de Sam, mais je me suis demandé ce qui se passerait si elle et mon frère se mettaient un jour à sortir ensemble. En même temps, c'est débile comme idée : ils ont rien en commun et Sam est amoureuse de Craig. Faut que j'arrête de penser à des trucs comme ça.

Ma sœur va sur la côte Est, dans « une petite école d'art de gauche » qui s'appelle Sarah-Lawrence. Comme ça coûte beaucoup d'argent, elle a failli ne pas pouvoir y aller, mais elle a obtenu une bourse au mérite par le *Rotary Club* ou la fondation du *Moose Lodge* ou un truc comme ça (généreux de leur part). Ma sœur est deuxième de sa classe. Je croyais qu'elle serait sortie major de sa promotion, mais elle a eu un B à l'époque où elle a eu cette mauvaise passe avec son ex-petit copain.

Mary Elizabeth va à Berkeley. Et Alice va étudier le cinéma à l'université de New York. (Je savais même pas qu'elle aimait le cinéma, c'est pourtant le cas. Elle appelle ça « la cinématographie ».)

Au fait, j'ai terminé *La Source vive*. Une expérience géniale. C'est bizarre de dire que lire un livre est une expérience géniale, mais c'est ce que ça m'a fait. Un livre différent des autres, vu que ça parle pas du fait d'être jeune. Et ça ne ressemble pas à *L'Étranger* ou au *Festin nu*, même si c'est quand même philosophique. Mais c'est pas comme s'il fallait vraiment y chercher une philosophie. J'ai pas trouvé que c'était compliqué, et le mieux, c'est que j'ai pris ce que l'auteur écrivait en l'envisageant par rapport à ma vie à moi. Un peu comme un tamis.

Il y a un passage où le personnage principal, qui est architecte, est assis dans un bateau avec son meilleur ami, un magnat de la presse. Et le magnat de la presse reproche à l'architecte d'être un homme très froid. L'architecte répond que si le bateau coulait, et qu'il n'y avait qu'une seule place dans le canot de sauvetage, c'est avec plaisir qu'il sacrifierait sa vie pour le magnat de la presse. Et ensuite, il dit un truc du genre : « Je serais prêt à mourir pour toi. Mais je refuse de *vivre pour* toi. »

Un truc comme ça. Je crois que l'idée, c'est que chacun doit d'abord vivre pour lui-même et ensuite faire le choix de partager sa vie avec d'autres gens. C'est peut-être ça qui fait que les gens « s'impliquent ». J'en suis pas trop sûr. Parce que je sais pas si ça me dérangerait de vivre *pour* Sam pendant un certain temps. De toute façon, elle voudrait pas, et peut-être qu'en fin de compte, c'est beaucoup mieux, d'être amis comme ça. En tout cas, c'est ce que j'espère.

J'ai parlé du livre à mon psy, et aussi de Bill, de Sam et de Patrick et de leurs facs, mais il arrête pas de me poser des questions sur quand j'étais petit. Le problème, c'est que j'ai l'impression de passer mon temps à lui raconter les mêmes souvenirs. J'en sais rien. Il dit que c'est important. Je me dis qu'on verra bien.

Je t'écrirais bien un peu plus aujourd'hui, mais je dois apprendre mes formules de maths pour l'exam de fin d'année de jeudi. Souhaite-moi bonne chance !

Ton ami,
Charlie

Lettre du 5 juin 1992

J'avais envie de te raconter comment on a couru. Il y avait un beau coucher de soleil. Et il y avait la colline. (La colline du dix-huitième trou, où Patrick et moi on avait craché du vin tellement on rigolait.) Quelques heures avant ça, Sam, Patrick et tous ceux que j'aime ont fini le lycée pour toujours. Et comme ils étaient heureux, moi aussi. Dans le couloir, ma sœur m'a même laissé la serrer dans mes bras. Le mot du jour, ç'a été « Félicitations ». Ensuite, Sam, Patrick et moi, on est allés au Big Boy et on a fumé des cigarettes. Ensuite, en attendant l'heure d'aller au *Rocky Horror,* on est allés se balader. Et on a parlé de trucs qui, sur le moment, nous semblaient importants. Et on a regardé le sommet de cette colline. Et là, Patrick s'est mis à courir après le coucher de soleil. Et tout de suite, Sam l'a suivi. Et j'ai vu leurs silhouettes. Qui couraient après le soleil. Ensuite, je me suis mis à courir. Et tout était pour le mieux.

Ce soir-là, Patrick a décidé de jouer Frank'N Furter une dernière fois. Il était trop content d'enfiler son costume, et tout le monde était trop content qu'il ait décidé de le faire. C'était plutôt émouvant, en fait. Il a joué comme jamais. Peut-être que je suis pas objectif, mais je m'en fiche. J'oublierai jamais cette représentation. Surtout sa dernière chanson.

Elle s'appelle *I'm Going Home*. Dans le film, Tim Curry, l'acteur qui joue le personnage, pleure pendant toute la chanson. Mais Patrick, lui, il souriait. Et c'était parfait comme ça.

J'ai même persuadé ma sœur de venir assister au spectacle avec son petit copain. J'avais déjà essayé de la faire venir, elle avait toujours refusé. Mais cette fois, elle est venue. Et comme c'était la première fois pour elle et son petit copain, ils étaient ce qu'on appelle « vierges », ce qui veut dire que pour devenir « initiés », ils allaient être obligés de faire des tas de trucs gênants avant le début du spectacle. J'ai décidé de pas parler de ça à ma sœur, et avec son petit copain, elle a dû aller sur scène pour essayer de danser le *Time Warp*[38]. Et comme celui ou celle qui perd le concours de danse doit faire semblant de faire l'amour avec une énorme poupée en peluche de Gumby[39], j'ai vite montré à ma sœur et à son copain comment on danse le *Time Warp*, pour pas qu'ils perdent le concours. C'était marrant de regarder ma sœur danser le *Time Warp* sur scène, mais je crois que j'aurais pas pu supporter de la voir faire l'amour avec Gumby.

J'ai demandé à ma sœur si, après, elle avait envie de venir chez Craig pour faire la fête, mais elle a dit qu'une de ses copines organisait une fête et qu'elle y allait. Ça m'a pas dérangé – au moins, elle était venue voir le spectacle. Et avant qu'elle parte, elle m'a de nouveau serré dans ses bras. Deux fois dans la même journée ! Ma sœur, je l'aime vraiment. Surtout quand elle est sympa.

38. Chorégraphie qui ouvre la scène du bal, dans le film, et dont les spectateurs connaissent par cœur les mouvements.
39. Célèbre personnage de pâte à modeler créé en 1955.

La fête chez Craig a été géniale. Craig et Peter avaient acheté du champagne pour féliciter tous ceux qui partaient à la fac. On a dansé. Et discuté. J'ai vu Mary Elizabeth qui embrassait Peter. Elle avait l'air heureuse. J'ai vu Sam qui embrassait Craig. Elle avait l'air heureuse. J'ai vu Patrick et Alice qui s'en fichaient d'avoir personne à embrasser – ils étaient trop contents de pouvoir parler de leur avenir.

Du coup, je suis juste resté assis près de la chaîne avec une bouteille de champagne, et j'ai choisi des musiques pour qu'elles aillent avec l'ambiance et avec ce que je voyais. J'ai eu de la chance, Craig a une excellente collection de CD. Quand les gens avaient l'air un peu fatigués, je mettais un truc marrant. Quand ils donnaient l'impression d'avoir envie de discuter, je passais un truc doux. C'était un super moyen d'être seul pendant une fête et en même temps d'avoir l'impression de faire partie du truc.

Après la fête, tout le monde m'a remercié, en disant que la musique avait été parfaite. Craig a dit que je devrais profiter d'être encore au lycée pour me faire de l'argent en étant DJ, comme lui quand il fait le mannequin. J'ai trouvé que c'était une bonne idée. Je pourrais peut-être mettre pas mal d'argent de côté, et comme ça, même si ça marche pas avec le *Rotary Club* ou le *Moose Lodge*, j'irai quand même à la fac.

Y a pas longtemps, mon frère m'a dit au téléphone que s'il arrivait à entrer dans une équipe pro, j'aurais plus à m'inquiéter pour payer la fac. Qu'il s'en chargerait. J'ai hâte de le revoir. Il vient à la maison pour la cérémonie de ma sœur, et c'est vraiment trop sympa.

Ton ami,
Charlie

Lettre du 9 juin 1992

Ça y est, c'est le soir du bal. Et je suis assis dans ma chambre. Hier, comme tous mes amis et ma sœur avaient plus cours, ç'a pas été facile. Je connaissais plus personne au lycée.

Le pire, ç'a été l'heure du déjeuner. Ça m'a rappelé la période où tout le monde était fâché contre moi à cause de l'histoire avec Mary Elizabeth. J'arrivais même pas à manger mon sandwich, alors que ma mère m'avait préparé celui que je préfère (je crois qu'elle savait à quel point j'allais être triste, sans tout le monde). Les couloirs paraissaient changés. Et comme maintenant, ce sont eux les plus âgés, les élèves de première se comportaient plus pareil. Ils se sont même fait faire des tee-shirts. (Qui peut bien organiser ce genre de truc ? Ça me dépasse.)

Je n'arrive pas à penser à autre chose qu'au départ de Sam pour Penn State, dans deux semaines. Et Mary Elizabeth va être occupée avec son mec. Et ma sœur avec le sien. Et Alice et moi, on n'est pas si proches que ça. Je sais que Patrick va rester dans le coin, mais comme il est plus triste, j'ai peur qu'il ait peut-être pas envie de passer du temps avec moi. Je sais que ça ne tourne pas rond dans ma tête, mais des fois, c'est comme ça que je me sens, j'y peux rien. Du coup, la seule personne à qui je pourrai parler, ça sera mon psy, et en ce moment, ça me dit vraiment rien – il arrête pas de me poser des questions sur quand j'étais petit, et elles commencent à être trop bizarres, ces questions.

Le seul truc, c'est que j'ai de la chance d'avoir autant de travail pour le lycée, ce qui me laisse pas trop de temps pour penser.

Tout ce que j'espère, c'est que ce soir, ça va être génial pour les gens pour qui c'est censé être génial. Le petit copain de ma sœur est venu la chercher dans sa *Buick*, et il portait un manteau blanc en « queue-de-pie » par-dessus un costume noir, et je sais pas pourquoi, mais ça faisait bizarre. Sa ceinture « turbanc » (je sais pas comment ça s'écrit) était assortie à la robe décolletée de ma sœur, bleu pastel. Ça m'a fait repenser à ces magazines. Bon. Faut que j'arrête de perdre le fil.

Tout ce que j'espère, c'est que ma sœur se sente belle et que son nouveau mec l'aide à se sentir belle. J'espère que Craig ne fait pas sentir à Sam que son bal est pas important, simplement parce qu'il est plus âgé. J'espère que c'est pareil pour Peter avec Mary Elizabeth. J'espère que Brad et Patrick vont enfin se réconcilier et danser ensemble devant tous les élèves. Et qu'Alice est secrètement lesbienne et qu'elle est amoureuse de Nancy, la petite amie de Brad (et vice versa), pour que personne se sente à l'écart. J'espère que le DJ est aussi bon que ce que les autres ont dit de moi vendredi dernier. Et j'espère que les photos de tout le monde seront super et qu'elles deviendront jamais de vieilles photos et que personne aura d'accident de voiture.

Ton ami,
Charlie

Lettre du 10 juin 1992

Je viens juste de rentrer du lycée et ma sœur dort encore. J'ai appelé chez Patrick et Sam, mais eux aussi ils dorment encore – ils ont un téléphone sans fil qui se décharge tout le temps et la mère de Sam, on aurait dit qu'elle parlait comme la mère dans le dessin animé *Snoopy*.

Aujourd'hui, j'ai passé deux exams de fin d'année. Un en biologie, où je pense avoir vraiment « assuré ». L'autre, c'était dans le cours de Bill. L'exam portait sur *Gatsby le magnifique*.

Le seul truc difficile, c'est qu'il me l'avait fait lire il y a super longtemps et que j'ai eu du mal à m'en souvenir.

Quand je lui ai rendu ma copie, j'ai demandé à Bill s'il voulait que je fasse une rédac' sur *La Source vive* ; je lui ai dit que je l'avais terminé, et qu'il m'avait pas donné de travail à faire dessus. Il a dit que ça ne serait pas juste de me donner une autre rédac', vu le nombre d'examens que j'ai cette semaine. Au lieu de ça, il m'a invité à venir chez lui et sa petite amie, samedi – ça va sûrement être marrant.

Du coup, vendredi, j'irai au *Rocky Horror*. Ensuite, samedi, chez Bill (sa maison est en ville). Et puis dimanche, j'assisterai à la cérémonie de tout le monde et je passerai du temps avec mon frère et toute la famille qui sera là pour ma sœur. Après, j'irai sûrement chez Sam et Patrick pour fêter ça. Ensuite, j'aurai encore deux jours de cours – ce qui sert à rien, vu que les exams seront tous terminés. Mais ils ont prévu des « activités ». En tout cas, c'est ce que j'ai entendu dire.

Si je pense aux choses autant à l'avance, c'est parce que je me sens terriblement seul au lycée. Je crois que je te l'ai déjà dit, mais ça devient chaque jour de plus en plus dur. Demain, j'ai deux exams, histoire et dactylo. Ensuite, vendredi, j'ai des exams dans toutes les autres matières, comme la gym ou la techno. Je sais pas si y aura de vrais exams dans ces cours-là. Surtout en techno. Je crois que monsieur Callahan va juste nous faire écouter quelques-uns de ses vieux disques. Il a déjà fait ça, le jour où on devait passer l'exam de mi-trimestre, mais ça ne sera pas pareil sans Patrick pour chanter en play-back. Au fait, le prof de maths m'a mis « Excellent » à l'exam de la semaine dernière.

Ton ami,
Charlie

Lettre du 13 juin 1992

Je viens juste de rentrer de chez Bill. Ce matin, je voulais t'écrire pour te raconter la soirée d'hier, mais il fallait que j'aille chez Bill.

Hier soir, Sam et Craig ont « cassé ».

Ç'a été super triste d'assister à ça. Ces derniers jours, j'ai pas mal entendu parler du bal, et grâce à ces boutiques où ils développent des pellicules photo en 24 heures, j'ai vu de quoi tout le monde avait l'air. Sam avait l'air belle. Patrick avait l'air beau. Mary Elizabeth, Alice et le petit copain de Mary Elizabeth avaient l'air géniaux eux aussi. Le seul problème, c'est qu'Alice avait mis du déodorant blanc en stick avec une robe bustier, et que ça se voyait. (Pour moi, ce genre de truc, ça n'a pas d'importance, mais à cause de ça, Alice a soi-disant « flippé » toute la soirée.) Craig avait l'air beau aussi – même s'il avait mis un costume au lieu d'un smoking. C'est pas pour ça qu'ils ont cassé.

En fait, il paraît que tout s'est bien passé pendant le bal. La limousine était vraiment « top » et tout le monde a pu se défoncer, grâce au chauffeur de la limousine, et comme ça, les plats super chers qu'ils ont mangés au resto avaient encore meilleur goût. Le nom du chauffeur, c'était Billy. Pour la musique, y avait un groupe vraiment très nul qui a joué des reprises et qui s'appellait *The Gypsies Of The Allegheny*, mais le batteur était bon et du coup, tout le monde a bien dansé. Patrick et Brad se sont même pas regardés, mais Sam a dit que ça n'avait posé aucun problème à Patrick.

Après le bal, ma sœur et son petit copain sont allés à la fête organisée par le lycée. Ça se passait dans une boîte branchée du centre-ville. Elle a dit que c'était vraiment marrant de voir tout le monde très bien habillé, en train de danser sur de la bonne musique que passait un DJ – et pas jouée par les *Gypsies Of The Allegheny.* Il y a même eu un spectacle avec un imitateur. Le seul truc, c'est qu'une fois qu'on entrait, on pouvait plus sortir et rentrer. J'imagine que les parents avaient dû penser que ça éviterait que les jeunes aient « des problèmes ». Mais apparemment, ça les a pas gênés, vu qu'ils se sont trop éclatés – de toute façon, y avait des tas de gens qui avaient apporté de l'alcool en douce. Après la fête (il était environ 7 heures du matin), tout le monde est allé au Big Boy pour manger des pancakes ou du bacon.

J'ai demandé à Patrick si la fête après le bal lui avait plu, et il a dit que ç'avait été super marrant. Craig avait loué une suite dans un hôtel pour tout le monde, mais c'est seulement Craig et Sam qui y sont allés. En fait, Sam avait envie d'aller à la fête organisée par le lycée, mais Craig s'est mis super en colère, vu qu'il avait déjà payé la suite. Mais c'est pas pour ça qu'ils ont cassé.

Ça s'est passé hier soir, chez Craig, après le *Rocky Horror*. Comme je l'ai déjà dit, le petit ami de Mary Elizabeth, Peter, est bien copain avec Craig, et en gros, il a mis les pieds dans le plat. J'imagine qu'il aime vraiment beaucoup Mary Elizabeth et qu'il s'est pas mal attaché à Sam, puisque c'est lui qui a voulu que Craig « lâche le morceau ». Personne se doutait de rien.

En fait, Craig trompait Sam depuis le premier jour. Et quand je dis tromper, je ne veux pas dire qu'une fois, il aurait fait des trucs avec une fille parce qu'il était soûl, et puis qu'il s'en serait voulu. Il y a eu plusieurs filles. Plusieurs fois. Des fois soûl, des fois non. Et je suppose que jamais il s'en est voulu.

Au début, comme Peter connaissait personne, il a rien dit du tout. Et il connaissait pas Sam. Il croyait juste que c'était « une lycéenne débile » – ce que Craig lui disait tout le temps.

Bref, quand il a commencé à connaître Sam, Peter a pas arrêté de dire à Craig qu'il devait lui dire la vérité, parce que Sam était pas « une lycéenne débile ». Et Craig arrêtait pas de promettre qu'il allait le faire, mais il a jamais rien dit. Il avait toujours une bonne excuse. Il appelait ça de « bonnes raisons ».

« Je veux pas lui gâcher son bal de fin d'année. »

« Je veux pas lui gâcher sa cérémonie de fin d'année. »

« Je veux pas lui gâcher son spectacle. »

Ensuite, Craig a fini par dire que ça servirait à rien de lui raconter quoi que ce soit. De toute façon, elle allait bientôt partir à la fac et elle se trouverait un autre mec. Il prenait toujours « ses précautions » avec les autres filles, y avait donc rien à craindre de ce côté. Alors, pourquoi pas laisser Sam garder de bons souvenirs de cette expérience ? Sam, il l'aimait beaucoup, il voulait pas lui faire de peine.

Peter a accepté ce raisonnement, même s'il trouvait que Craig avait tort. C'est du moins ce qu'il a dit. Mais après le spectacle d'hier, Craig lui a raconté qu'il avait fait des trucs avec une fille l'après-midi avant le bal. C'est là que Peter a dit à Craig que s'il n'en parlait pas à Sam, lui, il s'en chargerait. Bref, Craig a rien dit du tout et Peter s'est à nouveau dit que c'étaient pas ses affaires, mais ensuite, pendant la fête, il a surpris ce que Sam disait à Mary Elizabeth : comme quoi Craig était peut-être « le bon » et qu'elle essayait de voir comment faire pour que leur relation dure quand elle serait à la fac. Ils s'écriraient, s'appelleraient, se verraient pendant les vacances ou les jours fériés. C'est ce qui a décidé Peter. Il est allé trouver Craig et lui a dit : « Tu lui racontes maintenant, ou c'est moi qui lui dis tout. »

Alors, Craig a entraîné Sam dans sa chambre. Ils sont restés là-dedans un bon moment. Ensuite, Sam est sortie de la chambre et s'est dirigée tout droit vers la porte d'entrée, elle sanglotait, en silence. Craig a pas essayé de la rattraper. C'est peut-être ça, le pire. Non pas qu'il aurait dû tenter de se remettre avec elle, mais en tout cas, je crois qu'il aurait dû essayer de la rattraper.

Tout ce que je sais, c'est que Sam était désespérée. Mary Elizabeth et Alice sont parties la rejoindre pour voir si elle allait pas trop mal. J'y serais bien allé moi aussi, mais Patrick m'a retenu par le bras pour que je reste. Je suppose qu'il voulait savoir ce qui s'était passé, ou bien il se disait que Sam serait plus à l'aise entre filles.

N'empêche qu'on a bien fait de rester : je crois que si on n'avait pas été là, Craig et Peter se seraient battus plutôt méchamment. Mais ils se sont simplement hurlé dessus. C'est comme ça que j'ai appris tous les détails que j'ai déjà racontés.

Craig disait : « Va te faire foutre, Peter ! Va te faire ! »

Et Peter disait : « Viens pas me dire que c'est de ma faute ! C'est toi qui t'es foutu de sa gueule depuis le début ! L'après-midi avant le bal ! ? T'es qu'un salaud ! T'entends ? Un putain de salaud ! »

Des trucs de ce genre.

On a senti que les choses étaient sur le point de mal tourner, alors Patrick s'est interposé et, avec mon aide, il a fait sortir Peter de l'appartement. Quand on s'est retrouvés dehors, les filles étaient parties. Alors, Patrick et moi, on est montés dans la voiture de Patrick et on a ramené Peter chez lui. Il bouillait encore de colère, et il s'est « défoulé » sur Craig. C'est là que j'ai appris les autres détails dont je t'ai parlé. On a fini par le déposer devant chez lui et il nous a fait promettre de bien vérifier que Mary Elizabeth pensait pas qu'il la trompait, vu que c'était pas le cas : il voulait pas qu'on le mette

« dans le même panier que ce connard ». On a promis et il entré dans son immeuble.

Patrick et moi, on ne savait pas ce que Craig avait réellement dit à Sam. Tous les deux, on espérait qu'il lui avait raconté une version « soft » de la vérité. Assez proche de la vérité pour qu'elle garde ses distances. Mais pas trop non plus, pour pas qu'elle commence à se méfier de tout et de tout le monde. Mais peut-être que c'est mieux de savoir toute la vérité… Franchement, j'en sais rien.

Alors on a conclu un pacte, comme quoi on lui dirait rien, sauf si on découvrait que Craig lui avait laissé entendre que c'était « pas si grave » et que Sam était prête à lui pardonner. J'espère qu'on n'en arrivera pas là. J'espère que Craig lui en a dit suffisamment, comme ça, elle sera obligée de garder ses distances.

On est allés dans les endroits où on pensait pouvoir trouver les filles, mais on ne les a pas trouvées. Patrick s'est dit qu'elles devaient simplement conduire au hasard, pour laisser le temps à Sam de « décompresser un peu ».

Alors Patrick m'a déposé chez moi. Il a dit qu'il m'appellerait demain, quand il aurait du nouveau.

Je me rappelle qu'en allant me coucher hier soir, j'ai réalisé un truc. Un truc essentiel, je crois. J'ai réalisé que tout au long de la soirée, ça m'avait pas fait plaisir que Craig et Sam se séparent. Mais alors, pas du tout. J'ai même pas pensé une seule fois que ça voulait dire que Sam pourrait se mettre à bien m'aimer, moi. Tout ce qui me tracassait, c'était que Sam souffrait pour de bon. Je crois que c'est là que j'ai réalisé que je l'aimais vraiment. Parce que j'avais rien à y gagner et que ça m'était égal.

À midi, comme Patrick m'avait pas appelé de toute la matinée, j'ai eu du mal à monter les marches du perron de la maison de Bill ; j'étais super inquiet pour Sam. Je les avais appelés, mais y avait personne.

Sans son costume, Bill avait l'air différent. Il avait mis un vieux tee-shirt de sa fac. *Brown*[40]. (La fac. Pas le tee-shirt.) Sa petite amie portait des sandales et une robe à fleurs. Même qu'elle avait des poils sous les bras. Sans dec'! Ils avaient l'air très heureux ensemble. Et j'étais content pour Bill.

Chez eux, y a pas beaucoup de meubles, mais c'est très confortable. Ils ont des tas de livres, et j'ai passé une demi-heure à leur poser des questions dessus. Y avait aussi une photo de Bill et de sa petite amie quand ils étaient à la fac ensemble. À l'époque, il avait les cheveux très longs.

La petite amie de Bill a fait le repas et pendant ce temps, il a préparé la salade. Je suis resté assis dans la cuisine en buvant une bière au gingembre, et je les ai juste regardés. Pour le repas, y avait un genre de plat de spaghettis – la petite amie de Bill est végétarienne. Maintenant, Bill mange plus de viande non plus. Par contre, dans la salade, y avait des petits morceaux qui imitent le bacon, vu que le bacon est le seul truc qui leur manque vraiment.

Ils ont une collection sympa de disques de jazz, et ils ont pas arrêté d'en passer pendant le repas. Au bout d'un moment, ils ont ouvert une bouteille de vin blanc et ils m'ont donné une autre bière au gingembre. Ensuite, on s'est mis à discuter. Bill m'a posé des questions sur *La Source vive*, et je lui ai répondu, en faisant attention de bien être comme un tamis.

Ensuite, il m'a demandé si ma première année au lycée m'avait plu, et je lui ai répondu, en faisant attention de pas oublier les histoires dans lesquelles je m'étais « impliqué ».

40. Nom de l'université en question, « brown » désignant aussi la couleur « marron » en français.

Ensuite, il m'a demandé où j'en étais avec les filles, et je lui ai dit à quel point j'étais amoureux de Sam, et que je me demandais ce que l'auteur de *La Source vive* dirait si elle savait comment j'ai réalisé que j'aimais Sam.

Quand j'ai terminé, Bill est resté sans rien dire. Il s'est éclairci la gorge.

– Charlie… je veux te dire merci.

– Pourquoi ? j'ai dit.

– Parce qu'avoir un élève comme toi, ç'a été une expérience merveilleuse.

– Oh… ça me fait plaisir.

Je ne savais pas quoi dire d'autre.

Alors Bill a fait une pause super longue, et ensuite, sa voix ressemblait à celle de mon père quand il veut avoir une discussion sérieuse.

– Charlie, est-ce que tu sais pourquoi je t'ai donné tous ces devoirs supplémentaires ?

J'ai fait non de la tête. À cause de l'air qu'il avait. Ça m'a empêché de parler.

– Charlie, est-ce que tu sais à quel point tu es intelligent ?

J'ai simplement refait non de la tête. Il disait ça pour de vrai. C'était bizarre.

– Charlie, tu es l'un des garçons les plus doués que je connaisse. Et je ne veux pas dire en tant qu'élève. Je veux dire parmi tous les gens que j'ai rencontrés. C'est pour ça que je t'ai donné du travail supplémentaire. Je me demandais si tu avais conscience de ça ?

– J'imagine que oui. J'en sais rien.

Je me sentais trop bizarre. Je savais pas d'où ça venait. J'avais juste fait quelques rédacs'.

– Charlie, je t'en prie, ne le prends pas mal. Je ne veux pas te mettre mal à l'aise, ce n'est pas le but. Je veux simplement que tu saches que tu es vraiment exceptionnel… et si je te le dis, c'est uniquement parce que je ne sais pas si quelqu'un te l'a déjà dit un jour.

J'ai levé les yeux vers lui. Et là, je me suis plus senti bizarre. J'avais comme envie de pleurer. Il était tellement gentil avec moi, et à l'air qu'avait sa petite amie, je savais que ça comptait beaucoup pour lui. Et je ne savais pas pourquoi.

– Bref, quand les cours seront terminés et que je ne serai plus ton professeur, je veux que tu saches que si tu as besoin de quoi que ce soit, ou si tu veux en savoir plus sur d'autres livres, ou si tu veux me montrer ce que tu écris, tu peux toujours venir me voir, en ami. Pour moi, tu es vraiment un ami, Charlie.

Je me suis mis à pleurer un peu. En fait, je crois que sa petite amie pleurait elle aussi. Mais pas Bill. Il avait l'air très solide. Je me rappelle seulement que j'ai eu envie de le serrer dans mes bras. Mais j'avais jamais fait ça avant (Patrick, les filles et la famille, ça compte pas). Pendant un moment, comme je ne savais pas quoi dire, j'ai rien dit.

Et finalement, j'ai simplement répondu :

– Vous êtes le meilleur prof que j'aie jamais eu.

– Merci.

Et c'est tout. Bill a pas essayé d'insister pour que je vienne le voir l'année prochaine si j'avais besoin de quoi que ce soit. Il m'a pas demandé pourquoi je pleurais. Il m'a juste laissé absorber à ma manière ce qu'il avait à me dire, il a laissé faire les choses. C'est probablement ça qui a été le mieux.

Au bout de quelques minutes, il était temps de partir. Je sais pas qui décide ce genre de truc. Ça vient comme ça, c'est tout.

On est allés à la porte d'entrée et, pour me dire au revoir, la petite amie de Bill m'a serré dans ses bras, ce qui était très gentil vu que j'avais fait sa connaissance seulement aujourd'hui. Ensuite, Bill a tendu la main et je l'ai prise. Et on s'est donné une poignée de main. Et discrètement, j'ai même pu le serrer très vite dans mes bras avant de dire « au revoir ».

Dans la voiture, j'ai juste pensé au mot « exceptionnel ». Et je me suis rappelé que la dernière personne qui avait dit ça de moi, c'était ma tante Helen. J'étais vraiment heureux d'avoir entendu ce mot une nouvelle fois. Parce que je crois que c'est un truc qu'on oublie tous, des fois.

Ce soir, mon frère est rentré à la maison. Et la cérémonie de remise des diplômes, c'est demain. Patrick a toujours pas téléphoné. Je l'ai appelé, mais bon, y avait personne. Du coup, j'ai décidé de ressortir pour aller acheter des cadeaux de fin d'année à tout le monde. J'avais pas encore vraiment eu le temps de m'occuper de ça.

Ton ami,
Charlie

Lettre du 16 juin 1992

Je viens juste de rentrer en bus à la maison. Aujourd'hui, c'était mon dernier jour de cours. Et il pleuvait. Quand je prends le bus, je choisis généralement une place au milieu, parce que j'ai entendu dire que c'est les « ringards » qui s'assoient devant, et que c'est les « frimeurs » qui s'assoient à l'arrière, et tous ces trucs, ça me rend nerveux. (Je sais pas comment on appelle les « frimeurs » dans les autres lycées.)

Bref, aujourd'hui j'ai décidé de m'asseoir devant, en étalant mes jambes sur toute la banquette. Genre à moitié allongé, le dos contre la vitre. J'ai fait ça pour pouvoir observer les autres. Je suis content qu'y ait pas de ceintures de sécurité dans les bus scolaires, sinon j'aurais pas pu m'installer comme ça.

Le truc que j'ai remarqué, c'est que tout le monde avait l'air différent. Quand on était petits et qu'on prenait le bus pour rentrer chez nous le soir des grandes vacances, on chantait des chansons. La chanson qu'on préférait, c'était un tube des Pink Floyd, qui s'appelle (j'ai découvert ça plus tard) *Another Brick In The Wall, Part II*. Mais y avait une autre chanson qu'on aimait encore plus parce qu'il y avait un gros mot à la fin. Ça faisait :

Fini les stylos, fini les livres
Fini les profs aux yeux méchants
Quand le prof sonne la cloche
Laisse tomber tes livres et bouge-toi le cul.

Quand on avait terminé, on regardait le chauffeur du bus pendant une seconde, super tendus. Ensuite, tout le monde rigolait : on savait qu'on pouvait avoir des problèmes à cause du gros mot, mais comme « le nombre fait la force », ça nous évitait d'être punis. On était trop jeunes pour savoir que le chauffeur du bus, il s'en fichait pas mal de notre chanson. Que tout ce qu'il voulait, c'était finir son travail et rentrer chez lui. Et peut-être dormir pour cuver ce qu'il avait bu au déjeuner. À l'époque, ça nous était égal. On faisait pas la différence entre les « ringards » et les « frimeurs ».

Samedi soir, mon frère est rentré à la maison. Il avait l'air encore plus différent que les élèves du bus, comparé au début de l'année. Il s'est fait pousser la barbe ! J'étais trop content ! Son sourire aussi était différent, et il était plus « affable ».

On s'est tous installés pour dîner et tout le monde lui a posé des questions sur la fac. Papa lui a posé des questions sur le foot. Maman lui a posé des questions sur les cours. Je lui ai demandé de me raconter toutes les histoires marrantes. Ma sœur a posé des questions angoissées, genre comment c'était « *vraiment* » à la fac, et si elle allait prendre les « traditionnels huit kilos »[41]. Je sais pas trop à quoi ça correspond, mais je me doute que ça veut juste dire qu'à la fac, on grossit.

Je m'attendais à ce que mon frère parle seulement de lui encore et encore pendant un long moment. Il faisait ça chaque fois qu'il y avait un match important au lycée, ou le bal de fin d'année ou d'autres trucs de ce genre. Mais en fait, il paraissait beaucoup plus intéressé par ce que nous, on avait fait, surtout par ma sœur et sa cérémonie.

Pendant qu'on discutait, d'un coup je me suis souvenu du type qui présente le sport aux infos et de ce qu'il avait dit à propos de mon frère. J'étais super excité. Et j'ai raconté ça à toute la famille. Et du coup, voilà ce qui s'est passé :

Mon père a dit : « Non ! C'est pas vrai ? ! »

Mon frère a dit : « Vraiment ? ! »

J'ai dit : « Ouais, je lui ai parlé. »

Mon frère a dit : « Est-ce qu'il a fait de bons commentaires ? »

Mon père a dit : « Bons ou pas, venant d'un journaliste, c'est toujours bon à prendre. »

(Je sais pas où mon père va chercher ce genre de truc.)

Mon frère a continué : « Qu'est-ce qu'il a dit ? »

J'ai dit : « Eh bien, je crois qu'il a dit que les universités mettent pas mal la pression sur les étudiants qui font du sport. »

Mon frère a continué de hocher la tête.

41. « Freshman fifteen » : légende urbaine née du surpoids que prendraient les étudiants de première année aux États-Unis.

« Mais il a dit que ça forgeait le caractère. Et il a dit que Penn State avait l'air de faire du super bon recrutement. Et il a parlé de toi. »

Mon père a dit : « Non ! C'est pas vrai ? ! »

Mon frère a dit : « Vraiment ? ! »

J'ai dit : « Ouais, je lui ai parlé. »

Mon frère a dit : « Quand est-ce que tu lui as parlé ? »

J'ai dit : « Y a deux semaines. »

Là, je me suis figé net, parce que d'un coup, je me suis rappelé le reste. Que j'avais rencontré ce type dans un parc, la nuit. Et que je lui avais donné une de mes cigarettes. Et qu'il avait essayé de me draguer. Je suis resté assis, en espérant qu'on allait changer de sujet. Mais ça s'est pas passé comme ça.

– Où est-ce que tu l'as rencontré, mon chéri ? a demandé ma mère.

Et tout le monde dans la pièce a attendu en silence, genre impatient que je réponde. Et j'ai fait de mon mieux pour prendre l'air de celui qu'arrive pas à se rappeler quelque chose. Et dans ma tête, voilà ce qui se passait :

OK… il est venu à l'école pour discuter avec la classe… non… ma sœur va savoir que c'est des salades… je l'ai rencontré au Big Boy… il était avec sa famille… non… mon père va me reprocher de l'avoir embêté, « ce pauvre monsieur »… il en a parlé aux infos… mais j'ai dit que je lui avais parlé… attends…

– Dans le parc. J'étais avec Patrick, j'ai dit.

– Est-ce qu'il était avec sa famille ? J'espère que tu ne l'as pas embêté, ce pauvre monsieur ? a dit mon père.

– Non. Il était tout seul.

Ça leur a suffi, à mon père et à tout le monde, et comme ça, j'ai même pas eu à mentir. Heureusement, ma mère a dit ce qu'elle aime bien dire quand on est tous ensemble en train de fêter un truc, et l'attention s'est reportée sur autre chose :

– Ça vous dit, une glace ?

Tout le monde a dit oui, à part ma sœur. Je crois qu'elle s'inquiétait à cause des « traditionnels huit kilos ».

Le lendemain, on s'est levés tôt. J'avais toujours pas eu de nouvelles de Patrick, de Sam ou des autres, mais je savais que j'allais les voir à la cérémonie, alors j'ai essayé de ne pas trop m'inquiéter.

Toute la famille (dont celle de mon père, qui vit dans l'Ohio,) est arrivée à la maison vers 10 heures du matin. Les deux familles s'aiment pas du tout, sauf entre nous, les plus jeunes cousins, vu que leurs histoires, elles nous intéressent pas plus que ça.

On a mangé un énorme brunch et bu du champagne et, comme l'année dernière pour la cérémonie de mon frère, ma mère a servi à son père du jus de pomme mousseux au lieu du champagne – elle ne veut pas qu'il soit soûl et qu'il fasse une scène. Et il a dit la même chose que l'an passé :

– Il est bon, ce champagne.

Comme c'est un buveur de bière (et des fois de whisky), je crois qu'il fait pas la différence.

On a fini de manger vers midi et demi. C'est les cousins qui ont pris le volant, les adultes étaient encore un peu trop soûls pour conduire. Sauf mon père, qui était trop occupé à filmer tout le monde avec le caméscope qu'il avait loué à la boutique de vidéos.

« À quoi ça sert d'acheter un caméscope si on s'en sert seulement trois fois par an ? »

Ma sœur, mon frère, mon père, ma mère et moi, on est tous montés dans une voiture différente pour être sûrs que personne se perde. Je suis monté avec mes cousins de l'Ohio, qui très vite ont sorti un joint et l'ont fait tourner. J'ai pas tiré dessus (j'étais pas d'humeur), et ils ont dit ce qu'ils disent à chaque fois :

– Charlie, t'es une vraie lavette.

Toutes les voitures se sont arrêtées dans le parking, on est descendus. Et ma sœur a crié sur mon cousin Mike parce qu'il avait baissé sa vitre en conduisant et que ça l'avait décoiffée.

Il a répondu : « Je fumais une cigarette. »

Ma sœur a répondu : « Tu pouvais pas attendre dix minutes ? »

Il a dit : « Mais c'était une chanson géniale. »

Point final.

Alors, pendant que mon père sortait son caméscope du coffre et que mon frère discutait avec des filles de terminale qui avaient un an de plus et qui « avaient l'air bien en forme(s) », ma sœur est allée trouver ma mère pour lui demander son sac à main. Y a un truc génial avec le sac à main de ma mère : si on a besoin de quoi que ce soit, à n'importe quel moment, on le trouve. Quand j'étais petit, j'appelais ça la « trousse à pharmacie », vu qu'à l'époque c'était seulement de ces trucs-là qu'on avait besoin. J'arrive toujours pas à comprendre comment elle fait.

Après s'être pomponnée, ma sœur a suivi la file des toques noires qui se dirigeaient vers le terrain de sport, et nous, on est allés dans les gradins. Je me suis assis entre ma mère et mon frère (mon père était parti chercher un meilleur angle pour son caméscope). Et ma mère arrêtait pas de dire « chut » à mon grand-père, qui arrêtait pas de faire des remarques sur le nombre de Noirs qu'il y avait dans notre lycée.

Quand elle s'est rendu compte qu'elle arriverait pas à l'arrêter, elle a raconté mon histoire à propos du présentateur sportif qui a parlé de mon frère. Alors, mon grand-père a demandé à mon frère de lui raconter ça. Ma mère avait eu une bonne idée, parce qu'il y a que mon frère qui est capable d'empêcher mon grand-père de faire une scène – il est très direct avec lui. Après l'histoire, voilà ce qui s'est passé…

– Bon sang. Regarde-moi ces gradins. Le nombre de Noirs que…

Mon frère l'a coupé :

– OK, grand-père, voilà ce qu'on va faire. Si tu nous mets encore une fois la honte, je te ramène à la maison de retraite et tu verras pas ta petite-fille faire son discours.

Mon frère est pas du genre commode.

– Mais dans ce cas, toi non plus tu la verras pas, gros malin.

Mon grand-père non plus est pas du genre commode.

– Ouais, mais papa va la filmer. Et je peux me débrouiller pour voir la cassette et pour que toi, tu la voies pas. Compris ?

Mon grand-père, il a un sourire trop bizarre. Surtout quand quelqu'un réussit à le faire taire. Il a plus abordé le sujet. Il s'est juste mis à parler foot (il a même pas fait remarquer qu'il y avait des Noirs dans l'équipe de mon frère). L'année dernière, mon frère était en bas sur le terrain pour la remise des prix, et pas dans les gradins à faire taire mon grand-père. Je te raconte pas comment ça s'est passé.

Pendant qu'ils parlaient football, j'ai pas arrêté de chercher des yeux Patrick et Sam, mais tout ce que je voyais au loin, c'étaient des toques noires. Quand la musique a démarré, les toques se sont mises à marcher au pas jusqu'aux chaises pliantes installées sur le terrain. C'est là que j'ai fini par voir Sam, derrière Patrick. J'étais tellement soulagé. Je ne pouvais pas dire si elle était triste ou heureuse, mais simplement de la voir et de savoir qu'elle était là, ça suffisait.

Quand tous les élèves se sont assis, la musique s'est arrêtée. Et monsieur Small s'est levé et a fait un discours comme quoi c'était une promotion « merveilleuse ». Il a parlé de la réussite de certains projets du lycée et il a insisté sur le fait qu'ils avaient vraiment besoin d'être soutenus lors de la vente de gâteaux de la fête de l'école afin de pouvoir mettre en place un labo d'informatique. Ensuite, il a présenté le président des élèves, qui a fait un discours. Je sais pas à quoi ils servent, les présidents des élèves, mais le discours de la fille était très bien.

Ensuite, le moment est venu pour les cinq meilleurs élèves de faire un discours. Au lycée, c'est la tradition. Ma sœur était deuxième de sa promo, du coup, elle a été la quatrième à parler (le major de la promo passe toujours en dernier). Ensuite, monsieur Small et le directeur adjoint (il est homo, Patrick jure que c'est vrai) remettent les diplômes.

Les trois premiers discours se ressemblaient vraiment. Ils ont tous cité des chansons pop qui racontent des trucs sur l'avenir. Pendant ce temps, je voyais les mains de ma mère. Elle les tenait pressées l'une contre l'autre, de plus en plus fort. Quand ils ont annoncé le nom de ma sœur, elle les a desserrées pour applaudir. C'était vraiment génial de voir ma sœur monter sur le podium, parce que l'an passé, mon frère était quelque chose comme 223e de sa promo et que du coup, il avait pas pu faire de discours. Peut-être que je suis pas objectif, mais quand ma sœur a cité une chanson pop et qu'elle a parlé de l'avenir, ça m'a paru génial. J'ai lancé un coup d'œil à mon frère, et il m'a lancé un coup d'œil. Et on a souri tous les deux. Ensuite, on a regardé ma mère, et elle pleurait tout doux, des larmes partout. Du coup, mon frère et moi, on a chacun pris une de ses mains dans les nôtres. Elle nous a regardés et elle a souri et pleuré plus fort. Alors, tous les deux, on a posé notre tête sur son épaule, ça faisait comme un câlin de côté, ce qui l'a fait pleurer encore plus fort. Ou peut-être que ça lui a *permis* de pleurer encore plus fort. Je sais pas trop. Mais elle a nous a légèrement serré la main et elle a dit : « Mes garçons », d'un air tout doux, et elle s'est remise à pleurer.

J'aime tellement ma mère. C'est peut-être idiot à dire, mais je m'en fiche. Je crois que pour mon prochain anniversaire, je vais lui acheter un cadeau. Je me dis que ça devrait être la tradition : tout le monde fait des cadeaux à l'enfant, et lui, il fait un cadeau à sa mère, vu qu'elle aussi était là le jour de sa naissance. Je me dis que ça pourrait être sympa.

Quand ma sœur a terminé son discours, on a tous applaudi et crié, mais personne a applaudi et crié plus fort que mon grand-père. Personne.

Je me rappelle pas ce que la major de la promo a raconté, à part qu'elle a cité Henry David Thoreau (et pas une chanson pop).

Ensuite, monsieur Small est monté sur le podium et a demandé à tout le monde de se retenir d'applaudir jusqu'à ce qu'il ait fini de lire tous les noms et de remettre tous les diplômes. Il faut dire que ça n'a pas marché non plus l'année dernière.

Là, j'ai vu ma sœur recevoir son diplôme et ma mère pleurer à nouveau. Et puis ç'a été le tour de Mary Elizabeth. Et le tour d'Alice. Et le tour de Patrick. Et le tour de Sam. C'était une super journée. Même quand ç'a été le tour de Brad. Tout allait bien.

On a tous retrouvé ma sœur dans le parking, et le premier à la serrer dans ses bras, ç'a été mon grand-père. C'est un homme qui sait vraiment se montrer très fier, à sa façon. Ils ont tous dit à quel point ils avaient adoré le discours de ma sœur (même ceux qui le pensaient pas). Ensuite, on a vu mon père traverser le parking, il tenait le caméscope au-dessus de sa tête, l'air triomphant. Je crois que personne a serré ma sœur dans ses bras aussi longtemps que lui. J'ai cherché des yeux Sam et Patrick, mais je les ai vus nulle part.

Sur le trajet-retour pour aller fêter ça à la maison, mes cousins de l'Ohio ont allumé un autre joint. Cette fois, j'ai tiré dessus, mais ils m'ont quand même traité de « lavette ». Je sais pas pourquoi. C'est peut-être un truc que font tout le temps les cousins qui viennent de l'Ohio. Ça et raconter des blagues.

– Qu'est-ce qui a 32 jambes et une seule dent ?

– C'est quoi ? on a tous demandé.

– Une queue de chômeurs en Virginie-Occidentale[42].

Des trucs comme ça.

Quand on est arrivés à la maison, mes cousins de l'Ohio ont foncé direct sur le bar – les jours de remise de diplômes, on dirait que c'est la seule occasion où tout le monde a le droit de boire. Du moins, c'était le cas l'année dernière et cette année. Je me demande à quoi ressemblera ce jour-là, pour moi. Ça me semble encore très loin.

Bref, ma sœur a passé la première heure de la fête à déballer tous ses cadeaux, et son sourire s'élargissait de plus en plus après chaque chèque, chaque pull, chaque billet de cinquante dollars. Dans notre famille, personne n'est riche, mais on dirait que tout le monde met juste assez d'argent de côté pour ce genre d'événement, comme ça, ce jour-là, on fait tous semblant d'être riches.

Mon frère et moi, on a été les seuls à ne pas offrir d'argent ou de pull à ma sœur. Comme cadeau, mon frère a promis qu'un jour, il l'emmènerait faire les magasins pour acheter des trucs pour la fac (comme du savon), et qu'il paierait à sa place. Moi, je lui ai acheté une maison miniature en pierre,

42. Les habitants de l'Ohio et de la Pennsylvanie se moquent fréquemment de ceux de Virginie-Occidentale en leur attribuant des caractéristiques stéréotypées (selon les nombreuses blagues qui circulent, ils seraient chômeurs, socialement défavorisés, ignares et incestueux.)

sculptée à la main et peinte en Angleterre. Je lui ai dit que je voulais lui offrir quelque chose qui l'aide à se sentir comme si elle était à la maison, même après son départ. Pour me remercier, elle m'a même embrassé sur la joue.

Mais le meilleur moment de la fête, ç'a été quand ma mère est venue vers moi et m'a dit que j'avais un coup de fil. Je suis allé répondre.

– Allô ?

– Charlie ?

– Sam !

– Quand est-ce que t'arrives ? elle a demandé.

– Maintenant ! j'ai dit.

Alors mon père, qui était en train de boire un cocktail de whisky au citron, a ronchonné :

– Tant que ma famille est encore là, tu ne bouges pas d'ici. Compris ?

– Heu, Sam… je dois attendre que ma famille s'en aille, j'ai dit.

– D'accord… on sera ici jusqu'à 7 heures. Ensuite, on t'appellera d'où on sera.

Sam avait vraiment l'air heureuse.

– D'accord, Sam. Félicitations !

– Merci, Charlie. Salut.

– Salut.

J'ai raccroché.

Je te jure, j'ai cru que ma famille allait jamais partir. Toutes les histoires qu'ils ont racontées… tous les feuilletés à la saucisse qu'ils ont mangés… toutes les photos qu'ils ont prises… et à chaque fois, j'entendais : « Quand t'étais pas plus grand que ça », plus le geste qui allait avec. C'était comme si le temps s'était arrêté. C'est pas que leurs histoires m'ennuyaient, au contraire. Et les feuilletés à la saucisse étaient plutôt bons. Mais j'avais trop envie de voir Sam.

Vers 9h30, tout le monde s'était bien empiffré et avait dessoûlé. À 9h45, les embrassades étaient finies. À 9h50, l'allée devant la maison était dégagée. Mon père m'a donné vingt dollars et les clés de sa voiture, en disant :

– Merci d'être resté. Ça comptait beaucoup pour moi et ma famille.

Il était pompette, n'empêche qu'il était sincère. Sam m'avait dit qu'ils allaient dans une boîte du centre-ville. J'ai mis mes cadeaux pour tout le monde dans le coffre, je suis monté dans la voiture et je suis parti.

Le tunnel qui mène au centre-ville, il a vraiment un truc. Quand il fait nuit, c'est splendide. Tout simplement splendide. D'abord, t'es de l'autre côté de la montagne et il fait sombre, et la radio est à fond. Dès que tu entres dans le tunnel, le vent disparaît d'un coup et tu plisses les yeux à cause des lumières au-dessus de toi. Quand tu t'habitues à la lumière, tu peux voir le bout du tunnel au loin, et pendant ce temps, comme les ondes passent plus, le son de la radio faiblit. Alors tu te retrouves au milieu du tunnel et tout devient très calme, comme un rêve. Tu vois le bout qui se rapproche et t'as qu'une envie, c'est d'y arriver. Et finalement, juste au moment où tu penses que tu l'atteindras jamais, tu vois la sortie devant toi. Et la radio revient, encore plus forte que dans ton souvenir. Et le vent t'attend. Et tu sors du tunnel à toute vitesse, pour te retrouver sur le pont. Et *elle* est là. La ville. Un million de lumières et d'immeubles, et tout a l'air aussi excitant que la première fois où tu l'as vue. C'est vraiment une belle entrée en scène.

Dans la boîte, j'ai cherché les autres pendant environ une demi-heure, et j'ai fini par voir Mary Elizabeth et Peter. Ils buvaient tous les deux des whisky-soda que Peter avait achetés, vu qu'il est plus âgé et qu'il s'était fait tamponner la main.

J'ai félicité Mary Elizabeth et demandé où étaient les autres. Elle m'a dit qu'Alice était en train de se défoncer dans les toilettes des filles et que Sam et Patrick étaient sur la piste de danse. Comme elle savait pas où exactement, elle m'a dit de m'asseoir jusqu'à ce qu'ils reviennent. Du coup, je me suis assis et j'ai écouté Peter qui se disputait avec Mary Elizabeth à propos des candidats du parti démocrate. Là aussi, on aurait dit que le temps s'était arrêté. J'avais trop envie de voir Sam.

Au bout d'environ trois chansons, Sam et Patrick sont revenus, tout transpirants.

– Charlie !

Je me suis levé et on s'est tous serrés dans les bras comme si on ne s'était pas vus depuis des mois. Après tout ce qui s'était passé, j'imagine que c'est logique. Quand on s'est lâchés, Patrick s'est couché sur Peter et Mary Elizabeth comme sur un canapé. Ensuite, il a pris le verre que Mary Elizabeth avait dans la main et il l'a bu. « Eh, connard », elle a dit. Je crois qu'il était bourré, même s'il boit plus ces derniers temps (mais comme il fait aussi ce genre de truc quand il est pas soûl, c'est difficile à dire).

C'est là que Sam m'a attrapé la main.

– J'adore cette chanson !

Elle m'a emmené sur la piste de danse. Et elle s'est mise à danser. Et je me suis mis à danser. C'était une chanson rapide, du coup, j'étais pas très bon, mais elle avait l'air de s'en moquer. On dansait, c'est tout, et ça me suffisait. La chanson s'est terminée et un slow a suivi. Elle m'a regardé. Je l'ai regardée. Alors elle m'a pris les mains et m'a attiré vers elle pour danser lentement. Je ne sais pas non plus très bien danser lentement, mais par contre, je sais me balancer.

Son chuchotement sentait le jus de canneberge et la vodka.

– Je t'ai cherché aujourd'hui, dans le parking.

J'espérais que le mien sentait encore le dentifrice.

– Moi aussi, je t'ai cherchée.

Ensuite, on a plus rien dit tout le reste de la chanson. Elle m'a tenu un peu plus serré. Je l'ai tenue un peu plus serrée. Et on a continué de danser. C'était la seule fois de toute la journée où j'aurais voulu que le temps s'arrête pour de vrai. Et qu'on reste longtemps là.

Après la boîte, on est allés chez Peter, dans son appartement, et je leur ai offert leurs cadeaux de fin d'année. Alice, je lui ai donné un livre sur *La Nuit des morts vivants*, un film qu'elle aime bien, et Mary Elizabeth, je lui ai donné une cassette de *Ma vie de chien* (comme elle adore les trucs avec des sous-titres).

Ensuite, j'ai donné mes cadeaux à Sam et à Patrick. Je les avais même emballés avec un paquet-cadeau spécial, les pages BD des journaux du dimanche, qui sont en couleur. Patrick a déchiré le sien, mais Sam n'a pas abîmé le papier du tout. Elle a juste enlevé le scotch. Et ils ont regardé ce qu'il y avait dans chaque paquet.

Patrick, je lui ai offert *Sur la route, Le Festin nu, L'Étranger, L'Envers du paradis, Peter Pan* et *Une paix séparée*.

Sam, je lui ai offert *Ne tirez pas sur l'oiseau moqueur, L'Attrape-cœurs, Gatsby le Magnifique, Hamlet, Walden* et *La Source vive*.

Sous les livres, il y avait une carte que j'avais tapée sur la machine à écrire que Sam m'avait offerte. Les cartes disaient que c'étaient des exemplaires de tous mes livres préférés, et que je voulais que Sam et Patrick les aient parce que c'étaient eux, les deux personnes que j'aimais le plus au monde.

Ils ont fini de lire la carte, ils ont levé les yeux et ils ont rien dit. Personne a souri ou pleuré ou fait quoi que ce soit. On s'est juste regardés avec franchise. Ils savaient que ce que j'avais écrit, je le pensais vraiment. Et je savais que ça comptait beaucoup pour eux.

– Qu'est-ce qu'il y a, sur les cartes ? a demandé Mary Elizabeth.

– Ça t'ennuie pas, Charlie ? a demandé Patrick.

J'ai fait non de la tête et ils ont lu leur carte à haute voix pendant que j'allais à la cuisine remplir ma tasse à café de vin rouge.

Quand je suis revenu, ils m'ont tous regardé, et j'ai dit :

– Vous allez tous beaucoup me manquer. J'espère que vous allez vous éclater à la fac.

Et puis je me suis mis à pleurer : d'un coup, j'avais compris qu'ils allaient tous partir. Je crois que Peter me trouve un peu bizarre. Alors, Sam s'est levée et m'a emmené à la cuisine, en me disant « Ça va aller ». Quand on est entrés dans la cuisine, j'étais un peu plus calme.

Sam a dit :

– Tu sais que je pars dans une semaine, Charlie ?

– Ouais, je sais.

– Te remets pas à pleurer.

– D'accord.

– Je veux que tu m'écoutes.

– D'accord.

– J'ai vraiment peur de me sentir seule à la fac.

– C'est vrai ? j'ai demandé.

Ça m'avait jamais traversé l'esprit, vraiment.

– Tout comme toi tu as vraiment peur de te sentir seul ici.

– C'est vrai.

J'ai hoché la tête.

– On va conclure un marché, d'accord ? Quand les choses seront trop dures pour moi à la fac, je t'appellerai, et quand les choses seront trop dures pour toi ici, tu m'appelleras.

– Est-ce qu'on pourra s'écrire des lettres ?

– Évidemment, elle a dit.

Alors je me suis remis à pleurer. Des fois, je pleure vraiment pour un oui pour un non. Mais Sam a été patiente.

– Charlie, je serai de retour à la fin de l'été, mais avant qu'on pense à ça, ce serait bien qu'on profite de cette dernière semaine ensemble. Nous tous. D'accord ?

J'ai hoché la tête et je me suis calmé.

On a simplement passé le reste de la nuit à boire et à écouter de la musique, comme d'habitude, mais cette fois, on était chez Peter, et c'était mieux que chez Craig, parce que Peter a de la meilleure musique. Il était environ 1 heure du matin quand ça m'est soudain revenu à l'esprit :

– Oh, merde !

– Qu'est-ce qui va pas, Charlie ?

– Demain, j'ai cours !

Je crois que j'aurais pas pu les faire rigoler plus fort.

Peter m'a emmené dans la cuisine pour faire du café, histoire que je dessoûle pour pouvoir rentrer en voiture. J'ai bu environ huit tasses d'affilée et au bout de vingt minutes, j'étais prêt à conduire. Le problème, c'est qu'une fois arrivé chez moi, j'étais si réveillé à cause du café que j'arrivais pas à m'endormir.

Quand je suis arrivé au lycée, j'avais envie de mourir. Heureusement, tous les exams étaient terminés et toute la journée, on n'a fait que regarder des films. Je crois que j'ai jamais aussi bien dormi. Et comme, sans les autres, je me sentais vraiment seul au lycée, j'étais content.

C'était pas pareil aujourd'hui : j'ai pas dormi, et j'ai pas pu voir Sam et Patrick hier soir, leurs parents les avaient invités au restaurant. Et mon frère avait rendez-vous avec une des filles qui avaient « l'air en forme(s) » le jour de la cérémonie. Ma sœur était occupée avec son petit ami. Et mon père et ma mère étaient encore fatigués à cause de la fête après la cérémonie.

Aujourd'hui, on a rendu nos manuels, et tous les profs ou presque nous ont laissés faire ce qu'on voulait ou bavarder dans la classe. Je connaissais carrément personne, sauf peut-être Susan, mais depuis la fois dans le couloir, elle m'évite encore plus qu'avant. Du coup, j'ai pas vraiment bavardé avec les autres. Le seul cours bien, ç'a été celui de Bill, parce que j'ai pu discuter avec lui. Ç'a pas été facile de lui dire au revoir à la fin du cours, mais il a dit que c'était « pas un adieu ». Pendant l'été, si j'ai envie de parler ou d'emprunter des livres, je peux l'appeler quand je veux. Ça m'a aidé à me sentir mieux.

Dans le couloir, après le cours de Bill, le garçon qui a les dents de travers et qui s'appelle Leonard m'a traité de « fayot », mais je m'en fichais (il y a un truc qui lui a échappé, je crois).

J'ai déjeuné dehors, sur le banc où on avait l'habitude de venir fumer. Après avoir mangé mon gâteau à la crème, j'ai allumé une cigarette – j'espérais un peu que quelqu'un viendrait m'en demander une, mais personne l'a fait.

À la fin du dernier cours, ils étaient tous super contents et faisaient des projets pour se voir pendant l'été. Et ils ont tous vidé leur casier, en jetant leurs vieux devoirs, leurs cours et leurs livres par terre dans le couloir. Quand je suis arrivé devant mon casier, j'ai vu le garçon maigrichon qui avait eu le sien à côté du mien toute l'année. Je lui avais jamais vraiment adressé la parole.

Je me suis éclairci la voix et j'ai dit : « Salut. Je m'appelle Charlie. »

Tout ce qu'il a répondu, c'est : « Je sais. »

Ensuite, il a fermé son casier et s'est éloigné.

Alors, j'ai juste ouvert mon casier, j'ai mis tous mes vieux devoirs et mes affaires dans mon sac à dos, et j'ai remonté le couloir en marchant sur les livres, les devoirs et les cours qui traînaient par terre, jusqu'au parking. Ensuite, je suis monté dans le bus. Et puis je t'ai écrit cette lettre.

Je suis vraiment content que l'année scolaire soit terminée. J'ai envie de passer beaucoup de temps avec tout le monde avant leur départ. Surtout avec Sam.

Au fait, j'ai fini par avoir des A toute l'année. Ma mère était très fière, elle a affiché mon bulletin sur le frigo.

Ton ami,
Charlie

Lettre du 22 juin 1992

La semaine a passé dans une sorte de brouillard, jusqu'à la veille du départ de Sam. Elle était dans tous ses états : elle avait besoin de passer du temps avec nous, mais elle devait aussi se préparer. Acheter des choses. Faire sa valise. Des trucs comme ça.

Tous les soirs, une fois que Sam avait fini de dire au revoir à un oncle, ou de déjeuner (une énième fois) avec sa mère, ou qu'elle avait terminé ses courses pour acheter des trucs pour la fac, on se retrouvait tous. Elle avait d'abord l'air terrifiée, et puis elle se calmait et redevenait la vraie Sam, mais pas avant d'avoir bu une gorgée de ce qu'on était en train de boire, ou aspiré une bouffée de ce qu'on était en train de fumer à ce moment-là.

Le truc qui a vraiment aidé Sam à traverser cette période, ç'a été son déjeuner avec Craig. Elle a dit qu'elle avait voulu le voir pour que leur rupture soit plus ou moins « définitive », et je crois qu'elle a eu pas mal de chance de pouvoir le faire, vu qu'il a été assez gentil pour lui dire qu'elle avait eu raison de le plaquer. Et qu'elle était une fille « exceptionnelle ». Et qu'il était désolé et qu'il lui souhaitait de réussir dans la vie. C'est bizarre, les gens sont toujours généreux au moment où on ne s'y attend plus.

Le mieux, c'est que Sam lui a pas posé de questions sur les filles avec qui il sortait peut-être à présent, même si elle aurait bien aimé savoir. Elle était pas amère. N'empêche qu'elle était triste. Mais c'était une tristesse du genre pleine d'espoir. Le genre qui demande un peu de temps pour s'effacer.

La veille de son départ, on est tous allés chez elle et Patrick. Bob, Alice, Mary Elizabeth (sans Peter), et moi. On s'est juste installés sur le tapis de la « salle de jeux », et on s'est souvenus de trucs.

Tu te souviens du spectacle où Patrick a fait ça... ou bien quand Bob a fait ça... ou Charlie... ou Mary Elizabeth... ou Alice... ou Sam...

Les blagues qu'on se faisait entre nous étaient plus des blagues. C'était devenu des histoires. Personne a prononcé les noms qu'il fallait pas ou reparlé des mauvais moments. Et personne s'est senti triste, étant donné qu'on pouvait remettre le lendemain à plus tard en se racontant d'autres souvenirs nostalgiques.

Au bout d'un moment, Mary Elizabeth, Bob et Alice sont partis, en disant qu'ils reviendraient le lendemain matin pour dire au revoir à Sam. Du coup, y avait plus que moi, Patrick et Sam. Assis là. Sans dire grand-chose. Jusqu'à ce qu'on se mette à énumérer nos « Tu te souviens, quand... » à nous.

Tu te souviens, quand Charlie est venu vers nous la première fois, pendant le match de foot… et quand Charlie a dégonflé les pneus de Dave pendant le bal de rentrée… et tu te souviens du poème… et de la compile… et du numéro en couleur de Punky Rocky… *et tu te souviens, quand on s'est tous sentis éternels…*

J'ai dit ça et après on s'est tus, tout tristes. Dans le silence, je me suis rappelé un moment que j'avais jamais raconté à personne. La fois où on marchait. Juste nous trois. Et j'étais au milieu. Je ne me souviens pas où on allait ni d'où on venait. Je ne me rappelle même pas la saison. Je me souviens juste que je marchais entre eux et que ç'avait été la première fois où je m'étais senti à ma place.

Patrick a fini par se lever.

– Je suis crevé, les gars. Bonne nuit.

Ensuite, il a ébouriffé nos cheveux et il est monté dans sa chambre. Sam s'est tournée vers moi.

– Charlie, j'ai encore des trucs à mettre dans ma valise. Ça te dirait de rester avec moi un moment ?

J'ai hoché la tête et on est montés à l'étage.

Quand on est entrés dans la chambre, j'ai remarqué que c'était plus du tout pareil que la nuit où Sam m'avait embrassé. Y avait plus de photos au mur et les meubles étaient vides, et tout était en pile sur le lit. Je me suis dit que j'allais pas pleurer, quoi qu'il arrive – Sam était déjà assez paniquée comme ça et je ne voulais pas qu'elle le soit encore plus.

Alors je l'ai juste regardée faire sa valise, et j'ai essayé d'emmagasiner autant de détails que possible. Ses longs cheveux, ses poignets fins et ses yeux verts. Je voulais rien oublier. Surtout le son de sa voix.

Pour essayer de s'occuper l'esprit, Sam a parlé de tas de trucs. Elle a dit qu'ils auraient un long trajet à faire en voiture le lendemain et que ses parents avaient loué une camionnette.

Elle se demandait à quoi ressembleraient les cours et quelle matière principale elle choisirait par la suite. Elle a dit qu'elle avait pas envie de faire partie d'un club d'étudiantes mais qu'elle était impatiente de pouvoir assister aux matchs de foot. Elle était de plus en plus triste. Elle a fini par se retourner.

– Pourquoi tu m'as pas proposé de sortir avec toi, après toute l'histoire avec Craig ?

J'étais assis là. Je ne savais pas quoi dire. Elle avait dit ça toute douce.

– Charlie… après ce truc avec Mary Elizabeth, pendant la fête, et quand on a dansé en boîte et tout le reste…

Je ne savais pas quoi dire. Franchement, j'étais perdu.

– Bon, Charlie… on va faire simple. Quand tout ça est arrivé avec Craig, qu'est-ce que t'as pensé ?

Elle voulait vraiment savoir.

– Ben, j'ai pensé pas mal de choses, j'ai dit. Mais surtout, j'ai compris que pour moi, ta tristesse comptait beaucoup plus que le fait que Craig soit plus ton petit copain. Ça voulait peut-être dire que je pourrais jamais penser à toi de cette façon, mais ça m'était égal, du moment que t'étais heureuse. C'est là que j'ai réalisé que je t'aimais vraiment.

Elle s'est assise par terre, à côté de moi.

– T'as pas compris, Charlie ? elle a chuchoté. Ce que tu me dis, j'arrive pas à le ressentir. C'est super gentil et tout, mais c'est comme si des fois, t'étais complètement ailleurs. C'est super que tu saches écouter et épauler les autres, mais comment on fait si c'est pas d'une épaule qu'on a besoin ? Si c'est de bras, ou d'un truc comme ça, qu'on a vraiment besoin ? Tu peux pas te contenter de rester assis là et de faire passer la vie des autres avant la tienne, en croyant que ça, c'est de l'amour. C'est pas possible. Il faut que tu *fasses* des choses.

– Comme quoi ? j'ai demandé, la bouche sèche.

– J'en sais rien. Comme prendre les mains de quelqu'un quand, pour une fois, y a un slow qui passe. Ou être celui qui invite une fille à sortir. Ou dire aux gens ce dont tu as besoin. Ou envie. C'est comme sur la piste de danse, tu avais envie de m'embrasser ?

– Oui, j'ai dit.

– Dans ce cas, pourquoi tu l'as pas fait ? elle a demandé, super sérieuse.

– Parce que je croyais que t'avais pas envie.

– Pourquoi t'as cru ça ?

– À cause de ce que tu m'as dit.

– De ce que je t'ai dit y a neuf mois ? Quand je t'ai dit qu'il fallait pas penser à moi de cette façon ?

J'ai hoché la tête.

– Charlie, je t'ai aussi conseillé de pas dire à Mary Elizabeth qu'elle était mignonne. Et de lui poser des tas de questions et de pas l'interrompre. Maintenant, elle est avec un mec qui fait exactement le contraire. Et ça marche, parce que Peter, il est comme ça pour de vrai. Il reste lui-même. Et il fait des trucs.

– Mais j'étais pas amoureux de Mary Elizabeth.

– Charlie, t'es à côté de la plaque. Le problème, c'est que même si tu avais été amoureux de Mary Elizabeth, je crois que t'aurais pas agi autrement. C'est pareil, t'es capable de venir au secours de Patrick et de blesser deux mecs qui essayent de lui faire mal, mais qu'est-ce que t'as fait quand Patrick *se* faisait du mal ? Quand vous deux, vous alliez dans ce parc ? Ou quand il t'embrassait ? Est-ce que t'avais envie qu'il t'embrasse ?

J'ai fait non de la tête.

– Dans ce cas, pourquoi tu le laissais faire ?

– J'essayais seulement d'être un ami pour lui.

– Mais c'était pas le cas, Charlie. Dans ces moments-là, tu te comportais vraiment pas en ami. Parce que t'étais pas franc avec lui.

J'étais là, complètement immobile. Je regardais par terre. Je disais rien du tout, super mal à l'aise.

– Charlie, si je t'ai dit de pas penser à moi de cette façon il y a neuf mois, c'est justement à cause de ce que je te dis maintenant. Pas à cause de Craig. Pas parce que je te trouvais pas génial. Seulement, j'ai pas envie qu'on m'adore. Si un garçon m'aime bien, j'ai envie qu'il m'aime pour ce que je suis, pas pour ce qu'il croit que je suis. Et j'ai pas envie qu'il garde ça pour lui. J'ai envie qu'il me le montre, pour que moi aussi je puisse ressentir le même truc. J'ai envie qu'il puisse faire ce dont il a envie. Et s'il fait un truc qui me déplaît, je lui dis.

Elle s'est mise à pleurer un peu. Mais elle était pas triste.

– Tu sais que j'en voulais à Craig de pas me laisser faire des trucs ? Si tu savais comme je me sens bête, maintenant ! Il m'encourageait peut-être pas à faire des choses, mais il m'empêchait pas de les faire non plus. Mais au bout d'un moment, je faisais plus rien, parce que je voulais pas qu'il change d'avis sur moi. Et le problème, c'est que j'étais pas franche avec lui. Dans ce cas, pourquoi je devrais me soucier de savoir s'il m'aimait ou pas, alors qu'en fait, il me connaissait même pas ?

J'ai levé les yeux vers elle. Elle avait arrêté de pleurer.

– Bref, demain, je m'en vais. Et j'ai décidé que ça se passerait plus jamais comme ça, avec personne. J'ai décidé de faire ce que j'ai envie de faire. J'ai décidé d'être la personne que je suis vraiment. Et je vais essayer de trouver cette personne. Mais pour l'instant, je suis là, avec toi. Et je veux savoir où toi tu en es, de quoi tu as besoin, ce que tu as envie de faire.

Elle a attendu que je réponde. Mais après tout ce qu'elle avait dit, j'ai pensé que je devais simplement faire ce que j'avais envie de faire. Et pas y penser. Pas le dire tout haut. Et si ça lui plaisait pas, elle pourrait me le dire, c'est tout. Et on se remettrait à faire ses bagages.

Alors je l'ai embrassée. Et elle m'a embrassé. Et on s'est allongés par terre en continuant de s'embrasser. Et c'était doux. Et on faisait de tout petits bruits. Et puis on a arrêté et on est restés immobiles. On est allés jusqu'au lit et on s'est allongés sur tous les trucs qui avaient pas été rangés dans les valises. Et on s'est touchés par-dessus nos vêtements, au-dessus de la ceinture. Et puis sous nos vêtements. Et puis sans nos vêtements. Et c'était trop beau. Elle était trop belle. Elle a pris ma main et l'a glissée dans sa culotte. Et je l'ai touchée. Et j'arrivais pas à y croire. C'était comme si tout devenait logique. Jusqu'à ce qu'elle passe sa main dans mon slip et qu'elle me touche.

Là, je l'ai arrêtée.

– Qu'est-ce qui va pas ? elle a demandé. Ça t'a fait mal ?

J'ai fait non de la tête. En fait, c'était bon. Je ne savais pas ce qui ne tournait pas rond.

– Je m'excuse. Je voulais pas...

– Mais non, t'excuse pas, j'ai dit.

– Mais je m'en veux, elle a dit.

– Mais non, t'as pas à t'en vouloir. C'était très agréable, j'ai dit.

Je commençais à vraiment me sentir très embrouillé.

– Tu te sens pas prêt ? elle a demandé.

J'ai fait oui de la tête. Mais c'était pas ça. Je savais pas ce que c'était.

– C'est pas grave si tu te sens pas prêt, elle a dit.

Elle était vraiment très gentille, mais moi, je me sentais trop mal.

– Charlie, tu veux rentrer chez toi ? elle a demandé.

J'ai dû hocher la tête, vu qu'elle m'a aidé à me rhabiller. Et ensuite elle a renfilé sa chemise. Et je m'en voulais tellement de me comporter comme un bébé, j'avais envie de me gifler. Parce que j'aimais Sam. Et qu'on était ensemble. Et que je gâchais tout. Vraiment tout. C'était atroce. Je me sentais tellement mal.

Elle m'a fait sortir de sa chambre.

– Tu veux que je te ramène ? elle a demandé.

J'étais venu avec la voiture de mon père et j'étais pas soûl, mais elle avait vraiment l'air inquiète.

– Non, merci.

– Charlie, je vais pas te laisser conduire dans cet état.

– Je m'excuse. Dans ce cas, je vais rentrer à pied, j'ai dit.

– Il est 2 heures du matin. Je te ramène.

Elle est allée dans une autre pièce pour récupérer ses clés de voiture. Je suis resté dans l'entrée. J'avais comme envie de mourir.

– T'es blanc comme un linge, Charlie. Tu veux un verre d'eau ?

– Non. Je sais pas.

Je me suis mis à pleurer très fort.

– Viens. Allonge-toi sur le canapé, elle a dit.

Elle m'a fait allonger sur le canapé. Elle a rapporté un gant de toilette humide et l'a posé sur mon front.

– Tu peux dormir ici cette nuit, d'accord ?

– D'accord.

– Calme-toi, ça va aller. Respire profondément.

J'ai fait ce qu'elle m'a dit. Et juste avant de m'endormir, j'ai dit quelque chose.

– Je peux plus faire ça. Je m'excuse.

– T'inquiète pas, Charlie. Dors, c'est tout.

Mais c'était plus à Sam que je parlais. C'était à quelqu'un d'autre.

En dormant, j'ai fait un rêve. Mon frère, ma sœur et moi, on regardait la télé avec ma tante Helen. Tout était au ralenti. Le son était épais. Et elle faisait ce que Sam avait fait. C'est là que je me suis réveillé. Et je savais carrément pas ce qui se passait.

Sam et Patrick étaient penchés au-dessus de moi. Patrick a demandé si je voulais mon petit déjeuner. Je crois que j'ai hoché la tête. On est allés manger. Sam avait l'air inquiète. Patrick avait l'air normal. On a mangé du bacon et des œufs avec leurs parents et tout le monde bavardait. (Je sais pas pourquoi je te parle du bacon et des œufs. C'est pas important. Mais alors, vraiment pas.) Mary Elizabeth et les autres sont arrivés, et pendant que la mère de Sam était occupée à tout revérifier deux fois, on est tous allés dans l'allée, devant la maison. Les parents de Sam et Patrick sont montés dans leur camionnette. Patrick a pris le volant du pick-up et a dit à tout le monde qu'il serait de retour dans deux jours. Ensuite, Sam a serré tout le monde dans ses bras et a dit au revoir. Comme elle allait revenir pour quelques jours vers la fin de l'été, c'était plus un « à bientôt » qu'un « adieu ».

Il restait plus que moi. Sam est venue et m'a tenu dans ses bras pendant un long moment. Finalement, elle a chuchoté à mon oreille. Elle a dit des tas de trucs merveilleux comme quoi tout allait bien et que j'étais simplement pas prêt la nuit dernière et que j'allais vraiment lui manquer et qu'elle voulait que je prenne soin de moi pendant son absence.

– T'es ma meilleure amie.

C'est tout ce que j'ai pu lui répondre. Elle a souri et m'a embrassé sur la joue et, pendant un instant, ç'a été comme si les moments atroces de la nuit disparaissaient. Mais quand même, ça ressemblait plus à un « adieu » qu'à un « au revoir ». Le problème, c'est que je ne pleurais pas. Je ne savais pas ce que je ressentais.

Sam a fini par monter dans son pick-up et Patrick a démarré. Il y avait une chanson géniale qui passait. Et tout le monde a souri. Moi y compris. Mais j'étais plus là.

C'est quand j'ai plus vu les voitures que je suis revenu à la réalité, pas avant – et les choses ont recommencé à aller mal. Mais cette fois, on aurait dit que c'était encore pire. Mary Elizabeth et les autres pleuraient, et ils m'ont demandé si j'avais envie d'aller au Big Boy ou un truc comme ça. Je leur ai dit non. Merci. Fallait que je rentre chez moi.

– T'es sûr que ça va, Charlie ? a demandé Mary Elizabeth.

Elle avait l'air inquiète, je devais avoir l'air mal en point.

– Ça va. Je suis juste fatigué, j'ai menti.

Je suis monté dans la voiture de mon père et je suis parti. Et j'entendais des tas de chansons à la radio, alors que j'avais pas allumé la radio. Et quand je suis arrivé devant chez moi, je crois que j'ai oublié d'éteindre le moteur. Je suis simplement allé dans le salon, là où il y a la télé. Et j'ai vu les émissions qui passaient, alors que le poste était éteint.

Je ne sais pas ce qui ne tourne pas rond chez moi. On dirait que le seul truc que je suis capable de faire pour éviter de craquer, c'est d'écrire tout ce charabia. Sam est partie. Et Patrick va pas être chez lui pendant quelques jours. Et je serais vraiment incapable de parler avec Mary Elizabeth ou n'importe qui d'autre, ou mon frère ou personne dans ma famille. Sauf peut-être avec ma tante Helen. Mais elle est plus là. Et même si elle était là, je ne crois pas que je pourrais lui parler, à elle non plus. Parce que je commence à avoir l'impression que le rêve de la nuit dernière était vrai. Et qu'au bout du compte, les questions de mon psy étaient pas si bizarres que ça.

Qu'est-ce que je suis censé faire, maintenant ? Je sais qu'il y a des gens pour qui c'est vraiment pire. Je le sais bien, mais ça s'écroule quand même autour de moi, et je peux pas m'empêcher de penser que le petit gamin qui mangeait des frites avec sa mère dans le centre commercial va grandir et frapper ma sœur. Je ferais n'importe quoi pour arrêter de penser à ça. Je sais que je recommence à penser trop vite, et que tout ça c'est dans ma tête comme avec la transe, mais c'est quand même là, et ça veut pas partir. J'arrête pas de le voir frapper ma sœur et il veut pas s'arrêter et je veux qu'il s'arrête parce qu'il le fait pas exprès mais le problème c'est qu'il écoute pas et je sais pas quoi faire. Je m'excuse, mais maintenant, il faut que je finisse cette lettre.

Mais d'abord, je veux te dire merci d'être quelqu'un qui écoute et comprend, et qui n'essaye pas de coucher avec d'autres gens, alors que tu pourrais très bien le faire. Je suis sincère, et je m'excuse de t'avoir fait subir tout ça alors que tu ne sais même pas qui je suis, et qu'on ne s'est jamais rencontrés pour de vrai, et comme j'ai promis de garder tous ces petits secrets, je ne peux pas te dire qui je suis. Mais bon, je ne veux pas que tu croies que j'ai choisi ton nom au hasard dans l'annuaire. Ça me flinguerait que tu penses ça.

C'est pour ça que tu dois me croire quand je te dis que je me suis senti super mal après la mort de Michael et qu'en classe, j'ai vu une fille qui m'avait pas remarqué et qui disait des tas de trucs sur toi à une copine à elle. Et même si je te connaissais pas, j'avais l'impression qu'en fait, si, parce que t'avais l'air d'être quelqu'un de généreux. Le genre de personne que ça dérangerait pas de recevoir les lettres d'un jeune. Le genre de personne qui comprendrait que c'est mieux qu'un journal intime parce que là, y a une sorte de partage, alors qu'un journal, n'importe qui peut tomber dessus.

Je ne veux surtout pas que tu t'inquiètes pour moi, ou que tu croies que tu m'as déjà rencontré, ou que tu perdes ton temps avec moi. Je suis désolé de t'avoir fait perdre du temps, parce que tu comptes énormément pour moi et j'espère que tu as une vie sympa, je pense que tu le mérites. C'est sincère, vraiment. J'espère que toi aussi, tu le penses. Allez, bref. Au revoir.

Ton ami,
Charlie

ÉPILOGUE

Lettre du 23 août 1992

J'ai passé ces deux derniers mois à l'hôpital. Ils m'ont seulement laissé sortir hier. Le médecin m'a expliqué que ma mère et mon père m'avaient trouvé assis sur le canapé du salon. Que j'étais tout nu ; je regardais simplement la télé, qui était éteinte. Que je ne pouvais pas parler ou sortir de cet état. Mon père m'a même giflé pour me secouer (alors que c'est pas dans ses habitudes de frapper, je te l'ai déjà dit). Mais ça n'a servi à rien. Alors ils m'ont emmené à l'hôpital où j'étais déjà allé quand j'avais sept ans, après la mort de ma tante Helen. Ils m'ont dit que pendant une semaine, j'ai plus parlé et j'ai reconnu personne. Même pas Patrick, qui a dû me rendre visite à cette période. Rien que d'y penser, ça fait flipper.

Tout ce que je me rappelle, c'est d'avoir posté la lettre. Et d'un seul coup, je me suis retrouvé assis dans le bureau d'un médecin. Et je me suis souvenu de ma tante Helen. Et je me suis mis à pleurer. Et le médecin, qui en fait était une femme super gentille, a commencé à me poser des questions. Et j'y ai répondu.

J'ai pas trop envie de parler de ses questions et de mes réponses. Mais j'ai plus ou moins saisi que tout ce que j'avais rêvé à propos de ma tante Helen était vrai. Et au bout d'un certain temps, j'ai compris que ça se passait tous les samedis, quand on regardait la télé.

Les premières semaines d'hôpital ont été super dures.

Le plus dur, ç'a été d'être assis dans le bureau du médecin pendant qu'elle racontait à mon père et à ma mère ce qui s'était passé à l'époque. J'ai jamais vu ma mère pleurer autant. Ou mon père avoir l'air aussi en colère – à l'époque, ils ne savaient pas ce qui se passait. Mais depuis, le médecin m'a aidé à résoudre des tas de choses. À propos de ma tante Helen. De ma famille. De mes amis. Et avec moi-même. Il y a eu plein d'étapes à passer pour y arriver, et elle a vraiment été géniale du début à la fin.

Le truc qui m'a le plus aidé, c'est quand j'ai pu avoir des visites. Ces jours-là, ma famille, y compris mon frère et ma sœur, est venue me voir, jusqu'à ce que mon frère doive repartir à la fac pour ses entraînements de foot. Après ça, ma famille est venue sans mon frère, et lui, il m'a envoyé des cartes. Sur sa dernière carte, il m'a même dit qu'il avait lu ma rédac' sur *Walden* et qu'il l'avait beaucoup aimée, ce qui m'a vraiment fait du bien. C'est comme la première fois que j'ai revu Patrick. Avec Patrick, ce qu'il y a de chouette, c'est que même quand on est à l'hôpital, il change pas. Il fait que raconter des blagues pour que tu te sentes mieux, au lieu de poser des questions genre si tu vas plus mal ou pas. Il m'a même apporté une lettre de Sam qui disait qu'elle revenait à la fin du mois d'août, et que si j'allais mieux d'ici là, Patrick et elle m'emmèneraient rouler dans le tunnel. Et cette fois, si j'avais envie, je pourrais me mettre debout à l'arrière de son pick-up. C'est des trucs comme ça qui m'ont aidé plus que tout.

Les jours où je recevais du courrier, là aussi, c'était bien. Mon grand-père m'a envoyé une lettre super gentille. Ma grand-tante aussi. Ma grand-mère et mon grand-oncle Phil aussi. Ma tante Rebecca m'a même envoyé des fleurs avec une carte que tous mes cousins de l'Ohio avaient signée. C'était sympa de savoir qu'ils pensaient à moi. Il y a aussi eu la fois où Patrick est venu avec Mary Elizabeth, Alice, Bob et tout le monde. Y compris Peter et Craig – je suppose qu'ils sont à nouveau copains, ça me fait plaisir. Tout comme ça m'a fait plaisir que Mary Elizabeth soit quasiment la seule à parler sans arrêt. Comme ça, les choses avaient l'air plus normales. Mary Elizabeth est même restée un peu plus tard, après le départ des autres. J'étais trop heureux d'être seul avec elle et de pouvoir lui parler avant qu'elle s'en aille à Berkeley. Tout comme j'étais heureux pour Bill et sa petite amie quand ils sont venus me voir, il y a deux semaines. Ils vont se marier en novembre et ils veulent que je vienne à leur mariage. C'est sympa d'avoir des trucs à faire en « perspective ».

La fois où j'ai commencé à me dire que tout allait finir par s'arranger, c'est quand ma sœur et mon frère sont restés après le départ de mes parents. C'était au mois de juillet. Ils m'ont posé des tas de questions à propos de tante Helen – j'imagine qu'avec eux, il s'était jamais rien passé. Et mon frère avait vraiment l'air triste. Et ma sœur avait l'air super en colère. C'est à ce moment que les choses ont commencé à être plus claires, vu qu'après ça, y a plus eu personne à haïr.

Je m'explique : j'ai regardé mon frère et ma sœur, et je me suis dit qu'un jour, ils deviendraient peut-être un oncle et une tante, tout comme moi je serais peut-être un oncle. Pareil que ma mère et tante Helen, qui étaient sœurs. Et on pourrait se retrouver tous les trois et se poser des questions et avoir de la peine pour les uns et les autres, et en vouloir à des tas de gens pour ce qu'ils avaient fait ou non, ou pour ce qu'ils ne savaient pas. Ou pour ce qu'ils ne savent toujours pas. J'imagine qu'on peut toujours trouver quelqu'un à qui en vouloir. Peut-être que si mon grand-père l'avait pas frappée, ma mère serait pas tout le temps silencieuse. Et peut-être qu'elle se serait pas mariée avec mon père (vu qu'elle a dû l'épouser parce qu'il frappe pas). Et peut-être que je ne serais jamais né. Mais je suis très content d'être né et, du coup, je sais pas trop quoi penser de tout ça, surtout parce que ma mère a l'air d'être heureuse de sa vie – et je vois pas ce qu'on peut souhaiter d'autre.

C'est comme si j'en voulais à ma tante Helen : dans ce cas, il faudrait que j'en veuille aussi à son père de l'avoir frappée, et aussi à l'ami de la famille qui avait fait des trucs avec elle quand elle était petite. Et aussi à la personne qui avait fait des trucs avec ce type. Et à Dieu, qui a rien fait pour arrêter ça, et d'autres trucs encore pires. C'est ce que j'ai fait, à une période, en vouloir à tout le monde, mais ensuite j'en ai plus été capable. Ça menait nulle part et c'était pas ça, le problème.

C'est pas à cause des rêves que j'ai faits ni des trucs que je me suis rappelés sur tante Helen que je suis comme je suis. C'est ce que j'ai compris quand les choses se sont calmées dans ma tête. Et je crois que c'est important de le savoir. Ça rend les choses claires et plus stables. Comprends-moi bien : je sais que c'est grave, ce qui m'est arrivé. Et j'avais besoin de m'en souvenir. Mais c'est comme la fois où le médecin m'a raconté l'histoire de deux frères qui avaient un père alcoolique. L'un des frères, en grandissant, est devenu un excellent menuisier. L'autre frère a fini aussi alcoolique que son père. Quand on a demandé au premier frère pourquoi il ne buvait pas, il a dit qu'après avoir vu ce que ça avait fait à son père, il avait jamais eu envie d'essayer. Quand on a demandé à l'autre frère, il a dit qu'à son avis, il avait appris à boire quand il était petit, sur les genoux de son père. Du coup, je me dis que c'est pour des tas de raisons différentes qu'on est comme on est. Et qu'on les connaîtra jamais toutes, ces raisons. Mais même si on ne peut pas choisir d'où on vient, à partir de là, on peut quand même choisir où on veut aller. On peut faire des choses. Et essayer de se sentir bien quand on les fait.

Je crois que si un jour j'ai des enfants, et qu'ils se sentent mal, je leur dirai pas qu'il y a des gens qui meurent de faim en Chine ou d'autres trucs du même genre – ça changerait rien au fait qu'il se sentent mal. Et même s'il y a des gens qui sont plus à plaindre que toi, ça ne change pas grand-chose au fait que tu te sentes mal ou pas. C'est comme ce que ma sœur a dit, un jour que j'étais à l'hôpital depuis déjà un bout de temps. Elle a dit qu'aller à la fac, ça l'inquiétait vraiment, mais que vu la période difficile que je traversais, elle se sentait vraiment débile d'être comme ça. Alors que moi, je vois pas pourquoi elle se sentait débile. Moi aussi, à sa place, j'aurais été inquiet. Et très franchement, je crois pas que ce soit pire pour moi que pour elle. C'est peut-être une bonne chose de relativiser, mais des fois, je me dis que l'essentiel, c'est d'être *vraiment* là. Comme a dit Sam. Parce que c'est normal de ressentir des trucs. Et d'y faire face en restant soi-même.

Hier, quand ils m'ont laissé sortir, ma mère est venue me chercher en voiture. On était l'après-midi, et elle m'a demandé si j'avais faim. Et j'ai dit oui. Alors elle m'a demandé ce que je voulais manger, et je lui ai dit que j'avais envie d'aller au McDo, comme quand j'étais petit et que je tombais malade, quand je restais à la maison et que j'allais pas à l'école. Alors on y est allés. Et c'était génial d'être avec ma mère et de manger des frites. Et plus tard, dans la soirée, de dîner en famille et que les choses soient exactement comme elles avaient toujours été. C'était ça, le plus étonnant. Que la vie puisse juste continuer. On n'a pas parlé de trucs difficiles ou légers. On était là, ensemble. Et ça suffisait.

Alors aujourd'hui, mon père est allé au travail. Et ma mère nous a emmenés faire des courses, ma sœur et moi, pour s'occuper de trucs de dernière minute pour ma sœur, qui part pour la fac dans quelques jours. Quand on est rentrés, j'ai appelé chez Patrick – il avait dit que Sam serait sûrement rentrée d'ici là. Elle a répondu. Et c'était trop bien d'entendre sa voix.

Plus tard, ils sont venus dans le pick-up de Sam. Et on est allés au Big Boy, comme avant. Sam nous a parlé de sa vie à la fac (ça avait l'air vraiment passionnant), je lui ai parlé de ma vie à l'hôpital (c'était tout le contraire), et Patrick a raconté des blagues (pour équilibrer les choses). Après, on est partis et on est montés dans le pick-up de Sam, et comme elle l'avait promis, on a roulé vers le tunnel.

À environ huit cents mètres du tunnel, Sam a arrêté la voiture et j'ai grimpé à l'arrière. Patrick a mis la radio super fort pour que je puisse l'entendre, et tandis qu'on se rapprochait du tunnel, j'ai écouté la musique et j'ai repensé à tous les trucs que les gens m'avaient dits pendant toute l'année. J'ai repensé à Bill, quand il m'avait dit que j'étais quelqu'un d'exceptionnel. Et à ma sœur, qui avait dit qu'elle m'aimait. Et à ma mère aussi. Et même à mon père et à mon frère, quand j'étais à l'hôpital. J'ai repensé à Patrick, qui disait que j'étais son ami. Et à Sam, qui m'avait dit de *faire* des choses. D'être là pour de vrai. Et je me suis dit que c'était vraiment génial d'avoir des amis et une famille.

Quand on est entrés sous le tunnel, j'ai pas levé les bras pour faire comme si je m'envolais. J'ai juste laissé le vent se jeter sur mon visage. Et je me suis mis à pleurer et à sourire en même temps. Parce que je pouvais pas m'empêcher de sentir à quel point j'aimais ma tante Helen, qui m'achetait deux cadeaux. Et à quel point je voulais que le cadeau que j'allais faire à ma mère pour *mon* anniversaire soit vraiment exceptionnel. Et à quel point je voulais que ma sœur, mon frère, et Sam et Patrick et tout le monde soient heureux.

Mais surtout, je pleurais parce que d'un coup, j'ai vraiment réalisé que c'était moi qui étais là, debout dans le tunnel avec le vent partout sur mon visage. Sans me soucier de savoir si je voyais le centre-ville. Sans même y penser. Parce que j'étais debout dans le tunnel. Et que j'y étais pour de vrai. Et ça suffisait pour que je me sente éternel.

Demain, je commence mon année de première au lycée. Et tu ne vas peut-être pas me croire, mais j'ai carrément pas peur d'y aller. Comme je serai peut-être trop occupé à essayer de « m'impliquer », je ne sais pas si j'aurai encore le temps d'écrire d'autres lettres. Du coup, au cas où ça serait ma dernière lettre, faut vraiment me croire : tout va bien pour moi – et même quand ça ira mal, ça s'arrangera vite.

Et je penserai la même chose pour toi.

Ton ami,
Charlie

Les livres « préférés » de Charlie

- *To Kill a Mockingbird – Ne tirez pas sur l'oiseau moqueur* de Harper Lee (1960)
- *This Side of Paradise – L'Envers du paradis* de F. Scott Fitzgerald (1920)
- *Peter Pan* de J.M. Barrie (1911)
- *The Great Gatsby – Gatsby le Magnifique* de F.S. Fitzgerald (1925)
- *A Separate Peace – Une paix séparée* de John Knowles (1959)
- *The Catcher In The Rye – L'Attrape-cœurs* de J.D. Salinger (1951)
- *On the Road – Sur la route* de Jack Kerouac (1957)
- *The Naked Lunch – Le Festin nu* de William S. Burroughs (1959)
- *Walden* de Henry David Thoreau (1854)
- *Hamlet* de William Shakespeare (1600)
- *L'Étranger* d'Albert Camus (1942)
- *The Fountainhead* – La Source vive de Ayn Rand (1943)